如果大雪封门

徐则臣 著

北京出版集团
北京十月文艺出版社

如果大雪包裹了北京,此刻站在屋顶上我能看见什么呢?

那将是白茫茫一片大地真干净,将是银装素裹无始无终,

将是均贫富等贵贱,将是高楼不再高、平房不再低,

高和低只表示雪堆积得厚薄不同而已。

我们要庆祝一下北京三十年来最大的一场雪。

北京就会像我读过的童话里的世界，

清洁、安宁、饱满、祥和，

每一个穿着鼓鼓囊囊的棉衣走出来的人都是对方的亲戚。

目录

001　花街

028　最后一个猎人

055　大雷雨

078　镜子与刀

108　梅雨

137　忆秦娥

163　伞兵与卖油郎

195　九年

219　时间简史

236 夜归

256 如果大雪封门

280 祁家庄

296 养蜂场旅馆

321 我们的老海

349 露天电影

375 这些年我一直在路上

407 古斯特城堡

花街

1. 老默

修鞋的老默死在中午。据负责处理这件案子的警察说,老默死的时候大约在一点左右。一点半多一点,开杂货铺的老歪从床上爬起来,迷迷糊糊地披着衣服要去厕所,开了门惊得他睡意全无,他看见老默倒在他的修鞋摊子上,脑袋歪在一堆修鞋的家伙里,一半的屁股还坐在倒下的小马扎上,吃了半边的馒头从饭盒里滚到了老榆树底下。老歪喊了一声老默,老默一动不动,又喊了一声,还是不动,再喊了一声,他就叫了起来:"老婆不好了,修鞋的老默死了！"

老歪是个大嗓门，他的叫声把一条街都惊动了。沿街的板门凌乱地打开，吱吱呀呀响成一片，一双双穿着拖鞋的光脚陆续从花街两头奔凑过来，到了榆树底下就不动了，他们把老默的修鞋摊子围成一圈。他们不敢上前，站在一边把两只手握成拳头抱在胸前看，我祖父和老歪走上前去，一人拽着老默的一条胳膊把他从修鞋摊子上架起来，他们想让他站直了。可是老默站不直，脚没法坚实地着地，整个人像一只僵硬的虾米，总也抬不起头来。祖父试探一下老默的鼻孔，脸一下子拉长了，摆摆手对大家说："没用了。"

老歪的老婆从斜一侧的树根处捡起老默吃剩下的那半个馒头，又冷又硬，像一捧粗砂做成的，一碰就向下掉馒头渣子。"这个老默，做饭时我说给他热一下，他不愿意，说喜欢吃冷的，"她把馒头展示给大家看，抹着眼睛说，"这下好了，连冷馒头都吃不上了。"

附和她的是我祖母，她那样子好像是因为生气才掉眼泪的，她在我祖父旁边指指点点，主要针对老默单薄的衣服。"你看这该死的老默，给了他好几条裤子他都不穿，就穿两条单裤，连毛裤都不穿，大冷的天。"老默穿得的确很少,一件老得袖口露出棉花的小棉袄,上面套着蓝灰色的中山装,裤子是打着补丁的灰色单裤。还光着脑袋,而我们花街上头发少的老人在冬天都戴着呢子或者毛线织成的帽子。祖母的话引起了大家的共鸣,很多人都跟着数说老默的不是。你想想,一年到头在花街摆摊修鞋,三三两两地积累下来,老默的日子应该过得很不错才对。又不是没钱,吃饭也省,穿衣也省,还要省成个百万富翁哪。大家议论得很起劲,把老默已经死了这事都给忘了。

"别咋呼了,人都死了。"我祖父说,想找个合适的地方把老默放下,他不能和老歪就这么一直抱着他,"男人留下,女人快回去找警察!"

女人们一哄而散,慌慌张张地不知要往哪儿跑。

祖父和一帮男人留下来收拾老默和他的修鞋摊子,杂七杂八的东西都捡起来放到他的三轮车里。老默的身体僵了,祖父他们折腾了半天也没能把他弄直,只好就让他弯着睡在草席上,说不出来的别扭的姿势。草席是开豆腐店的蓝麻子让儿子良生从家里拿来的,没用过的新席子。老默生前最喜欢吃蓝麻子的豆腐脑,几乎每天早上都吃,这些年来没少给他送钱。刚收拾好,警车就到了,车停下来警笛还响着。尖锐的警笛声不仅把花街上的居民全吸引过来了，周围几条街巷的人也循着声音聚来了。人们源源不断地向老榆树底下涌来。都知道一定出大事，否则警车不会钻进花街这样狭窄的小巷子的。

警察的程序没有我们想象的那样复杂。他们拍拍打打把老默试探了一遍。掀开他的眼皮，撬开他的嘴，祖父他们刚刚没发现，老默的嘴里还有一块没嚼碎的冷馒头。抱着他的脸左右端详，又简单地看了一下老默的周身，解开他的衣服又给他穿上，也是折腾来折腾去，就检查完了。我祖父问一个戴眼镜的警察怎么回事，警察说，还能怎么回事，他是猝死，与别人无关。这个结论多少让我们有点失望。

老默对我们花街来说，其实是个熟悉的陌生人，因为没人知道老默的底细。他整天在这里摆摊修鞋，但是谁也不知道他家在哪里，家里还有什么人。什么都不知道我们就不知该把他送到哪个地方，只好由警察先收着。警察们同意了，他们也要做进一步的调查。警察让祖父他们帮个忙，把老默的尸体抬上车，正要塞进车里时，那个戴眼镜的警察在老默的上衣口袋里发现了一张纸。他打开那张因折叠时间过久而发绒泛黄的纸片，看了一眼就专注地读出了声：

"我叫杨默，半生修鞋，一生孤寡，他们叫我老默。我已经老了，算不透自己的死期，所以早早立遗嘱如下：我愿意将仅存的积蓄两万元整送给花街蓝麻子豆腐店的蓝良生，已将款额存到了他的名下，请发现此遗嘱者代为转达。老默感激你了。"

2. 花街

从运河边上的石码头上来，沿一条两边长满刺槐树的水泥路向前走，拐两个弯就是花街。一条窄窄的巷子，青石板铺成的道路歪歪扭扭地伸进幽深的前方。远处拦头又是一条宽阔惨白的水泥路，那已经不是花街了。花街从几十年前就是这么长的一段。临街面对面挤满了灰旧的小院，门楼高高低低，下面是大大小小的店铺。生意对着石板街做，柜台后面是床铺和厨房。每天一排排拆合的店铺板门打开时，炊烟的香味就从煤球炉里飘摇而出，到老井里拎水的居民起得都很早，一道道明亮的水迹在青石路上画出歪歪扭扭的线，最后消失在花街一户户人家的门前。如果沿街走动，就会在炊烟的香味之外辨出井水的甜味和马桶温热的气味，还有清早平和的暖味。

老默跟着一条水迹进了花街，多少年来都是这样。三轮车的前轱辘轧着曲折的水线慢腾腾地向前走，走到榆树底下，拎桶的人继续向前，老默停下了。他把修鞋的一套家伙从车上拿下来，一样样井井有条地摆好摊子，然后闻到了蓝麻子家的豆腐脑的香味。他扔下摊子循着香味来到豆腐店里，在柜台里边固定的靠窗的长条凳上坐下，对着热气升腾里正忙活的麻婆说："一碗豆腐脑。你不是知道吗，香菜要多多地放。"然后对从豆腐缸后走出来的蓝麻子说，"生意好啊，麻哥，老默又来了。"

蓝麻子给他抹一下桌子，说："馒头带了吗？"

"带了，"老默从口袋里拿出昨天晚上买就的馒头，生硬地掰开，"麻哥你看，冷了吃才有馒头味。"

麻婆一直不说话，只有蓝麻子陪着老默天南海北地瞎说一通。吃过一碗热乎乎的豆腐脑老默就一头大汗，抹抹嘴递上钱，开始向蓝麻子和麻婆告辞，一路点着头往回走。他从不在豆腐店里待时间长。走过我家的裁缝店时，不忘和我祖父祖母打个招呼,说两句天气什么的无关紧要的话。回到榆树底下他的修鞋摊子前,在小马扎上坐下来,摸出根香烟独自抽起来,等着第一个顾客把破了的鞋子送过来。这时候花街才真正热闹起来,各种与生活有关的声响从各个小院里传出来,今天真正开始了。懒惰的小孩也从被窝里钻出来,比如我,比如蓝麻子的孙女秀琅,比如老歪的孙女紫米。

我和秀琅、紫米常在一起玩。走过修鞋摊子时,我们都会停下来摆弄那些修鞋的工具,锤子、剪子和修鞋的缝纫机,老默一点都不烦,做着示范告诉我们这些东西怎么用,在什么时候用。我们偶尔也会冷不丁地问他一个相同的问题,为什么他每天都来花街,我们的鞋子可不是每天都坏的。事实上也是这样,有时候他在树底下坐上一天也修不上两双鞋,多数时间他都在和我祖父他们聊天,或者一个人干坐着吸那种味道刺鼻的卷烟。

"习惯啦,"老默笑呵呵地说,"就跟走亲戚似的,看到小寒、秀琅和紫米心里就踏实了。"

他常常会给我们三毛两毛的零花钱,让我们去买糖吃。我不要,我祖母不许我拿老默的钱。紫米也不敢要,老歪不喜欢她吃零食。老默就给秀琅，说好孩子，爷爷给你的钱就拿着，买点铅笔、橡皮和糖豆，别忘了分一份给小寒和紫米，听话，拿着。秀琅就乖乖地接住了，有时她不要，不要老默也硬塞给她。

老默在花街修鞋有些年头了，我记事起他就坐在榆树底下。谁也记不清他是哪一年哪一天第一次出现在这里了。时间不是问题，问题在于花街太小，要修的鞋子不多，每天都来就有点浪费了。所以我小叔有一回在吃饭的时候说，是不是老默看中我们花街上的哪个女人了？说完小叔自己就笑了，他也觉得这个想法好笑。但他还是被祖父骂了一通。

"瞎说，老默都多大了！"祖父说，"人家老老实实挣着血汗钱，怎么会随便去招惹那些小院里的女人。"

祖父说的小院里的女人是指我们花街上的妓女。花街，听听这个名字就知道了。后来我从祖父祖母和街坊邻居那里逐渐了解到一些花街的历史，发现这个名字的确与妓女有关。几十年前，甚至更早，这条街上就住下了不少妓女。那时候运河还很热闹，往来的货船和竹筏子交替在运河边上的各个石码头上靠岸，歇歇脚，采买一些第二天航程必要的食物和用具，也有一些船夫是特地下船找点乐子的。那会儿的花街还不叫花街，叫水边巷，因为靠近小城边上最大的一个石码头。下船的人多了，什么事也就都来了。水边巷逐渐聚集了专做皮肉生意的女人，有当地的，也有外地的，租住水边巷哪一家小院的一个小房间，关起门来就可以做生意了。生意越做越大，名声就跟着来了，运河沿线跑船的和生活无忧的闲人都知道石码头边上有一条街，院子里的某一扇门里有个鲜活动人的身体。花钱找乐子的慕名而来，想卖身赚钱的女人也慕名而来。有很长一段时间，花街的外地人多于本地人，祖父说，当初花街人的口音杂啊，南腔北调的都有，做衣服都麻烦，他们一人一个口味。水边巷的名字渐渐被人忘了，就只知道有一条花街，后来干脆就叫花街了。

现在的花街已经比较干净了，上面规定不准女人用身体挣钱了，而且那种行当也出不了大门。但还是有，只要这世上花肠子的男人还有，妓女就绝不了种。我也知道花街上的几个妓女，见了面我还和她们打招呼，叫她们什么什么姨。她们平常和花街上的其他人一样，或者上班，或者出门做别的事，只有当她们悄悄地在门楼上和屋檐下挂上一个小灯笼时，才成了妓女。挂上灯笼就回到小屋子里，等着有兴趣的男人们来敲门。她们很安静，无声无息地挂上灯笼，又无声无息地取下，和花街上的其他人一样沉稳平和地生活。

祖父认为老默不可能是冲着哪个小灯笼来的，也没有人这么认为，小叔也是随便开了一个玩笑。老默只是一个修鞋的老头，他整天都在老榆树底下坐着哪。到了黄昏时分，老默开始慢悠悠地收拾摊子，修好的鞋子送进老歪的杂货铺等着鞋主来取，没修好的带回家，他和我祖父他们打过招呼就骑上三轮车，晃荡晃荡地出了花街。

关于老默，花街上的人谁也不敢说对他十分了解。他只说很少的话，关于他自己的更少。我祖父和老歪知道得算是多的了，因为杂货铺和裁缝店斜对着老榆树，祖父和老歪即使在忙活时也可以伸头和老默聊天。再说他们忙的时候实在不多，花街的生活像是陷在一张陈旧的黑白照片里，晃晃悠悠的，想忙都忙不起来。老默死后，我祖父和老歪都感叹，老默孤身一人，连个家人都没有，是哪里的人住在哪儿也不清楚，回去的路都不好走啊。他们知道的也不过这么点。

3. 良生

老默的死因最终没有什么改变，还是猝死。不知道警察是怎么检查的，反正他们把老默原封不动地又运回来了，要把他交给豆腐店的蓝良生。他们说，已经把老默的身世仔细地调查过了，没有什么重大发现，只知道他是外地人，但几十年都住在离花街不远的一间小屋里，其他的就没了。因此，我们知道的老默就是一个人落魄地活着的鞋匠，孤寡一人，每天骑着他的三轮车来花街为我们修鞋。按照小城的风俗，死去的人应该有人接管，要有儿孙后辈来为他扶灵，办一场盛大的葬礼。所以警察就来问蓝良生，是否愿意操办老默的葬礼，因为老默把他定为了自己的遗产继承人。这是能够找到的唯一与老默有点关系的人。

警笛响进花街时，没有人知道他们要干什么。街上的人追着尖叫的声音跑上来，大人小孩都跟在后面。警车停在豆腐店门前，警笛一直没有停下，大家都以为豆腐店里出了什么事。但是豆腐店的门关着，听不见店里有什么动静。两个警察从车里出来，打开后车门，拉出一副担架。

让我们吃惊的是，担架上覆盖一块白布，白布下面是一个人形。当我们猜出白布底下的人是死去的老默时，豆腐店的门开了，良生从门后探出了他的大脑袋，一边看一边把右胳膊伸进外套的袖子里。

"你们这是干什么？"

"找不到亲人了。老默的葬礼只能托付给你了。"警察说。

"托付给我？我与他有什么关系？我过我的日子，他修他的鞋，"良生说，"我凭什么要为一个陌生人操办葬礼？"

警察说："你是他指定的财产继承人。"

良生出了豆腐店，对着警察摇晃着手说："你别提那两万块钱，为了它我已经说不清楚了。"

他不愿意操办老默的葬礼。良生是我们花街上最有身份的人，在一个什么局里当干部，举手投足都是公家人的派头。他比花街上的任何人都要面子，这我们都知道，平常我见到的良生都穿着西装打着领带，脚下的皮鞋擦得锃亮，右胳膊底下整天夹着一个小皮包，走路都甩开了胳膊走。我遇到他就叫一声叔叔好，他对我点点头，嗯了一声点个头就过去了。所以我祖母说,良生就那样,忙得跟省长似的。多少年了他都在坚持跟蓝麻子和麻婆商量两件事,一是离开这个叫花街的地方,这名字在小城声誉有问题;二是别再开这个寒碜的豆腐店,他不缺那几个钱,也不会让自己的爹娘缺这几个钱。但是蓝麻子和麻婆两条都不答应,我们在这里住了一辈子了,开了一辈子的豆腐店,离开花街的豆腐店你让我们怎么活。他们说什么也不挪窝,死也要死在花街上。前两年蓝麻子身体不好,躺在病床上好几个月,差点完了,良生又劝他们离开这里到繁华热闹的地方去住,那里看病都方便。蓝麻子觉得也是,在花街躺倒了找医生都麻烦,就打算放手不干了。麻婆还是不答应,她坚持要把豆腐做下去,一直做到要死了不能动的那一天。

老默蒙着白布躺在豆腐店的门前,警察已经想办法把他弄直了,能看到一个瘦长的人形。周围挤满了人,堵住狭窄的青石路。大家指点着老默的尸体和豆腐店议论纷纷,说什么的都有。修鞋的老默,豆腐店和豆腐店老板的儿子,原本不相干的两件事现在扯到一起,大家发现原来还很有意思。

"把他运走,别停在我们家门前!"良生说。

"他不是把钱都留给你了吗?"有人说。

"你不干?他为什么偏偏把钱留给你呀?"

"还能白拿钱不干事呀!"

"钱?好,你们谁愿意送他下地,钱就归谁。"良生早就听出他们说得不对味儿了,脖子上的青筋都跳起来了,大着嗓门说,"谁来?谁来呀?"

突然没人吭声了。大家都知道良生拉不下来脸为一个修鞋的操持葬礼,这是做儿孙的干的事。祖宗定下的规矩,说不清楚。现在花街乃至整个小城都在议论这件稀奇古怪的事,为什么会是他蓝良生呢?谁会把那么一大笔钱送给与自己毫不相关的人呢。钱本身不是问题,问题是人家老默那可是遗嘱,一个光棍老头的遗嘱。两万块钱让他的身份突然变得暧昧了,谁知道他良生和修鞋的有什么关系呢。所以良生有点急。

我祖父没说话,老歪也没说话,就连蓝麻子也不说话。蓝麻子出来以后一直站在我祖父旁边,看着儿子和警察理论,一口接一口地抽烟。其他人就更不敢说了。这话不好说,都在小城里过日子,谁都想正大光明、清清白白地过下去。

那两万块钱的确让人眼馋，但是躺在担架上的老默又让他们不敢轻举妄动。就这么耗着，任警察怎么开导，良生就是不松口。良生的意思是，抬回去，该送哪儿送哪儿，就是不要在蓝家豆腐店门口怄人。警察没办法了，准备把老默重新抬上车，拉回去公事公办，当成无主的孤魂火化了事。就在这时候，我们看到麻婆从后屋里面急匆匆地走出来，脸上的表情平静而又坚定，每一条皱纹都在它该待的位置上。

我对秀琅说："你奶奶出来了。"

秀琅迎着麻婆走上去，叫了声："奶奶。"

麻婆牵住她的手，来到儿子面前。"良生，"麻婆说，声音不大，"把老默留下。"

"妈，你说什么？"

"把老默留下。"麻婆又说。

"不行啊，妈。"

"留下！"麻婆几乎是喊叫着对她儿子说，一下子泪流满面，"把老默留下，良生！"

谁能想到麻婆会说出这样的话呢。我们都呆了，眼睛被迫瞪大，周围异常安静。秀琅惊得也流出泪来，她从来没见过奶奶发这么大的火,麻婆这辈子对谁都是和风细雨的。

良生说:"妈。妈。"

"留下,良生。"蓝麻子慢腾腾地走到儿子跟前,手里捏着抽了一半的烟卷,他用手指捻灭烟头,"照你妈说的,把老默留下。"说完转身进了豆腐店。

4. 旧影

老默的葬礼办得很体面,毫无疑问,良生是遵照蓝麻子和麻婆的意思操办老默的葬礼的。良生是一个孝子。葬礼那天花街上的人都去了,我和祖父祖母也去了。紫米随老歪他们已经到那里了,正和秀琅在大厅的一个角落里呆呆地坐着,她们的胳膊上戴着一块黑纱。紫米见到我向我招招手,让我过去。秀琅没说话,只是盯着我看。我想过去,祖父说现在不行,过一会儿才可以。灵堂设在清河殡仪馆,我没见过那样的场面,灵堂阔大,墙壁上方挂着一幅巨大的炭笔画像,老默在高处对着每一个来到的人微笑。他的笑也不能让我温暖,大厅里一片冰冷的白色让我眩晕。除了冰冷的白色，还有低回的哀乐也让我难过，像一条浮动缓慢的宽阔河面，不知今夕何夕地悲伤地流淌。良生一身黑衣站在门口，招呼前来吊唁的人，胳臂上戴着一块黑纱，脸上的表情僵硬，见到我祖父祖母便机械地鞠躬。祖父想上去握握他的手，犹豫一下又算了。他和蓝麻子握了手，蓝麻子旁边站着悲伤的麻婆，她的悲伤很平静。他们的胳膊上都缠着黑纱，站在一片白色中像雪地里的两棵老树。

葬礼办得很成功，按照我祖父的说法，该有的都有了，包括哀伤和人情。送走了老默之后，在很长一段时间里葬礼都是花街最大的谈资，茶余饭后都会说起，大家都说，只有良生那么体面的人才能操办出那样体面的葬礼。老默死也值了，他的两万块钱没看错人。然后就说起麻婆，没想到平常不动声色的麻婆在那个时候竟能挺身而出，而且她的决定不容置疑。我祖父就常常感叹，麻婆一个女人家有如此心胸，收容一个非亲非故的老默，不容易啊。

"一直就是这样，"我祖母说，"你不记得了？当初她来到花街时就是一个不一般的女人。"

"怎么不记得，她还在我们的缝纫店里住了半个月呢。几十年了，一晃良生都快四十了。"

我不免好奇，忍不住追问祖母："麻婆婆为什么住在我们家？"

祖母说："她刚到花街，没处落脚，只好先住我们家了。"

当年麻婆才好看呢，祖母后来又说，花街上找不到这样美丽鲜活的女人。那天傍晚日落时分她来到花街，顶着一块外地女人的头巾，她的身材比花街上的女人要高一点，因此我祖母很难不注意到她。祖母说，当时她在头脑里还闪过一个念头，就是给这个年轻的女人做一件旗袍要多少布料。然后祖母就注意到她身上的衣服，旧是旧了点，还是好看，一看就知道是个会收拾自己的女人。她抱着个大包袱，犹豫不定地在石板路上走来走去，经过每一家都要向院子里张望，像个迷路的外乡人。炊烟从家家户户飘出来，携带着晚饭的香味弥漫了一条街，因为夜晚的到来青石板上开始渗出清凉的水珠，花街更显得清幽滞重。外出的花街人三三两两地都回来了，只有无家可归的人才会不知该干什么。那些准备在夜晚做生意的女人，开始悄悄地在门楼和屋檐底下挂上她们的小灯笼。我祖母看到那个外地女人在街上焦急地转来转去，好几次经过裁缝店，每次都是欲言又止，就从窗户里伸出头去问她：

"你是来走亲戚的吗？谁家的呀？"

"这是花街吗？"年轻美丽的麻婆用外地的口音说。那时候她还不叫麻婆。

"是花街，你找哪一家？"

"我，我想住在这里。"

"谁都不认识你怎么住？"

"我，能住在你这儿吗？"她说，一脸的倦容，声音都哑了，"我能挣钱，挣了钱就还给你们。"

祖母对这个陌生的女人并没有感到奇怪，常常有远道而来的女人在花街安家。她不想啰唆这种事，但是麻婆和她们不一样，祖母只是凭女人的直觉这么认为。她让麻婆等一下，到后屋里和祖父商量了一阵，带着祖父来到门前，又问了麻婆一些情况，就把她留下来了。那时候我家地方还小，只能委屈麻婆住在裁缝店里了。麻婆很感激，说只要能有个容身之处就可以了。她放下包袱，帮着我祖母很快收拾好了裁缝店，井井有条的小空间让我祖母很满意。祖父祖母没让她还什么钱，也没让她去挣钱。她在我家住了半个月，帮着祖母做做饭剪剪衣服，人很勤快，手艺也好，饭菜做得别有风味，裁剪起衣服来也很像那么回事。祖母觉得她心灵手巧,过日子一定是个好手。既然她也想在花街长久地住下来,最好能够安个家,好女人就该静下心来踏踏实实地生活。踏踏实实地过日子比什么都好。麻婆认为我祖母的建议有道理,就同意了。后来就嫁给了离我家很近的豆腐店老板的儿子蓝麻子。

"麻婆那么好看,为什么要嫁给麻爷爷?"我觉得他们在一起不般配,麻爷爷一脸的麻子,个头也不高,看起来比麻婆还矮。

"你麻婆爱吃豆腐脑啊,你麻爷爷人好,对你麻婆也好,就嫁了。"

"我听说,"我憋了半天才说出后半句,"良生叔叔不是麻爷爷亲生的。"

祖父立刻从凳子上站起来,声音都不一样了:"小孩子不许瞎说!你从哪儿听来的?"

"紫米告诉我的。"

"一定是她奶奶告诉她的。这个歪婆娘,入土半截了还管不住自己的一张嘴。"祖母把我拉到跟前,板着脸对我说,"这话以后对谁都不能讲,记住没有?"

我惊骇地点着头,一下子想到了面容平静的麻婆。我喜欢麻婆，一大把年纪了，依然能把自己收拾得素素净净的，麻婆的脸上也有很多皱纹，但是她的皱纹不难看。

5. 麻婆

大概一个月以后，我们正在吃晚饭，秀琅慌慌张张地跑过来，让我祖母赶快过去，她爸和她奶奶吵架了。祖母放下饭碗就跟着秀琅出了门。我也丢下饭碗跟在后面，祖父让我回去，我没听他的，一扭头出了门。

我们到了豆腐店时，他们已经不吵了。麻婆坐在一张瘸腿的凳子上，身体直直的，一脸空寂的平静，眼泪流进了嘴里，双手十指交叉放在膝盖上。一点声音都没有。良生坐在斜对面的椅子上，抱着头，手指不停地抓挠。他的哭声很古怪，像哭又像笑，拖着长长的尾音。同样抱着头的是蓝麻子，他倚着墙壁蹲在地上，一声不吭地抱着脑袋，嘴里叼着一根已经熄灭的烟卷，看见我祖母来了笑一下，又恢复了原状。桌子上的饭菜还冒着热气，三碟菜、稀饭和馒头。晚饭刚吃了一半。

"良生，又惹你妈生气了？"祖母说。

"他问我，老默是不是他亲爹。"麻婆说，眼皮都没抬，那样子更像是自言自语。

祖母递给麻婆一条手巾，麻婆接过了，拿在手里。祖母说："良生你都多大了，什么该问什么不该问心里就没个数吗？"

"我有数，我什么数都有！"良生把他的脑袋露出来，鼻涕眼泪挂了一脸，"我都快四十的人了，难道连知道自己亲爹是谁的权利都没有吗？你们知道外面的人怎么议论我？说我是修鞋匠的儿子，还说我是……说什么的都有。我在外面还怎么做人！"说完他又呜呜地哭起来。

"你不是做得好好的吗？"祖母生气了，开始训斥良生，"爹妈的话你不信，倒去相信别人的谣言！别人说你是从天上掉下来的，说你是从石缝砸出来的你也信？别人随口说过了就完事了，你倒捡来当宝贝了。良生你四十年的饭是白吃了！"

"是我不好，连累了良生。"麻婆幽幽地说。

"你有什么不好？"祖母说，"谁吃过你一半的苦？"然后对良生说："良生你起来，向你娘赔个不是。当年不是为了养活你，你娘至于受那么多的罪吗？把你抱到花街时,你娘都快没命了!"

我听出来了,当年麻婆是抱着良生来到花街的。祖母说的那个大包袱,大概就是良生,但是他们为什么要骗我说麻婆当年抱的是一个大包袱呢?紫米说得没错,良生不是蓝麻子亲生的。

那个晚上的事就这么解决了,因为随后谁都没有再说什么。麻婆当年来到花街时的凄苦让良生无话可说。祖母帮着把冷掉的饭菜热了热,带着我和秀琅一家一起把剩下的晚饭吃完。吃过晚饭后,祖母让我和秀琅到裁缝店里玩,她陪麻婆拉拉家常。她们常常在一起拉家常,说一些当年的事,那些陌生的往事我多半听不明白,听了也只当是一个个好玩的故事。祖母什么时候回来的我不知道,我已经睡着了。

两天以后麻婆出事了,她喝了做豆腐的盐卤自杀了。盐卤是点豆腐用的,祖母说很多年前就经常有人喝盐卤自杀。当然麻婆没死成,幸亏蓝麻子发现及时。蓝麻子在裁缝店里和我祖父瞎聊,想起良生刚送给他的外地香烟,要拿来给我祖父也尝尝。他回到家里,发现卧室的门闩着,敲也没人应,就知道出问题了。老默死了以后,他就发现麻婆有点不对劲儿，又加上良生那天晚上闹了一场，他隐隐地担心麻婆会出事。蓝麻子急忙跑到我家，喊我小叔去撞门。门撞开了，麻婆衣衫整齐地躺在床上，旁边放着一个空掉的盐卤瓶。她要自杀。蓝麻子当时浑身都哆嗦了，抓着麻婆的手大声叫着她的名字，哭出一脸的泪。祖父从老歪的杂货铺里借了一辆三轮车，和我小叔帮着把麻婆抬上三轮车。小叔拼了命地踩，蓝麻子和我祖父跟在三轮车后跑，把麻婆送进了医院。又是灌肠又是洗胃，脱险了以后，医生出来对蓝麻子和我祖父说，还好没事了，再晚一点儿就没救了。

第二天麻婆的情况有所好转，我和祖母一起去医院看她。麻婆倚着枕头一个人坐在病床上。良生上班去了，蓝麻子带着秀琅下楼买水果了。见到我们，麻婆疲惫地笑了一下，说："姐，你来啦。"说完又恢复成一张空寂平静的脸。

"好点儿了吗？"祖母说，在她的病床边上坐下，"你怎么糊涂了？"

"我怎么不糊涂，姐，"麻婆握住我祖母的手，眼泪流出来，"这辈子我就没明白过。先前还不觉得，现在知道了,有些事必须要弄明白。老默死了以后我才明白过来。"

"别说这些伤心伤神的事了。养病要紧。"

"我得说说,老姐姐,我心里憋啊。老默就在老榆树下看了我半辈子,我一句话没说。"

"你还恨老默吗?"

"不知道,"麻婆说,"我还能恨谁呢?"

"良生真是老默的孩子?"

麻婆茫然地望着天花板,半天才说:"让我再想想。"

祖母说:"身子骨要紧,以后可不能再犯糊涂了。"

麻婆的微笑像一张空白的纸。"第一个孩子我打掉了,是老默的,他不要我,说我是做那种事的,他家里无论如何是不能容忍我的。一个孩子,可我哪里能养活得起。后来就是良生,我不能再打掉了,我舍不得,一块块都是揪心的肉啊。谁让我是做那种事的呢?后来老默又来了,还有别人……就有了良生。我不知道是谁的。可不管是谁的,都是我的孩子。我得把他养大成人。我到花街不就是为了养活一个孩子嘛。"

"过去了就别再想了。老默也死了。"

"他为什么要在花街看我这后半辈子呀?"

"老默放心不下你呗,"我祖母说,"他在向你赎罪啊。老默能看着你到死,他应该是高兴的。你就别瞎想了,人都死了。"

"就是因为老默死了我才要想明白。我得知道良生是谁的孩子。过去我以为不思不想就能过一辈子的,现在不一样了。麻子是个好人,一辈子没亏待过我。良生也没错,他应该知道。"

"别想啦,"祖母从我手里接过一个香蕉,剥了皮给麻婆,"先把它吃了。剩下的事以后再说。"

麻婆把香蕉又递给我,拍拍我的头说:"以后常和秀琅玩。"她的手很瘦,皮肤是透明的。"我得想想,"她又说,"我得再想想。"

夕阳的暖光从窗外进来,病房仿佛悠悠地飘在安详的温暖里。麻婆坐在太阳光里,像一幅静止不动的陈年老画。我想起老默的葬礼上,同样是一片白,那里却是让人眩晕的冰冷。我先听到秀琅的声音,她和蓝麻子买水果回来了。

"嫂子来啦,快吃水果。"蓝麻子说,从袋子里拿出几个橙子来。

"不了,我得回去收拾一下做晚饭了,"祖母站起来说,

"秀琅，到婆婆家吃晚饭去。"

秀琅看看我又看看蓝麻子和麻婆，走到麻婆的床边抓住麻婆的手，一句话不说。

麻婆抽出手，摸着秀琅的脸说："去吧，婆婆叫你呢。"

祖母又说了一些让她安心养病的话，就带着我和秀琅离开了病房。临走的时候，我看见麻婆向我们摇动透明的手。

很快麻婆就出院了。我和祖母去豆腐店看过她几次，每次都听到她对着祖母叹息，说怎么就想不明白呢。祖母就劝她，为什么要想明白呢，现在儿孙满堂一家人和和美美地过日子不是很好嘛。麻婆就勉强地笑了笑，不说话。

不几天，大约一个星期吧，我和秀琅、紫米下午放学回来，刚走到花街头上就听到一阵哭声。一个街坊急匆匆地往巷子里跑，见了我们说："秀琅，快回家，你奶奶喝盐卤死了！"秀琅听了，抱住我放声大哭。

2003 年 4 月 22 日，北大万柳

最后一个猎人

1

从鹤顶回来,我一路都在抚弄那只伤了翅膀的鸟。杜老枪摇橹,吱吱呀呀地响,把水翻到船后去。他边摇边唱,调门扬起来,天就黄昏了。那鸟不怕船声和水响,怕杜老枪怪异的歌声,在我手掌心里乱跳,要不是我在它腿上系了一根线,翅膀坏了它也会飞走的。

我跟杜老枪说:"别唱了,鸟要吓死了。"

"哪有摇船不唱歌的。吓死了明天再给你打一只。"

声音更大了。今天他高兴,打了四只野鸡、三只野鸭,还有这只伤了翅膀的鸟。我说叫翠鸟，图画书上就是这么说的，他说叫柴咕咕。柴咕咕，多难听的名字，比麻雀还难听，我不信。有过路的船和我们打招呼，扯着嗓门喊老枪，老枪也伸长脖子跟人家对喊。有的船上已经亮起了灯，摇摇晃晃的光亮把水面照黑了。到了，杜老枪说，收起了两支橹。我听到石码头上夜晚嘈杂起来的说话声。

母亲站在石码头的第一个台阶上，背后是我们家饭店敞开的大门，灯光雪白，很多人在灯光里走动。

"怎么现在才回来？"母亲说，"要把人急死了。"

"穆鱼要柴咕咕，打了半天才打到。"杜老枪说，把装着猎物的口袋扔到石码头的台阶上，"今天运气不错，一堆，够那帮狗日的吃几顿的。"

我捧着小鸟上岸时，被母亲骂了一句："多大了，还玩这个。"

杜老枪拎着口袋进了我们家，他要把猎物卖给我父母。几年了，他一直给我们家饭店提供这样的野味。有几个船老大对野鸡野鸭什么的特别有兴趣，每次经过石码头都要吃上两只。杜老枪说的那帮狗日的就是这些船老大。这帮狗日的整天在运河上跑来跑去，兜里有的是钱。他们常常三五个聚在一起，在我们家饭店里划拳喝酒，一身的江湖气，什么好吃吃什么。酒足饭饱之后，就拍拍肚皮去了花街，一个个歪歪扭扭地去找老相好的小灯笼。花街的很多门楼底下，夜晚会挂起小红灯笼，挂灯笼的那些女人躲在房间里，正用一个好身子等待那些来摘灯笼的男人。有外地的，也有本地的。无所谓，人只认钱。

父亲把猎物称了称，按老价钱算了账，九十六块钱。父亲对母亲说："给老枪一百。"

杜老枪说："不能老这样，给九十。我就要九十。"

父亲看见了我手上的小鸟，说："那不行，还有这只柴咕咕，一百还不够哪。再加十块。"

"不行不行，那就一百好了，"杜老枪用空袋子把枪裹起来，"柴咕咕是给穆鱼玩的，他跟了我一天。"

"是翠鸟！"我说。

"好，翠鸟，就翠鸟。"

杜老枪呵呵地笑，收下钱要回家。父亲说，别回了，让穆鱼去跟袖袖说一声，今晚在这喝酒，咱哥俩好些日子没正儿八经喝两盅了。杜老枪谦让了半天，最后打算留下来。他说是啊，有两个月了，好，喝。他把长枪放下，洗了手要坐下，袖袖就气喘吁吁地跑进来了。

袖袖是杜老枪的女儿，都说是我们花街的人尖子，长得好。那些过往的船老大，见过袖袖的都说，这丫头，像根葱似的，只有咱们运河水里才能泡出来的葱。他们说起袖袖时，嘴角像吃了红烧肉一样，亮亮的一片口水。

"爸，"袖袖说，紧张得胸脯鼓鼓的，"有三个公安局的来咱家了，让你快回去。"

"找我？"杜老枪觉得莫名其妙，抓了半天的脑袋，才说，"可能是为这杆枪来的。"他对我父亲说："这枪先放你们家，我去看看。"他和袖袖刚出门，又转回头："不行，我还是扛走，万一连累你们就不好办了。你把酒留着，我回家看看，一准回来再喝。"

他把枪扛走了。我和父亲把他送出门，发现杜老枪和袖袖没有直接回花街，而是拐向石码头西边的灌木里。那里长了一丛丛深稠的紫穗槐。

"他是去藏枪。"父亲说。

2

那天晚上，杜老枪最终没有回到我们家喝酒。八点半钟的时候，袖袖哭着跑到我们家，说不好了，他们要把她爸抓走了，要给他戴手铐。她妈让她赶快来找我父亲，因为我们家开饭店，南来北往的头头脑脑父亲多少认识几个。父亲听到消息就跟着袖袖往花街跑，我跟在父亲屁股后头也跑。从石码头往前走一点，拐弯向南就是花街。一条长长的窄巷子，青石路面，老得长满了青苔；没有青苔的地方，多年来被无数双脚踩得平滑发亮，雨水天气路面滑，不小心就要摔跤。进了花街就看到不远处亮起灯光，杜老枪家的院门敞开着，灯光落到巷子里。石板路上谁家泼了水，亮堂堂的一片。一群人在灯光和水光里乱动，声音也闹起来。我听到瘫痪的袖袖妈在大声哭喊。

很多人围在杜老枪家门口。我和父亲挤过去，两个戴大盖帽的警察已经把杜老枪拖出来了，一人抓着他的一只胳膊。杜老枪的手上戴着明晃晃的手铐。另一个警察扛着杜老枪的枪，挥舞着那支长枪驱赶围观的人群。

"让开,让开,"他说,"有什么好看的!"

他们要把杜老枪塞进门旁边的一辆警车里。父亲挤到警察面前,让他们等等。"有话好说,有话好说,"父亲说,"能不能先把人放了?"

巷子里安静下来。"不能,"那个扛枪的警察说,他好像是三个人里的头头儿,"除非现在就交出一万两千块钱来。"

这数字把周围人吓一跳,这么多。在花街,一万两千块钱可是个惊天动地的数。

"这么多钱?老枪欠你们的?"

"不是欠我们,是欠公家的。"扛枪的警察把枪放下来,他的脸一半留在灯光里,另一半被阴影遮住,有亮的那一半脸上生了一个瘊子,说话时瘊子上的一撮毛跟着乱哆嗦,"我们明文规定要上缴枪械等凶器,他偏偏私藏,知法犯法,罪加一等。不仅要缴他的枪,还要罚他的款!局里说,要狠狠地罚!让你们把上面的精神当作耳旁风。"

杜老枪喊道:"我这枪不是凶器!就是一个土铳子,打鸟的,不杀人。"

押他的警察让他老实点,等他们头头儿说话。大瘊子说:"你住嘴!很多东西都不是用来杀人的,最后不还是杀了?我们要防患于未然。嗯,防患于未然。"

"我爸真是用它来打鸟的。"袖袖还在哭。比她哭得更厉害的是她妈,和过去的很多年一样,她腿脚不好,大部分时间待在床上。她在堂屋的床上又哭又喊,求他们放了她男人。

"小丫头,一边去。我不是说了嘛,等他杀了人我们再来收枪,那我们还怎么保护人民群众的生命安全?"

杜老枪的老婆声音突然变近了,很多人伸长脖子向门楼里面看,杜老枪的老婆竟然从床上爬下来,现在都爬出了堂屋的门槛。袖袖看了,赶紧跑进家门,去照看她妈。

"不能少罚点吗?"我父亲说,"一万二,实在是太多了。"

"一个子儿都不能少。你别以为这钱我们几个贪了。要上缴的,一分钱我们都留不下来。这是上头的指示,还要奖励举报人,两千块哪。"

"你看我们花街人过的日子,让领导通融一下吧,实在拿不出这么多钱。"

"一分都不能少!你到底要我说几遍?有意见找上头

说去。"

"那能不能先把人放了？不放人怎么去找钱交罚款？"

"你骗小孩哪？"大瘪子突然咯咯地笑了，"放了人你赖着不交，不还是要抓？"他对外面两个警察挥了一下土铳，"别跟他们啰唆了，走，把人带走。什么时候钱拿来了什么时候放人。"

杜老枪死活不跟他们走，父亲也上前阻拦，因为是夜晚，谁也看不清谁，周围的花街人都拥上来，把那两个警察推得跟跟跄跄。

"反了，反了！"大瘪子抡起土铳为另外两个开路，他抢先跑到警车边，拉响了警笛。尖厉的警笛发挥了威慑力，整个花街都停下了呼吸和心跳，大家像突然冻僵了一样站在原地，谁也不敢再去阻拦了。大瘪子骂骂咧咧地打开车门，三个人合力把杜老枪塞进了车里。我们都没回过神来，汽车发动了，车头灯雪亮地穿透花街的夜，把巷子照得黑白斑驳，鬼魅气十足，石板路面也变得无比的漫长。喇叭响起来，我们自觉地让开道，看着车喷出几股尾气跑掉了。

母亲把饭店托付给厨师，也来了。她在堂屋和袖袖一起安慰杜老枪的老婆,把她抱上了床。

"没事的,别担心,"母亲说,"就一个土铳,多大的事,老枪明天就会回来的。"

杜老枪的老婆一抽一抽地说:"让他不要去打,他非要去,说再不摸摸枪人就得疯,过日子都没什么意思了。现在好了,被抓进去就有意思了。还有那一万两千块钱,把家卖了也找不到那么多啊。"

我父亲说得没错,从我家出去,杜老枪的确是把土铳藏到了紫穗槐树丛里。他舍不得那杆枪。但是没办法,警察还是逼着他把枪拿回来了。他赖不了,有人举报了,举报的人说,杜老枪今天就去打猎了。没猎枪怎么打猎?

"这事不能急,慢慢想办法,"父亲也安慰杜老枪的老婆,"我明天先托人到上头看看,争取通融一下,钱,也得赶快筹。"

3

杜老枪以为没事了才出来打猎的。

两个月前,上面下了通知:为了保证广大人民群众的生命和财产安全，所有的枪械、刀子、三节棍、九节鞭子，只要能杀人的，只要在武打电影电视里出现过的，都得限期上缴。花街上大大小小上缴了不少东西，屠夫年午的一把特大号杀猪刀都缴了上去。我们家上缴的是一把步枪刺刀，父亲的一个朋友送的。那大伯当过兵，复员回家的时候，不知怎么搞的带回了一把步枪刺刀，半新不旧的。玩了几天就厌了，送给了我父亲。父亲练过，刀啊棍啊什么的都懂一点。他喜欢那把简朴的刺刀，晚上饭店打烊了，他常会拎着那把刀到石码头上耍一通。一是爱好，再就是锻炼身体，最主要的，像母亲说的，是让周围和来往的人知道，父亲会两下子，不要打我们家饭店的主意。父亲本来也不愿意把刀缴出来，但早就露了脸，人都知道。私藏要犯罪的，只好忍痛割爱了。

杜老枪舍不得忍痛割爱，他一声不吭地把自己和枪都藏起来了。不打猎了。花街上谁不知道杜老枪是个打猎好手？不仅花街，整个清江浦都知道他。花街上的老杜家，祖传的好猎手。再上几辈我不太清楚，杜老枪他爹枪法好我听说过，好成什么样没见过。我见过的杜老枪他爹已经老了，眉毛都白了，瘦得像个骨头架子，举不动枪，后来就死了。

那时候杜老枪外号还不叫杜老枪，叫杜一枪，就是枪法好，一枪解决问题。杜老枪是他爹叫的，他爹才是个厉害的老枪。杜老枪死后，杜一枪就成了杜老枪。

现在的杜老枪只有一个女儿袖袖，袖袖不喜欢打猎。袖袖喜欢什么杜老枪不知道，女儿不喜欢打猎他知道。这是理所当然的，哪有女孩子扛着土铳乱跑的。不要说袖袖，就是整个花街，整个清江浦，打猎的也只剩下了老杜家。当年，他们父子俩一人一杆土铳子，哪一次出门都是满载而归。父亲扛不动枪，他的土铳就闲下来了，进了储藏间里再也没有出来。老杜老枪死了，剩下一个小杜老枪，他是我们最后的一个猎人。

杜老枪是真的爱打猎，三天不摸枪就难受，不知道两只手该往哪儿放。他给我们家饭店供应野物，挣钱当然是一个目的，更重要的，我猜是为了给自己打猎找个借口。十天左右他就要打一次，为了打猎他不惜跑近二十里的水路，因为近处的方圆里找不到鸟雀可打，杜老枪说，都被人赶跑了。人瞎能折腾，就是老虎豹子也不敢待下去。他天不亮就摇着小船出门，经过紫穗槐丛，一片小芦苇荡，再经过一片刺槐林子，船到了那儿太阳才出来。到了夏天，站在船上就能看见槐树花开，如云如雪，运河两岸飘香，饿了，伸手捋下几串，槐花细腻，香甜爽口。再走就是单调的水路和村庄，几间房子，或者一小片住家。再走，是从运河伸出去的一个巨大的河汊，里里外外生长了浩瀚的芦苇。到了，就这里，野鸡野鸭的天堂，也是杜老枪的天堂。到了芦苇荡，就出了清江浦，是鹤顶的地界了。

杜老枪的这条路我也熟，我跟着他打过很多次猎。他摇船，我听他唱歌；他打猎，我跟着捡收获的野物。有好看的鸟，我告诉他，我想要，他说好，枪膛里只放一粒小崩砂，为的是不把鸟打死。他射中鸟的一只翅膀，只让它落下来。枪响了我就去捡，杜老枪很少失手。就像我刚得到的这只翠鸟一样，只伤了翅膀尖，杜老枪说再调养几天它就能重新飞起来。

我父亲舍不得那把刀，最后还是上缴了。杜老枪舍不得他的土铳，他就不缴，通知下来的第二天他就不见了。整个花街大大小小的枪械都收完了，街道上的小领导来到杜老枪家。杜老枪老婆说："我们家老枪去鹤顶的表哥家走亲戚了。"

"枪呢?"

"那是他宝贝,当然带走了。"

"什么时候回来?"

"没准。他表哥是个酒坛子,逮着他不喝够哪会放他回来。"

"你们家老爷子那杆枪还在吧?"领导说的是老杜老枪的那杆土铳。

"多少年了,早锈成废铁了,都忘了是不是给袖袖当破烂卖了。"

"算了,那也不是枪了。"领导说,临走的时候又说,"老枪回来后,让他主动把枪缴上去。这是国家规定的,是法律。"

袖袖妈连连点头。她知道领导也明白,土铳是杜老枪的命根子,收是收不上来的,所以就打个哈哈算过去了。再说,杜老枪虽然一年到头扛着枪,却是个好人,他是个猎人,不是坏人,当然也就不会用土铳做凶器。

杜老枪就算躲掉了。半个月后,枪械收缴的事过去了,他回来了。回来他也没敢摸枪,忍着,怕惹人耳目。忍了一个多月,实在忍不住了,又把猎枪扛出来。那时候早就没人再说收缴枪械的事了,他觉得已经太平,可以打猎了。去鹤顶的前一天晚上他来我们家,问我父母还要不要野物,他又要动手了。我父母当然愿意,这两个月里,很多船老大都叫着问,野鸡野鸭跑哪儿去了。

我父亲还是说:"风头刚过,还是小心点,要不再忍忍?"

"忍不了了,"杜老枪说,"再忍就该真杀人了,杀自己。摸不了枪,不如死了算。"

他要去鹤顶,明天就去。我说我也去,我也很久没打猎了。杜老枪就对父亲说,你看,跟班的都急成这样,打猎的还不急死。

就去了。然后回来就出事了,有人到上面举报了。

4

父亲的派出所之行一无所获。他找到了工商管理所的副所长,那是他唯一能够认识的一个当官的。父亲希望副所长能够到派出所里给杜老枪求求情,先把人放出来,至少还可以再减免一点罚款。副所长很为难,说不是一个系统的，怕说不上话啊。

父亲说："试试吧。上次您在我的小店里吃的野物，就是老枪打的，您还说味道不错。"

"有这事？"副所长说，"好吧，我就试试。"

他给派出所副所长打了电话。对方说，哎呀，不好办啊，政策已经公布出去了，我也使不上劲，我们不能自己打自己嘴巴子，想看看犯人倒是可以通融一下。

工商所副所长摊开双手说："你看看，你看看。"

父亲只好去看看杜老枪。杜老枪因为嚷着要回家，吃了一顿打，父亲见到他时，脸还是肿的，身上青一块紫一块，碰哪儿哪儿疼。

父亲说："老枪，我没能帮上忙，他们说没法减免。"

"我想出去。"杜老枪说，"让他们把我放出去。"

"你别急，嫂子已经让袖袖到亲戚家借了。"

"到哪儿去借？这么多钱，要人命哪。"

不借才要人命呢。你看都打成什么样了。

父亲回来了，没有说杜老枪被打了，只对他老婆说，继续借，凑够一万两千块钱就能把杜老枪领出来。杜老枪的老婆又哭了，到哪儿去借？都是穷亲戚。花街也不行，都叮当响；再说，谁愿意把钱借给穷人家。

我父母商量了一下，借给了杜老枪老婆三千块钱。在花街的一般人家，这已经是个不小的数字了。当然，那些挂小灯笼的女人除外，她们到底挣了多少钱，只有她们自己知道，反正花街上的正经人家都没钱。找不到挣钱的路子。清江浦这地方，除了跑船、做生意和当官，找不到别的发财路子。原先我父亲一直觉得我们家日子过得不错，但是面对一万两千块钱，他不得不承认我们的饭店只是个小本生意。

大约半个月时间，加上我们家的三千，杜老枪的老婆一共凑到了八千块钱。她让袖袖跑遍了所有说得上话的亲戚朋友，就这么多了。不是所有人都没钱，他们怕借出去的钱再也收不回来。他们的担心不是没有道理。

杜老枪的老婆又哭了，她愁眉不展，实在没地方可借了。她找我父亲商量，是不是可以先拿八千块钱去试试，说不定他们看到现金一高兴就把人给放了。父亲推不过，只好去试试。为了保护这八千块钱，杜老枪的老婆让袖袖也跟着我父亲一起去。

结果很显然，派出所不同意。另一个副所长把桌子都拍起来了："简直是胡闹！你以为我们政府机关是做买卖的？可以讨价还价？一万二，一分都不能少！"

父亲给弄得很难看，请求副所长息怒，他只是想了解一下，绝没有讨价还价的意思。说了一堆好话之后，他带着袖袖探视了杜老枪。杜老枪脸上的旧伤已经痊愈，新伤出现在下巴上，靠近耳朵，不知是被什么工具擦破了，现在也好了不少。腿有点问题，说是被踹伤了，开始的一周里，他在里面老叫嚷要回家，踹他是为了让他安静下来。

"现在呢？"父亲问他。

"没事了，"杜老枪说，脸色也比上次好看些了，"叫也没用，就不叫了，也就不打了。就是做噩梦，老梦见他们把我拉出去，拿我的土铳要毙我。我的枪呢？你看见了吗？没被他们弄坏吧？"

"还惦记那东西！"父亲说，"还有四千就齐了。"

杜老枪颓丧地低下头。"袖袖，"他说，"跟你妈说，别借了。我早想过多少遍了，借不出来了。我就蹲在这里算了，你照顾好你妈，别惦记我。"

袖袖哭得更厉害了，从见到杜老枪就开始哭，一直没停下。"爸，你别急，我会借到钱的，"袖袖说，"你在这里等着,别和人家吵。我会照顾好妈的,我去挣钱,一定能挣到四千块钱。"

袖袖一哭,杜老枪也哭,他说:"我没事,待在这里也不错,有吃有喝的。你们娘儿俩好好的我就放心了。哪天我出去了,找着那个打小报告的,不崩他十次我他妈的不是人!"

5

在我们家阁楼二楼的窗口前,能看到整个花街。两排临街相对的灰色小院,青砖灰瓦,每一户的屋子都独立地站着,又瘦又高,屋檐像鸟一样飞起来。院子里有槐树,大大小小的不一样,一样的是夏天都开满槐树花,一条街都香甜,走在花街上总让人想打瞌睡。槐花的香味持久,尤其在清早和傍晚,青石板路上蒸腾起水汽,槐花香味也飘起来,各家的院门打开,从门楼里走出摇晃着胳膊的人,脚上是拖鞋。真正的花街出现了。然后是炊烟和饭香,大人的叫骂,小孩的啼哭,还有敲打饭碗和脸盆的响声。最热闹的是几家店铺。老林家的裁缝店,老歪家的杂货铺,蓝麻子的豆腐坊，孟弯弯的米店，门口聚着来做生意的人。当然还有其他的店铺，可以拆合的门板在清早一扇扇打开，夜晚再合上。有的门楼底下，晚上会亮起小灯笼，那灯笼是那些女人做生意的标志，跟男人和女人的身体有关，就不说了。这些门楼和其他人家的门楼倒没有什么区别。

杜老枪被抓以后，我站在我的窗口看花街，经常看到三五个人站在谁家的门楼底下，扶着门前的老槐树，脑袋凑在一起。只有新鲜事才会让花街人这样亲密地相互碰头。大家都在议论举报的事，谁会是那个打小报告的？说不清楚。花街不大，就那么几个人，但是谁的秘密也不会放在脸上，一条街上生活，过的却是各人自己的日子。大家都认为举报的人是在发昧心的黑财。一万两千块钱是什么？足以让花街上任何一家元气大伤，尤其杜老枪家，榨干了也找不出那么多钱来。

他们家的日子过得不好。杜老枪有过工作，在玻璃厂里清洗收购来的碎玻璃，谁都能干的活儿。工资本来就低得要死，前两年玻璃厂又倒闭了，欠了三个月工资没发，最后不了了之。四十多岁的人了，哪儿都不愿意要，他就在石码头西边的空地上开辟了一个小菜园，种点菜，多少能赚点。平常打点野物卖给我们家饭店,也是一个不错的收入。在花街上,一天能挣那么多钱,的确是个不错的收入。每次他到我们家卖野物时,饭店里的熟客都打趣他,说这下老枪有钱了,够摘两个灯笼的。杜老枪就骂他们,多大的出息,就不能搞点干净的?他说话大大咧咧,也不怕有下馆子的妓女听见。玩笑几乎每次都开,每次都开了一两句就打住了,因为花街上的人都知道,杜老枪是个正经人,嫌那些挂灯笼的女人不干净。他在老婆腿刚坏掉的那些日子,也没像其他男人那样,去摘谁的小灯笼。

再困难的时候,杜老枪就去做临时的短工,出苦力,比如在码头上给人家装货、卸货。他老婆两条腿有问题,走路很麻烦,他给她做了个带滑轮的小车子以后,她才能走到家里的其他角落,一天做出三顿饭来。袖袖读了一个职业中专,毕业了找不到正经的工作,没办法,清江浦很小,体面一点的位子都让有钱有势的人占了。她在家待了两年,只好到一家超市做了临时的收银员,工资也少得可怜。

杜老枪家在这些院子里面。他家的房子低,门楼也低,像个吃不饱饭的瘦孩子,孤零零地站在花街上。我看得还算清楚,院子里的槐树也小,杜老枪前几年急着用钱给老婆治病，把老杜老枪留下的老槐树砍倒卖了。我看到袖袖推着自行车出了院门，车篮里放着一个小女包。她回头和她妈告别，杜老枪的老婆坐在滑轮车上，向女儿挥手。袖袖关上院门，骑着车子向南走，很快消失在花街尽头。

袖袖早出晚归，除了工作，大概还要到处借钱，所以有时候晚上也出门。晚上我很少出门，母亲不让我出去，因为夜晚的花街是个暧昧的地方，有很多外面的男人来这里。越是不让我出门，我对夜晚的花街就越感兴趣，睡前一般都要在窗前张望一番。如果不是暴风骤雨一类的恶劣天气，总能看到一些红灯笼挂在门楼上。有人在巷子里走。有人摘下灯笼。有人提着灯笼进了院子，消失在某一间屋子里。有人从门楼里出来，慢慢腾腾地穿过花街。陌生男人出没的地方不安全，这是母亲不让我出门的原因之一。所以我常常担心袖袖，她有时候回来很晚。我十一点半睡觉，还看过他们家的门打开，灯光落到院子里，她刚刚回到家。

谁是那个举报的人，一直没弄明白，尽管大家一直在说。关于杜老枪一家，说得比较多的还有借钱的事。我在我们家的饭店里常听到有人提起，在相互询问对方，袖袖的钱借齐了没有？我也问过母亲，母亲说，前天见到袖袖，说差不多了，很快就能把她爸领回来了。说完母亲又自言自语，说，你看袖袖整天跑来跑去就知道了，这年头，借钱比赚钱还难啊。

6

我的翠鸟死的那天，杜老枪被领回来了。翠鸟翅膀上的伤养好以后，我就把它关进了笼子里，怕它飞。刚开始它在笼子里扑棱，想出来。我当然不能让它出来，关得更严实。它就垂头丧气，心不在焉地吃点东西，喝点水，最后竟然死了。这是我养死的第四只鸟。早上起来我去喂食，发现它头歪在笼子外面，身子都硬了。养得那么认真，它还是死了，弄得我很伤心。这伤心一直持续到中午。杜老枪被领回来了，到了我家饭店，他听说鸟被我养死了，就说，以后再给你抓一只。

"要什么鸟！"父亲说，"你老枪伯伯不打猎了。"

"不，打，一定要打，"杜老枪喝酒喝得很猛，"除非我死了才不打。等着，什么时候我再给你抓一只来。"

母亲骂我说:"还这么不懂事,鸟有什么好玩的。"

"别训孩子。谁说我以后不打猎了?不打猎还叫什么猎人。"杜老枪说,"现在可能不会打了,要找个事挣钱还账。那个举报的人是谁?"

父亲说:"现在还没头绪。罚款都交了,还问这事干吗?多一事不如少一事。"

"不,我一定要查明白。我要一枪崩了这个狗日的!"

杜老枪是父亲领回来的。袖袖把剩下的钱借齐了,她要上班,托我父亲去了派出所。蹲了两个月看守所的杜老枪看起来老多了,脸上的伤疤蜕掉了,留下白色的印痕。人也瘦了,两只眼比过去大。那天中午,他在我家喝了很多酒,一边喝一边说。他说,到了那里发现打猎对他来说更重要了,扛着枪在野地里走,想走到哪儿就走到哪儿。他又说,他早晚崩了那个打小报告的狗日的。当然也说要给我抓小鸟。翻来覆去地说。然后就喝醉了,醉得头脑不好使,趴在饭桌上大哭起来。

出事是在三天后的晚上。那天晚上,我和父亲都在杜老枪家,他请我父亲去他们家喝酒,杜老枪老婆说,是感谢的酒,一定要去喝。我跟去完全是凑热闹,当然也是杜老枪特地嘱咐的。袖袖到朋友家去玩了,不在家。父亲的酒量不如杜老枪,两个人慢慢腾腾喝到了九点半,喝了两瓶,父亲就不行了。放下酒杯开始聊天。杜老枪也差不多了,说,那就说说话。他起身去了储藏间,一会儿提着一个长家伙回来。

"土铳,"他把手里的枪用袖子擦了擦,递给我和父亲看,"我爹留下的,多少年没沾过手了。你看都锈了。"

父亲说:"老枪,还玩?"

"现在还不能玩,锈坏了。我想再把它弄好。"

父亲又说:"嫂子,你还让老枪玩?"

杜老枪老婆伤心地说:"我哪管得了他?"

"老弟,实话跟你说了,"杜老枪不停地用衣袖擦枪,擦得很仔细,里里外外都照顾到了,"我的确是想摸摸这东西,手痒,心也痒。还有,更重要的是,我还想打点猎,你放心,我再也不会让别人知道了。你还要不要野物?找不到别的挣钱的好路子了。我得把钱都给人家还上。"

父亲说:"这合适吗?"

"那你说我该怎么办?袖袖低三下四地求人才借来这些钱,答应尽快还回去的。"

父亲说:"那好吧。可得当心。"

我们继续说话,看着杜老枪擦枪。他找来一块砂纸打磨枪上的铁锈。然后听到有人敲门,我跑去开院门。是一个高个子男人,屋里的灯光照不到他脸上,月亮被云彩遮住了,看不太清楚他的长相。

"杜袖袖在不在家?"他问,嘴里喷出酒气。

我吓了一跳,赶快跑回屋里,对杜老枪说:"一个男的,找袖袖姐。"

杜老枪早把土铳藏到了门后,他嘴里嘀咕着说,谁啊?已经出了门。我跟在他身后也出了门。那个男的手插在裤子口袋里,站得像棵歪脖子树。杜老枪走到门楼底下,伸长脖子看了他一眼,说:

"你是谁啊?袖袖不在家。"

那个男人说:"你让她别躲了,赶快出来,别以为躲就能躲得掉。要么就把钱还给我。"

杜老枪说:"袖袖借你的钱了?"

"不是借我的钱,是要了我的钱。说好了睡三次,现在刚睡一次就不干了。"

"你,"杜老枪身子突然哆嗦了一下,"你说什么?"

"妈的要到我头上了，"那个男人说，左手从裤兜里掏出来叉在腰上，"她自己开的价，一千块钱三次，钱拿到了就不想睡了是不是？"

杜老枪身子直哆嗦，呼吸越来越重，半天才说："你等着，我给你拿钱去。"转身去了屋里，一路走得深一脚浅一脚。我也要往回走，杜老枪又出来了，手里提着那杆长枪。我觉得好像不对劲儿了，本能地喊了一声爸。我听到父亲的声音从屋子里传出来，父亲说：

"老枪，你要干吗？"

杜老枪突然跑起来，举着土铳叫着："狗日的，我还你钱！"

我吓得赶快闪到一边。那个男人一下子也反应过来了，转身就往门楼外跑。他刚跑出去，杜老枪也跟着跑出去了，巷子里发出杂乱迅疾的脚步声。花街的夜晚很安静，那些脚步声产生了持久的回音。我听到了那个男人"啊、啊"的叫声，还喊了几声"救命"。那时候父亲也出来了，杜老枪的老婆在屋里尖声叫着杜老枪的名字："老枪，老枪。"

父亲对我说："快追，还愣着干什么！"人已经到了门楼外边。

我跟在父亲身后追，跑得上气不接下气，脚底下的青石板湿漉漉的，我几次都差点滑倒。他们往石码头方向跑。我迟了。那个男人快到石码头的时候被杜老枪追上了，确切地说，是被他的土铳追上了，追上了就把他放倒了。父亲赶到跟前时，杜老枪正用枪托拼命地砸那个人的脑袋，那个人像条狗蜷缩成一团，个头看起来矮多了。父亲把杜老枪抱住，拖到了一边，杜老枪还在喊：

"狗日的，我崩了你！狗日的，我崩了你！"

他被我父亲摁到地上，语无伦次地骂着狗日的，坐在那里直喘粗气。我跑到他们面前时，父亲正伸出手去摸那男人的脸。他伸手在那张血肉模糊的脸上找了半天，找到了他的鼻子，父亲的手僵在他的脸上，然后一屁股也坐到了地上。他和我一样，也迟了。

我们的跑动惊动了整个花街，时间不长就聚了一圈人上来。他们指着蜷在地上一动不动的男人问，那是谁？

父亲犹豫了一下，哑着嗓子回答他们："举报的那个人。"

2004 年 4 月 12 日，北大万柳

大雷雨

1

冯半夜让人往灶膛里再添把火。一根木柴塞进去,啪地爆响一声,啪地又爆响一声,水就咕嘟咕嘟开了,顶得槐木锅盖噗噗直跳。冯半夜挽起袖子,学着杂技演员绕院子转上一周,大喊一声:"拿狗来!"没有人帮他拿,他自己使唤自己。他把拴在墙角槐树上的那条黄狗解开,拽着缰绳往锅边走。黄狗知道没什么好事,不愿意跟上,屁股拼命往后坐。冯半夜抄起一根棍子,不打,就比画,死拖乱拽就把狗弄到了锅边。冯半夜说:"你这畜生,不知好歹，让你喝汤呢。"他还向满院子的人嘿嘿笑了两声。

锅盖掀起来，热水花翻涌上来，"看看，不错吧？"冯半夜咳嗽一声跺一脚，黄狗抬头看他，眼里流出了水，还在拼命向后躲。冯半夜蹲下来，一手拿锅盖，一手梳理狗背上的毛，突然大叫一声，抓着黄狗的后背拎起来，准确地扔进了滚沸的锅里，满院子的人只看到水溅出来，溢出来，看见黄狗的白爪子绝望地招摇一下，它的叫声像泡沫擦过玻璃，只响了一下，就被锅盖盖在了锅里。冯半夜一屁股坐上去，盘起腿，从裤兜里摸出一根揉皱的烟点上。屁股底下翻江倒海十来秒，安静了。

院子里也安静下来，大家想起了头顶的天。很低，被几棵槐树撑着。西南边一大堆黑云向花街上移动，没有风，像谁推着巨大的铅块铁块往这边跑。

又来了，他们说。嘴馋的就跟冯半夜招呼，给他留哪个地方的一块肉。一条狗肉还没出来，就被分光了。冯半夜头脑里出现了电影中的恐龙骨架，他嘴里奇奇怪怪地吐着烟圈，烟雾缥缈，纠缠离散，就成了一副狗的骨架。冯半夜觉得剔完了肉的狗就应该是这样的。他们陆续走了，赶着回家把刚拿出来晾的湿衣服再收进屋。院子里空荡荡，就剩丹凤站在槐树底下对着他笑。冯半夜也对着她笑,冯半夜说:"丹凤妹子,想吃不?"

"死样!"丹凤说,"你以为我站这里看你呀!"

冯半夜一脸的死样,嘿嘿地笑。"给你送过去,留扇门。最好的肉。"

丹凤已经掸着袖子出了院门。冯半夜伸长脖子,越过低矮的泥巴墙看见丹凤的屁股,左扭一下,右扭一下,像两个大球此起彼伏,三扭两扭不见了。冯半夜重新坐下来,夹着已经灭掉的烟头看自己裤裆,嘿嘿地笑。

冯半夜往灶膛里又添了火,坐回锅盖上,等着水煮沸和肉香飘出来。冯半夜的锅其实是一口钢铁做成的大缸,半人高,多大的狗都装得下。他就这么坐在锅盖顶上,一根接一根地抽烟,一根接一根地抠脚趾,放在鼻子上闻闻继续抠,累了就抬头看天,估计着大雨到来之前肉能不能煮熟。

灶边扔了一圈劣质烟头,肉煮熟了。要有风,香味起码能飘到十里外的鹤顶去。有一回鹤顶的人请他去杀狗,说他杀过的狗肉香,他们闻到了,在鹤顶就闻到花街这里的狗肉香味。操,冯半夜想,他们都成猫狗了。馋猫鼻子尖,馋狗闻上天。

雨点开始落下来,又白又大。冯半夜找了顶斗笠戴上,整个人伏在锅上挡着不让雨滴落进锅里。香味熏得他头晕眼花。煮了多少狗了,还是扛不住这个香。上面厚厚的一层金黄的狗毛,被烫掉的,狗在热水里一扑腾,毛就哗啦哗啦往下掉。冯半夜把狗毛捞光了,拎上来一条光秃秃的狗,就像抓着一个剥光了衣服的女人。

2

大雨把天弄得很暗,雨停了,天更暗了。晚上来了。冯半夜趁着天光把剩下的最后一块狗肉拿起来,装进透明的塑料袋,又拿出一个小塑料袋装他自制的调料。冯半夜一直认为,真正独门的是他的调料,别人整不出来。他正打算把两个塑料袋塞进怀里,门外有人说话,他转过头,一个陌生男人走进来,腮帮上都长了胡子。那个人问,是冯半夜吗?

"是。有事?"

"买狗肉。"

"没了。卖光了。"

那人已经走到他跟前了，指着塑料袋："这不是吗？"

"不卖。"

"卖吧，多给你钱。二十？三十？三十五总可以了吧？"

"五十！"

"好，五十就五十！"那人去口袋里找钱，"贵就贵点，早就听说冯半夜的狗肉了。"

冯半夜的指头动来动去，突然说："我不卖了。"

"你这人，我钱都拿出来了。"

"我的肉，想卖就卖，不想卖就不卖。"

那人还要去拿塑料袋，冯半夜已经塞到怀里了。陌生人悻悻地把钱装起来，嘟嘟囔囔出了院门。真是，真是。冯半夜也哼了一声，操，自己的肉！

雨后的花街湿漉漉的暗淡，石板路上黑得发亮。冯半夜贴着墙根走，他的心情很好，捂着怀里的狗肉用力踩着脚底下的青苔。有炊烟的香味飘到石板路上，各人家的院门基本上都关着，花街的夜晚已经到来了。路上冯半夜看到几只小灯笼挂在门楼底下，蜡烛火焰在灯笼里摇摇摆摆，他就嘿嘿地笑,从心里一直笑到脸上。一个灯笼,两个灯笼,他对所有的灯笼都像对自己的肋骨一样熟悉。数到第九个灯笼,冯半夜停下来,左右瞅瞅,迅速地摘下来吹灭了,用胳膊肘去推门。门没插,他拎着灯笼一直走到堂屋里。

丹凤正跪在地上给菩萨磕头,嘴里念念有词。菩萨面前燃着三根香,这种香味冯半夜不习惯,连打了五个喷嚏。

"还求啊?"他说,擤了一把鼻涕偷偷抹到丹凤的衣橱上。

"不求怎么发财?"丹凤磕完了头,额上红通通的一块。

"求两年了也没见你发财。"

"所以更得求。再说,我都求两年了。"

"好,你求吧。"冯半夜大大咧咧坐到丹凤的床上,把狗肉和调料放到床头柜上,"你怎么又把灯笼挂上了?不是说好我来的吗?"

"不挂灯笼你怎么知道我闲着?去,洗洗你的爪子去。"

冯半夜从里到外都洗完了,回来看见丹凤在吃狗肉,半眯着眼像只猫。不知道这女人为什么如此爱吃狗肉,爱吃他冯半夜的狗肉。冯半夜嘿嘿地笑,张开胳膊就把丹凤压倒在床上。丹凤说:"急着赶死啊!还没吃完呢!"

冯半夜说:"操,就是赶着去死。"

床上的蚊帐晃晃荡荡，只有冯半夜一个人出声，丹凤的嘴也没闲着，手抓狗肉往嘴里塞。整个过程都在吃狗肉。冯半夜像条死狗似的停下来，丹凤歪身把他推到一边。"一边死去！"她不高兴了。狗肉吃完了，她意犹未尽，不停地到手指头找残存的狗肉渣。

"操，过河拆桥，肉吃完了就……"

"没看看多大的肉？就这么点，有桥给你过就不错了！要不是馋这点狗肉，你他妈的就是拿两百块，也得给我滚得远远的。"

冯半夜还是嘿嘿地笑，说操。心里开始得意，幸亏没卖给那个陌生男人，才五十，谁都知道丹凤的价不止这个，一百块钱都打不住。所以冯半夜就说："下次再送块好的给你。"

丹凤骂骂咧咧地要穿衣服，说："你在肉里放什么了，让我他妈的就是放不下。"

冯半夜歇过来了，翻过身子想再爬到丹凤身上，被一把推过去。丹凤说："有完没完？"

"你不是想知道我在狗肉里放什么吗？"他又想翻上去，再次被推下来。

"没肉,知道又有个屁用。现在就给我滚,以后别跟条狗似的在我门口乱转!"

3

冯半夜懊丧地出了门,还要帮丹凤把灯笼挂到门楼底下。他对灯笼上吐了一口唾沫,气自己穷得叮当响,要是有钱,操,我就理直气壮地再来三回,省得像现在这样,上了一点嘴,更他妈的饿了。回家的路上他就想,嗯,还得找狗杀。

夜里又下了雨,冯半夜被雨点打醒了。开始没觉得,后来每掉下来一滴就让他一激灵,都下到屋里来了。他开了灯,看了半天才找到漏雨的地方,正对着他的头。他从门后把和面的盆找来,放在枕头处,抱着枕头换到了另一头睡。乒乒乓乓的声音让他更瞌睡。第二天醒来,面盆里满满当当,冯半夜对自己及时醒来感到满意,他成功地制止了雨水流到床上。早饭吃得简单,吃馒头喝开水。前两天剩下的馒头已经长了绿毛,他用井水涮了一下,看起来干干净净,咬一口还是馒头味。馒头让他想起梦里的丹凤,她可真好，不要钱也不要狗肉，像一条绵软老实的褥子一样让他在身下铺了一夜。

吃完饭冯半夜去找狗杀。花街上是没有可杀的了，他决定去东大街。进了东大街就开始吆喝："有要杀狗的没？冯半夜免费杀狗啦！"一群小孩跑出来跟在他屁股后头，就是不见狗。他不死心，把东大街又喊了一圈，还是没有。冯半夜失望极了，打算再到西大街喊，这个时候遇到了那个要买狗肉的陌生男人。

那人说："还有狗肉吗？"

冯半夜说："狗都没有，哪来的狗肉！耳朵不好使啊？"

那人呵呵地笑笑，说："杀了狗一定给我留一块，要尝尝。"就走了。

冯半夜到西大街继续吆喝。喊破了嗓子才有一个人出来应声，他也只是说可能要杀，要跟老婆商量过了才能决定。冯半夜说，杀了吧，免费呢。那人说，都知道狗死半夜手里是福气，可我要栽老婆手里霉就倒大了。这样，老婆一答应，立马把狗带过去。冯半夜说好，心想这狗都他妈的死绝了，过去出了门就跟一屁股狗在咬，现在站大街上学母狗叫变了声，也没几个响应的。操，世道坏了。他继续走，从西大街兜回来，绕到了石码头上。码头上站了一堆人，都在看水。

连着一星期大雨，运河水像发酵一样涨起来。上游的水拼命地往下灌，泡沫、树枝、黄泥汤、死猫烂耗子都往下流。他看到沉禾在河边用钩子捞木头。沉禾多少年就干这个，捞上来晒干了卖给码头上的小饭店。还有小孩在捞死猫死耗子玩，他也凑上去看，说不准能漂过来一只死狗也不一定。死猪都有了，就是没有死狗。冯半夜听见肚子在叫，只好把裤带再紧一扣，转身回家找东西吃。

过午了，天还阴着，就跟这辈子都没晴过一样。经过穆鱼家的饭店，冯半夜伸头看了一眼，看到一个人在对他招手，就折过身走进去。又是那个陌生人。"来，一块喝两盅。"陌生人招手让服务员加一套碟碗。

"你是谁啊，请我喝酒？"冯半夜说归说，屁股已经坐到了凳子上。他觉得这人的口音至少是两百里开外的。

"想吃你狗肉的。"那人笑的时候，腮帮上的胡子都乍开来，一根一根直来直去的。

冯半夜喝了两盅就有点管不住自己的嘴了，那人问他什么他说什么。服务员端菜上来时，对那人说，冯半夜的连皮狗肉才好吃呢，你得尝尝。那人呵呵地笑着说，那当然，正在说。冯半夜突然一激灵，就像夜里雨滴落脸上那样，立刻闭嘴了。幸亏没说出配料的方子，谁知道这人是什么来头，绕来绕去都离不开狗肉，就盯着这事，好像不妙。冯半夜有点后悔吃这顿饭了。冯半夜他爹早就告诫他，这连皮狗肉的做法是冯家祖辈的绝活，当年很多人为学到这个打得头破血流，他得守好，一句话，别把祖宗给卖了。冯半夜向老半夜保证，一定不卖祖宗。现在更不能卖，他比过去任何时候都需要这手艺。冯半夜觉得自己清醒了，抱着肚子说："哎呀不好，肚子痛，得去茅房！"

陌生人说："这酒还没喝完呢。"

冯半夜一手抱着肚子，说："那再喝两杯，算我敬你了。"自斟自饮连下肚四杯，然后拣饱肚子的菜大吃了几口。嘴里塞得满满的跟人家告别，呜噜呜噜只能挥手。

4

一觉睡到黄昏，还是被吵醒的。一听到狗叫，冯半夜睡着的耳朵就竖了起来，又一声狗叫，他腾地坐起来跳下床，穿着裤衩就往外跑。果然是条狗，西大街的那个人最终说服了老婆，把狗牵来了。

"操，烧锅！"冯半夜说，弯腰去摸狗的后背。大黑狗，一身油光华亮的黑毛，看到冯半夜的手伸过来就要往后退。冯半夜说："狗日的，怕我吃了你！"

都忙完已经晚上十点多了。冯半夜只要了一块狗肉，其他的都让狗主人带走了。他吃了一点垫垫肚子，就揣着狗肉和调料去找丹凤，怕迟了丹凤插上门睡了。刚出门进了巷子，就遇到那个陌生人。那人说："是冯半夜吧？"

冯半夜只好说："是。"

"我又闻到狗肉的香味了，是不是又杀了？"

"没了。人家的，都拿回家了。"

"我怎么闻着还香呢？"陌生人凑上来，鼻子直抽气。

"说没有了就没有了！"冯半夜侧过身一闪，到了那人身后，头也不回就往前走。他听那人说，真是。冯半夜想，操，你吃了，我怎么办？

路上遇到几个低头走路的男人，一看就知道是过来找女人的。谁都知道花街有不少女人在挂着灯笼做生意。冯半夜心里痒痒的，觉得脚底下能长出毛来，一下子飞到丹凤的床上才好。丹凤正闩门要睡觉。

"这么早就睡？"

"没生意不睡等死啊。"丹凤声音懒洋洋的，嗅了一下鼻子立马精神了，"狗肉！"

冯半夜嘿嘿地笑："走，床上吃去。"

那块狗肉真不小，丹凤眉开眼笑。一轮结束了，她还在吃，吃得嘣嘣的，看起来还没有赶人的意思。冯半夜小心翼翼地下了床，给菩萨续上了三炷香，说："你看，我帮你给菩萨上香了，发了财也分我一点啊。"

"发个屁财！生意都不知道给哪个骚女人做了！"丹凤打着嗝坐起来，"挣钱要是能像吃狗肉这样痛快就好了。"

"总比我好吧，我还吃了上顿没下顿呢。狗他妈的也死光了，还有人打我饭碗的主意，操！"

"想学？那不行，都会了你就只能去死了。饿死鬼。"

冯半夜嘿嘿笑着凑上去，摸着丹凤的大腿："谁都不能让他学去。你知不知道，我整天就想两件事，你，还有发财。没了手艺，屁都别想。"

"我就这么绝情？"丹凤拎着冯半夜的耳朵往前拉。

冯半夜说："不绝情。"又扑上去。

安静之后,丹凤说:"真想发财?"

"做梦都想。"

"胆子够吗?"

"操,我胆子不够?我杀的狗堆起来不比花果山小,跑两万只猴子都没问题。"

丹凤停住了,下了床去院子里撒了一泡尿,回来一声不吭。冯半夜急了,这是怎么了?不就个胆子嘛,杀人也不过就两刀。

"就杀人。"

冯半夜后背上嗖地蹿上了一股凉气,下巴跟着就挂下来。

"看看,就这德行还杀人?你就杀狗的命。滚你妈的蛋吧。"

冯半夜的脸有点下不来,憋了半天,说:"那你得留我住一夜。让我发财,天天住这儿。"

"算了吧,回去睡个安生觉吧。"

5

最终冯半夜还是留下了。第二天一早离开丹凤的屋子,冯半夜两条腿就像两根糠心萝卜，一不留神就发飘。这下是吃饱了，撑得半死，操。冯半夜很满意，觉得丹凤这女人真不错，能娶了做老婆就更好了。她能把自己变成一团棉花，也能把自己整成一摊水。妈的，钱。丹凤说了，有了钱什么日子都能过。已经很明显了，跟他冯半夜一起也能过。多好。丹凤又说了，那个冤大头是个船老大，什么赚钱搞什么，一年到头在运河上跑，花街的灯笼他都摘遍了，发现就丹凤对他胃口，所以现在就定点了。每次经过石码头，只要停下来，就找丹凤。这是个有钱的主，口袋里总是鼓鼓囊囊，而且总是把钱随身携带，缝在贴身的衣服上，就是在女人身上也不脱下来。丹凤说，她觉得别扭极了，缝在衣服上的口袋不停地拍打她胸部，一下一下地疼。

"有多少钱？"冯半夜问。

"你卖了都不值那么多的钱。"

冯半夜想那真是不少了，他记得他爹老半夜说过，他的手艺，三个两个钱是买不来的。冯半夜又问，是不是腮帮上长胡子的？

丹凤说："哪个跑船的男人腮帮上不长胡子？你查户口啊，什么都知道了还怎么下手？"

冯半夜没吭声，把长在腮帮子上的胡子尽力从头脑里赶出去，开始想他的那把剔骨刀，下去一定就是个透心凉。

一个白天冯半夜都在断断续续地睡，养精蓄锐。杀人不是屠狗，得要大力气，这是丹凤说的。冯半夜觉得可笑，不就插两刀嘛。他睡觉为的是晚上再精神抖擞地爬到丹凤的床上，他要铺着一床的钱睡。晚饭后天黑得快，开始滴雨点，他就着雨水开始磨刀。刚磨好，丹凤进来了。丹凤说，在我屋里，差不多了你就过去。然后转身就走。

抽完一根烟，冯半夜把刀掖在裤腰里出了门，一路都在想着那个陌生男人请他吃的那顿饭。他大半年来吃得最好的一顿。他搞不懂这个人到底想干什么，也想象不出来他只穿一件上衣会是什么模样。快到丹凤门楼前，突然想抽烟，就点了一根，吸了两口觉得胸脯挺起来了，又紧吸几口，把大半根烟扔进了雨水里。以后有的是烟。

院门没插。推门的声音很小。冯半夜把鞋子脱掉，赤脚向堂屋走，刀从裤腰里拔出来。堂屋门敞着，老远就听到两个人的喘息声。丹凤的声音有点变，一听就是假的。冯半夜用前脚掌走进屋，看到丹凤的头歪在一边，睁着眼看他。他闻到了菩萨面前烧香的味道，想打喷嚏，丹凤的眼在动,他只好拼命地忍。那个男人的后背宽大,的确穿着上衣,屁股和腿上的肌肉一块一块地鼓起来,因为流汗映出了灯光。

丹凤把身上的男人猛地往上一推,冯半夜的刀扎进了男人的后心。男人叫了一声,扭过头想看是谁,冯半夜拔出刀,血喷出来,弄了他一脸一身,第二刀又下去,接着是第三、第四刀,第五、第六刀。男人好像就哼了一声,其他时间就像喷泉一样,后背上一个个洞里都向外喷血。丹凤叫起来,她还是被真正的血吓得哆嗦,很快又回过神来,赶紧找那个口袋掏钱,以免被血浸湿掉。她及时抢救出了那些钱,一大沓子,然后光身子跑过去关门。

冯半夜抹了一把脸,整个屋子里都是红的。他转过男人的脸,看见一脸的胡子,手里的刀掉到地上,他也一屁股坐下来。不是那个要吃狗肉的陌生人。接着冯半夜开始打喷嚏,没完没了地打,一直到丹凤把钱数完了三遍还没停住。

"还打!"丹凤给了他一耳光,向他抖着手里的钱,"我们都发财了你还打!"

冯半夜疲惫地嘿嘿两声,"我们都发财了我还打",就不打了。

6

雨越下越大，喧嚣的雨声把花街严严实实地封了起来。丹凤说这样好，就是把全世界都弄死了，也没人知道。他们把男人包起来，屋子里和冯半夜身上的血迹都收拾干净，已经到了半夜。在大雨里，整个花街像死了一样。她让冯半夜穿一件肥大的雨衣，遮住背上的死人，她也穿雨衣，两个人一起摸黑往运河边走。

运河里一片起伏不定的黑洞洞的黑，水落在水里的声音像大风经过无边的麦穗。没有人，也没有灯。闪电在东北和西北两个方向乱跳，像夜空里咔嚓咔嚓撕开的各色伤口，白的、银的、蓝的、红的、黄的，还有绿的，冯半夜这辈子头一次看到绿闪电。闪电照亮黑夜的一瞬间，大雨看起来如同一把巨大的刷子，在风里刷过来再刷过去。闪电过后是雷声，远的近的，都像从头皮上滚过去。

他们沿着河边的路向下游走，一路跌跌撞撞，冯半夜觉得差不多该到鹤顶了，丹凤说可以了，扔下去。他会跟着水跑得比我们想象得还远。冯半夜往下扔，死人的手扒住了他的肩膀,扔了几下没扔掉,倒把他一起扔到了泥浆里。冯半夜把死人的手折断了才解脱,肩膀那儿的衣服被撕掉了两块布片。他气得踹了死人一脚,拎起来扔到了河里。

回去的路上,冯半夜感到了热,热得受不了,觉得溅在衣服上的血黏黏糊糊地粘着皮肤,死人抓过的肩膀也火烧火燎地疼。他觉得丹凤刚才没把他的衣服洗干净。他把雨衣脱下来,光着头让雨水淋。到了丹凤家,里里外外都冻透了,嘴唇一个劲儿地哆嗦。

"冷吗?快上床。"丹凤把被子摊开来,让他进去。冯半夜说不冷,就是身上有点痒,让丹凤给挠挠。丹凤就给他挠,挠了还痒,继续挠,使劲挠,前胸后背都抓出了一道道血绺子。丹凤问还痒吗,冯半夜说不痒了。其实还痒,只是他自己也不知道现在到底哪里还在痒。

冯半夜在被窝里抱着丹凤。丹凤说:"半夜,我们有钱了。"冯半夜嗯了一声,胳膊撑了一下翻到她身上。他迫不及待。丹凤的身体跟着他,嘴里还在说他们的钱。丹凤说:"半夜,你也有钱了,以后想杀狗就杀狗,不想杀狗就不杀。"

冯半夜说："嗯。"

丹凤说："半夜，你的钱都拿走吗？"

冯半夜说："嗯。嗯。"

丹凤又说："半夜，你的钱放我这里吧？"

冯半夜说："嗯。嗯。嗯。"

然后就不行了。冯半夜像找不到自己一样突然停住了，把周围来来回回看了好几遍，下了床开始穿他的湿衣服，穿完了，把自己分到的一半钱拿起来，走到丹凤跟前，说："把钱给我缝到衣服上。现在就缝。"

"小气鬼！"丹凤骂道，开始找针线给他缝口袋，"缝完了你就给我滚蛋！"

冯半夜说："好，滚蛋。"

缝完了，冯半夜打开门要走，丹凤叫住他："半夜，外面雨大，就别走了。"冯半夜坚持要走。丹凤口气软了，开始求他："求你了半夜，不走好吗？就陪我这一夜好不好？"冯半夜摇摇头，说："我得回去，屋里还漏着雨。"他穿着丹凤穿过的那件雨衣出了门，丹凤一直追到门楼底下也没留住。

7

　　床上已经湿淋淋的一片,冯半夜把那个面盆端上床接雨,然后和衣睡下。为了不把钱弄湿,他仰着脸睡。冯半夜睡不着,下床把灯打开,直勾勾地盯着屋顶上漏雨的地方。他发现自己的眼神很不错,能看清楚水滴一点点渗透屋顶,汇聚,下垂,开始降落,最后啪地掉进盆里,因为被盆沿挡着,看不见水滴落进盆里的情景,但看得清更小的水滴溅出了面盆。整个过程光芒四射,流光溢彩。那水滴像把刀锋利地插进水里。当年,他还没有学会煮连皮狗肉之前,杀狗还是用刀,一下子捅进去,也是这样的。冯半夜捂着胸口上的钱袋,看着水滴上上下下,后来睡着了。

　　他被雷声惊醒,大得像在耳边放炮。睁开眼的那一瞬间,冯半夜看见灯突然灭了,一大串惊雷正沉重地滚过屋顶,他吓得坐起来。外面一团漆黑,雨还在下,只有闪电出现的时候世界才亮一下。他听到了吱吱嘎嘎的声音,竖起耳朵找,发现是墙在动,屋子在缓慢地倾斜。要塌了。

他跳起来，赤着脚就往外跑。冯半夜站在雨地里找不到躲避的地方，一个闪电经过，照亮了煮狗的铁缸，他钻进了缸里拉上锅盖。雨点在头顶上噼噼啪啪一直响到他再次睡着。

他先是梦见屋倒了。接着梦见丹凤，她把他们所有的钱都捻成了香，插在菩萨跟前的小炉子里点着了，烟雾芳香异常。然后梦见一个人趴在他后背上，说，半夜，我想吃你的狗肉。最后梦见老半夜逼着他学杀狗，他不干，在大缸里躲了一天一夜，还是被他爹找到了。老半夜把锅盖打开的时候，阳光刺得他睁不开眼。老半夜说："你怎么在这里？"

冯半夜睁开眼，眼前白花花的什么都看不见。

"你怎么在这里？"

冯半夜头顶上的那张脸逐渐清晰，那个坚持要买狗肉的陌生人。冯半夜费了好大的力气从缸里站起来，他看见自己的屋子好好地立在太阳底下，地上的水干了，就像从来没下过雨一样。

"你到哪儿去了？我到处找你。"陌生人说。冯半夜听到一声狗的哼唧，陌生人把绳索举到他眼前，绳索的那头是一条毛色金黄的大狗。

冯半夜说:"整天跟着我,你到底是谁啊?"

2005 年 6 月 27 日,北大万柳

镜子与刀

1

前面是门,后面是窗户。门外是花街,一间间高瘦的灰瓦房,檐角像鸟的翅膀一样翘起来,几乎每个院子里都有一棵槐树。现在槐树花正盛开,白白的团团簇簇占了大半个院子,团团簇簇的香甜味跟着风斜着往天上跑,经过穆家饭店的两层楼。老板的儿子穆鱼站在二楼门前捂住鼻子和嘴,香味呛得他想咳嗽,他离开门,转身回到屋里,无所事事地转了几圈,从抽屉里拿出一面小镜子,圆的,背面贴着一只凤凰。他举着镜子爬到窗户边,对着窗外的

石码头和运河照起来。然后,他在心里念念有词:

"天灵灵,地灵灵,大鱼小鱼现原形。"

一点动静都没有,石码头还是石码头,运河还是运河。有人在石阶上湿漉漉地走,有船在靠岸和离开,更多的船从运河上经过,摇桨的看起来好像原地不动,只有机动船才拖着大辫子一样的黑烟突突突驶过水面。天灵灵,地灵灵,大鱼小鱼现原形。没有鱼从水里漂上来。他觉得很没意思,甩了几下镜子,突然发现原来镜子里没有光。这是背阴的一面。他抓着镜子上了楼顶。

楼顶是个宽敞的平台,上午的阳光照在芦席上的四排鱼干上。穆鱼舞动镜子,阳光像手电筒一样照到鱼干上,然后是树、石码头、运河、船、来往的人,然后照到一条泊在岸边的巨大的乌篷船。天灵灵,地灵灵,他还在心里念叨,就看到椭圆形的阳光照在了船头的一张黑脸上。凭直觉,穆鱼认为那张脸应该超过八岁,具体超过多少他心里没数。他只能用自己的年龄去衡量别人,超过八岁他就不知道会长成什么样子了。那个男孩躺在船头睡觉,光头,肚子上只盖一件灰色的衣服,蜷缩得像条狗。他的个头比自己大,穆鱼一看就知道。这是个陌生人,穆鱼对他的兴趣开始只是他的光头,他发现镜子里的阳光照到光头上时,光头像灯泡一样发出了光。他一动不动地照着,让它坚持不懈地发光。

光头男孩动了动,挠了几下脑袋,他感到了热。他又张了张嘴。穆鱼就把椭圆的阳光对准了他的嘴,嘴没有感觉。又照他的眼。他动了,摇了摇头。穆鱼的兴趣就转移到了他的两只眼。不仅照着,还不停地晃动,他觉得自己是在用一个透明光亮的手去摸光头的眼。光头猛地摇了几下头,蒙蒙眬眬地睁开眼,疑惑地看看四周。穆鱼赶紧收起镜子。光头又睡了。穆鱼再照,一会儿光头又醒了,他拼命地揉眼,突然坐了起来,穆鱼的镜子收迟了。光头看到了一个光源,一个男孩趴在楼顶上。他愣愣地看着穆鱼,突然从屁股后头摸出了一只白瓷碗。穆鱼觉得眼前明亮地一晃,白瓷碗像太阳和镜子一样对他发出了光。穆鱼偏脑袋躲过去,看到光头咧开了嘴在笑,一口比碗还白的牙。

他们开始相互晃对方的眼。为了及时躲避远道而来的强光,两个人不断从这里移到那里。穆鱼的活动范围比光头大,所以他觉得自己更开心。他张大嘴嗷嗷地喊,一点声音也发不出来,但他不在乎。很久没有人跟他一块玩了。

2

三个月以前,他开始出疹子。医生说,最好不要见风和阳光。父母就跟学校请了假,把他关在家里,哪儿也不许去。后来疹子出完了,可以出门了,说话莫名其妙地又成了问题。刚开始嗓子有点哑,逐渐说话就变得困难,到了后来,干脆什么声音也发不出来了。到医院看,医生里里外外检查一遍,然后说,他们也不知道哪个环节出了毛病。倒是发现他下巴底下长出了一个疙瘩,黄豆粒大小,用仪器扫来扫去,没什么可怕的东西藏在里面。可为什么就不能说话了呢?

父母又带他去了另外几家医院,结果大同小异,都没办法,就把他带回家了。整个花街都对这种稀奇古怪的病有了兴趣,谁也说不出个所以然来,但都争着献计献策。一会儿这东西能治,一会儿吃那东西可以试试。他们家是开饭店的,煎药熬东西人手多的是,但折腾了半天还是没效果,穆鱼还是只张嘴不出声,急得父母每天晚上送走了客人,就抱着儿子抹眼泪。后来豆腐店的麻婆拎着二斤豆腐过来，说她小时候在老家时好像听过有这怪病，得病的也是个孩子，九岁，请了跳大神的仙姑给祷告好的。麻婆说，要不也试一下？穆老板两口子大眼看小眼，试试吧，死马当活马医了。

就去几十里外的鹤顶请了个仙奶奶。仙奶奶九十多岁，裹小脚，会跳大神，还会算命看相和用罗盘看阴阳宅，反正和神神道道有关的事都能干。但她轻易不出山，年龄大了，呼神驱鬼的事情太耗精力，折寿。穆老板费了不少口舌才请到。仙奶奶说，要不是听说他的儿子才八岁，用飞机接她也不会来。

当然她是坐船来的。穆鱼一见到她就被吓哭了，只掉眼泪不出声，他从没见过头发那么白、人那么瘦的老太太，就比电视上的骷髅架多一层皮。仙奶奶嘎嘎嘎地笑，说：

"有戏。附身的鬼已经怕我了。"

她伸出一只枯瘦的手放在穆鱼头上，另一只手抬起他下巴，"没错，"她说，"就是这个。不能让它落地，一落地孩子就彻底成哑巴了。"

穆鱼觉得她的手冰凉，带了飕飕的冷风。他继续张大嘴哭。

"落地？"穆老板和他老婆盯着儿子的脖子看，没听懂。

仙奶奶不理会穆鱼的眼泪，用长指甲在小疙瘩下面的某个位置上点一下。"这里，"她说，"不能让它走到这个地方。走到就是落了地，孩子这辈子都别想说话了。"穆鱼感觉她指甲尖也是凉的。

"那怎么办？"

"好办，"仙奶奶说，在送过来的椅子上坐下，接过一根正燃的烟插到自己的小烟袋里，"我过会儿作法驱一驱。还有，这孩子三个月不能踩地面。我是说，"她用烟袋指指脚底下和门外，"不能下楼，就待在楼上。"

三个月不下楼，连一楼都不行，穆老板觉得有点过分。你怎么可能让他楼都不下。仙奶奶不管这些，要治病就得按她的来。

"踩了地面，那鬼东西就可能落地，那就等着成哑巴吧。"

穆老板不敢再说什么了。老婆在一边说："只能锁在楼上了。"

的确就是这么做的，他们当天就请李铁匠焊了一扇铁条门。为了给穆鱼提供尽可能大的活动空间,铁门装在一楼地面的前两个台阶上,他可以透过铁门看清一楼饭店里每一个客人,就是脚够不到地面。

作法的时候穆鱼倒不怕了,和电视里演的差不多。仙奶奶散开白发,风吹过来四散飘拂,手里一把木剑,烧香,燃纸,对着半空咕噜咕噜叫,然后一声大喊:

"天灵灵,地灵灵,大鬼小鬼现原形!"

木剑突然插进纸盆里。火灭了。仙奶奶说行了,最多三个月就能开口。

后来父母问穆鱼当时有什么感觉,他摇摇头,什么也没感觉到。他就是觉得仙奶奶的那句话好玩:天灵灵,地灵灵,大鬼小鬼现原形。仙奶奶一身的老骨头都在哆嗦。

3

一个多月了,他一直待在楼上。父母下楼就把铁门锁上,吃饭时叫他,把饭菜从铁条中间递过去。他端上楼,或者直接坐在楼梯上吃,一边吃一边看着来来往往的客人。他喜欢听他们说话,这些从水上经过的人来自四面八方,南腔北调，有的喝大了舌头出口就像鸟叫。有时候他对某件事感兴趣，不由自主就对他们大喊大叫，但是没有人听见。这种时候穆鱼最绝望，往往饭吃到一半再也咽不下去，他不知道为什么他们都听不见，委屈得泪流满面。开始他还踢几脚铁门出气，后来习惯了，放下饭碗就往楼上跑。有时候憋得难受了，就一个人在楼梯上来来回回跑。

　　没人跟他玩，只能自己跟自己玩。趴在走廊上看花街，或者伏在后窗上看石码头和运河。父母规定，晚上不许看花街，理由是经常有坏人在晚上出入花街。他当然不相信，他们以为他什么都不懂，为此他在心里暗暗笑话他们。他知道那些在夜晚出入花街的陌生男人都是去找女人的，那些在门楼上挂小灯笼的女人打开门迎接他们，把他们带进自己的屋子里，半个小时或者一个小时，也可能更长时间，再把他们送出来，他们就给她钱。他知道他们在干什么。所以，晚上他偷看花街的时候，只看那些门口挂灯笼的院子。院子里的女人他大部分都见过，有本地人，更多的是外地人，坐着船来到石码头，在花街上租一间屋子住下来。她们的生活就是一次次在门楼上挂灯笼，等男人来摘，男人走了她再挂出来。他也知道很多在他家饭店吃饭的跑船人，船老大和那些水手，酒足饭饱了也会去花街摘灯笼。

但是说到底，这些都不好玩，大人的事他其实没兴趣。

现在他发现了光头。他没想到可以用镜子和一个陌生人一起玩。他晃动镜子时高兴坏了，看得出来光头也很高兴。他们就这么照来照去，一个多小时就过去了，他正担心对方可能会厌倦，光头突然收起瓷碗转过身，蹲在船头开始摆弄什么东西。怎么照他都不转身。然后穆鱼看到一个陌生的瘦男人从岸边跳上船，他的右手比画了几下，从船舱里走出来一个女人，衣服搭在一边，露出光裸的右肩。瘦男人对着光头比画几下，又对着女人比画几下，一把将女人推进了船舱，接着他也进去了。船头只剩下蹲着的光头继续蹲着，穆鱼等着他转身，但他一直没转过来。然后，穆鱼看到船晃动起来。

船没完没了地摇荡，光头没完没了地背对他蹲着，太阳晒得穆鱼头发蒙，他终于决定不再等，下楼找水喝。抓着扶手往下走时，他无意中瞥了一眼自家的院子，看到晾衣绳上挂满了从没见过的被褥和衣服，正湿漉漉地往下滴水。谁会把被褥里的棉花都洗了呢？

穆鱼拿着纸和笔来到铁门前，拍打铁门让正在择菜的母亲过来。他在纸上写：

"我要喝水。"

母亲倒了一大杯水递给他，继续择菜。他就坐在楼梯上喝。喝了一半他又拍打铁门，在纸上写了一行字让母亲看。

"谁家的被子和衣服在绳上？"

母亲说："过路人家的，借我们的院子晒晒。"

穆鱼接着又写："被子怎么是湿的？"

"船翻了，被褥和衣服掉进水里，"母亲说，手里还在择菜，"就湿了。还喝吗？"

穆鱼摇摇头，站起来要往楼上跑，跑两个台阶又停下来。他再次写了一行字：

"船上的光头叫什么名字？"

母亲说："哪个光头？哦，你说的是过路那家的小孩？不知道。"然后转身问正在厨房里忙活的丈夫，"你知道那家的小孩叫什么？"

父亲说："哪有空问这个！"

这时候老枪从门外进来，枪杆上挂着四只野鸡。他是花街上的老猎手，多少年了一直靠打猎为生，打到了野物就卖给穆鱼家的饭店。老枪问:"哪家小孩?"

母亲说:"过路的那个老罗家的。"

"那就不知道了。听说那家伙打鱼是把好手,一年到头在水上漂。我就奇怪,玩了一辈子水,怎么就把船给弄翻了。"

"谁知道,"父亲拎了杆秤从厨房里出来,让老枪自己称那四只野鸡,"说是昨夜里大风雨,在芦溪翻的船。"

打听不到,穆鱼有点失望,他要了几根好看的野鸡翎就上了楼顶。乌篷船还在,光头不见了。露着右肩的女人坐在船头洗衣服。

4

母亲在楼下叫穆鱼吃午饭。他来到铁门前,母亲递饭时告诉他,那孩子叫九果。九果,他在心里把这名字说了一遍,觉得怪兮兮的。他把菜放到楼梯上,手里端着米饭,一粒一粒地往嘴里送。饭吃得慢一点就可以多看看饭店里的人,每天只在吃饭的时候他才能一下子看到这么多人,他喜欢人多,热闹。认识的、不认识的人都进到饭店里。

他看到一个瘦高个的男人拎着两条鱼走进来,进门就叫穆老板。

父亲从他看不见的地方走出来,说:"老罗,来了。"

"送两条鱼给你尝尝鲜,"老罗说,把鱼举到鼻子前,"我老婆说,要好好感谢你们。"

"老罗客气了,应该的。"穆老板把鱼推过去,"这不是白大雁吗?咱们清江浦最好的鱼。这可不能要,你拿回去,让孩子尝尝。这东西难得一见。"

"所以送给穆老板,一点心意,一定收下。你不收,我回去没法跟老婆交代。"

推让了半天,穆鱼看到父亲还是收下了。父亲拎着鱼对母亲说:"拿去收拾一下,我和老罗喝两盅。"然后找了张桌子坐下来,很快有人送来茶水和烟。他们等着酒菜,弹着烟灰聊起来。

老罗说:"这地方不错。"

"那就多住些日子。"穆老板说。

"我这四海为家的人,在哪儿都一样,有口饭吃就是家。对了,我听说你们这儿都认这种白大雁。穆老板你们需不需要?"

"当然需要。"穆老板替他点上一根烟,"有多少要多少。这东西肉嫩,听来往的客人说,就我们清江浦有,他们都爱吃,只是难抓。"

"这个好办,"老罗一下子把眉眼舒展开了,"没有我抓不到的鱼,只要有。这么说,我们一家就可以在石码头上待下去了?"

"没问题。"穆老板说。酒和小菜上来了,他给老罗倒满,两人碰一下,"我正愁那些好这东西的客人没法打发呢,就这么定了,我高价收。"

穆鱼和他们一样高兴,那个叫九果的光头就会一直待在石码头上了。他三两口扒完饭菜,拍打着铁门,没等母亲过来收拾碗筷就上楼了。他在楼上看见九果背对这边蹲在船头,看不清在干什么。他从口袋里掏出小镜子,找到太阳,一根光柱打到九果身上。可惜九果没在意,甩甩手钻进了船舱。穆鱼就对着舱口照,那个露肩头的女人走出来,光照到她的光肩膀上。她看见了光,把衣服又往下拽了拽,露出的肩膀更多了。然后她对阳光来的方向眯起眼睛笑,牙也很白。穆鱼赶紧收起镜子趴下,只露出两只眼偷偷地看。那女人对着他的方向歪头笑了很久,直到九果出来把她推到船舱里。

九果又在船头蹲下,这次是面对着他。穆鱼犹豫半天,重新把镜子拿出来。第一个光圈落在九果左脚边,九果没理会。穆鱼又把光打到他右脚上,九果还是没动静。穆鱼胆子渐渐大了,把光打到他脸上。他看到九果用左手揉了揉眼,右手抬起来转动一下,穆鱼立刻觉得一道冰凉的白光刺过来,赶紧把脑袋移开,发现那是一把形状怪异的刀。

刀长二十厘米左右,头是尖的。有分别折到一边的两翼,刀翼的边缘呈锯齿状,中间是一道凹槽。九果用它灵巧地杀鱼和刮鳞。九果的刀银白,粘着细碎的鱼鳞,鳞也在发光。那把刀的光亮远胜过一只白瓷碗。穆鱼觉得身上一凉,打了个寒战。他看见九果对他笑了,向他扬扬手里的杀鱼刀。

5

夜晚的花街含混又暧昧。倒洗脚水时经过走廊,穆鱼停下来,看那些灯笼一盏盏挂起来。此刻花街声息全无,淹没在夜里,就像淹没在满天地的月光和槐树花香里。有几个男人低头走在花街的青石板路上，忽快忽慢，走走停停，突然就摘下了某个灯笼开始敲门。他们的敲门声也很轻，其他院子里的人听不见。

母亲出现在另一个房间的门口，说："几点了，还不睡！"

穆鱼嘟着嘴怏怏地回到自己屋。躺到床上时他又想到了九果的那把刀。亮。其实挺好看，他想，头一歪睡着了。

一觉醒来，太阳老高。穆鱼跳下床就找小镜子，趿拉着鞋往楼顶跑。母亲在摊放鱼干。"跑什么，赶死啊！"她说。穆鱼没理她，找到太阳的位置，拿出小镜子就要照，发现石码头上的乌篷船不见了。他转着脑袋找，像投降一样举着镜子。然后慢慢蹲了下来。

"一大早你跑楼顶上发什么呆？"母亲说，见儿子没动，又说，"说你呢，刷牙洗脸去！"

穆鱼看着母亲，眼泪出来了。夜里他梦见和九果用镜子和刀说话。九果在刀上写了一行字照过来：你叫什么名字？穆鱼就在镜子上写：我叫穆鱼。你真叫九果吗？照过去。很快九果在刀上说：是啊，就叫九果。他还听到九果像鸭子一样的笑声。九果又说，他以后就在这里，哪儿也不去了。穆鱼又听到自己的笑声。

"你怎么哭了,儿子?"母亲放下鱼干,满手鱼腥味要给他擦眼泪,穆鱼躲开了,找到一块石子在楼板上写:

"九果呢?他们家的船不见了。"

母亲明白了,说:"打鱼去了吧,没走呢。你看他妈还在石码头上。"

顺着母亲手指的方向,穆鱼看到那个女人倚着一棵槐树坐在石码头上,正往嘴里塞槐花。他难为情地抹掉眼泪,下楼洗漱了。

吃过饭他又来到楼顶。那女人依然歪着身子靠在槐树上,两腿张开,双手耷拉在身边。穆鱼拿不定她是否睡着了,就用镜子照她。光在她的头发里走动,到了脸上,穆鱼看到她用手抓了抓脸,胳膊又垂下来。她睡着了,一只鞋掉在脚边。从石码头上经过的人偶尔停下来看她,又走了。围在那里长久不散的是花街上的孩子,都比穆鱼小。一个男孩往她身上扔石子,完了跳到一边笑。穆鱼觉得这小家伙讨厌,用镜子照他。男孩被一道扑面而来的强光吓坏了,赶紧逃跑。其他孩子也跟着跑。

过了一会儿,豆腐店麻婆的孙女秀琅又小心地回来了。

她离那女人两步远的地方停下,从口袋里掏出一个东西扔到女人的脚边。女人没动静。她又扔了一次,落到女人腿上。女人醒了。秀琅赶快跑,在远处看她。那女人见到花纸包裹的东西很高兴,一把抓住抱在怀里,然后对着秀琅眯起眼睛笑。秀琅羞涩地跑开了。

穆鱼在楼顶坐下来,等着她把糖塞到嘴里。五月里的阳光浩瀚无边,漫长的时间过去了,那女人只翻来覆去地看那两颗糖,就是不吃,弄得穆鱼也没耐心了。

一直到太阳落尽九果才回来。老罗坐在船头抽烟,九果在船尾摇橹。穆鱼对着西天的红霞晃动小镜子,没有光,失望地把它装进了口袋。在槐树底下坐了几乎一天的女人迅速站起来,船还没停稳她就跳上去,老罗差点从马扎上掉下来。女人来到船尾,手在九果面前张开,是那两颗包着花纸的糖。

6

第二天船没动,第三天九果又没了。隔一天捕一次鱼,有这个规律穆鱼心里就有数了,不再一天几十次地往楼顶跑。正常情况下，他只在九果在家的时候急着上楼顶，其余时间只能看心情。他们对镜子和刀的游戏已经十分娴熟和随意了，可以用来捉迷藏，也可以用来打仗。前者的做法是，一个人藏，另一个用镜子或刀找，光照到身上就算找到。后者则需要另一只手帮忙，当捂住镜子和刀的那只手突然撤掉时，光就射出来，中弹的人就要装出受伤倒地状，不停地遮和放，子弹就不停地射出来。当然，穆鱼也演练过梦境，在镜子上写字。开始因为镜子小，字更小，照到九果那里大约什么都没了。后来让父母买了一面大镜子，他用毛笔在上面写字，九果一定是看见了，但他一个劲儿地摇头。穆鱼一直弄不明白他为什么总摇头，后来终于想起来，九果可能不认识字。他就不再这么玩了，顶多在镜子上画点好玩的图案送过去，但绘画的过程太过漫长，九果根本等不了。

九果一直用他的杀鱼刀，随身携带，以便在走路的时候都能和穆鱼打招呼。在石码头时间久了，他对整个花街差不多也熟了，一个人常到青石板路上玩，正走着他会突然停下来，找准太阳的位置，一道强光就送到了穆鱼那儿。因为不断地被阳光清洗，穆鱼觉得九果的刀越来越亮，光也越来越凉,落到皮肤上如同清凉的刀刃。

有一天他和站在花街头上的九果相互照,九果突然收起了刀,转身往石码头上走。穆鱼觉得奇怪,九果突然连招呼都不打就收家伙。然后他看到老罗走在花街的青石板路上,他一下子又高兴起来,九果拿着刀的时候挺威猛,一看见老爸就不行了。老罗走得快,甩开两只长胳膊,等穆鱼转到楼顶的那一边时,老罗基本上已经追上九果了。九果开始跑,跳上了船,刚进船舱,老罗也跳上了船,接着穆鱼看到九果被老罗扔到了甲板上,九果还没爬起来,又一个人被扔出来,是露半个肩膀的女人。然后老罗出来了,捋起袖子一把拽住女人的上衣,上衣被撕坏了一个角,露出白色的肚皮,老罗的巴掌跟着就上了女人的脸。

老罗在打自己的老婆。一耳光一耳光地抽,偶尔也用上脚。穆鱼听到了那女人的号叫。九果坐在甲板上手脚并用地往后退,根本不敢上前,更别说劝架。他不停地往后退,退过了头,倒头栽进了水里。有人站在石码头上看,但一个跳上船的都没有,穆鱼跑下楼顶,先去自己屋里拿纸笔,接着跑到铁门前,拍着门告诉父母:九果爸妈打架了!

穆老板跳上船拉开了老罗。重新回到楼顶上穆鱼看到,那女人已经披头散发，浑身上下没有一片完整的衣服，风吹过来，白色的身体一点一点露出来。爬上船的九果湿淋淋地站在甲板上的一角，像个可怜虫。他不喜欢可怜虫。

因为这个，穆鱼好多天没理九果。每次九果把刀子的光在他窗前和门前晃来晃去，他都装作没看见。当然很快他又恢复了镜子与刀的对话，他实在太无聊了，除了九果，找不到别的人玩。而且，照来照去，他其乐无穷。

7

午饭时穆鱼坐在铁门前吃午饭。斜对面的桌子上坐着父亲和老罗。他们常在一起喝酒，准确地说，父亲经常请老罗喝酒。老罗提供的白大雁如此之多，来往的客人都喜欢，最关键的是，老罗要价不高。穆老板对他的捕鱼能力惊叹不已。过去他曾向花街上所有吃水上饭的人收购白大雁，也就是寥寥几条，没下锅就被客人预订完了。老罗能喝，水上人差不多都这样，能喝能睡。老罗喝完酒脸色不变，跟没喝一样，出门的时候看起来比进饭店时还清醒。穆鱼那顿饭直吃到老罗离开饭店，他也放下碗筷去楼上了。

通常母亲都让他睡午觉,哪里睡得着,他觉得这几个月睡的觉多得一辈子都用不完。他爬到楼顶,看到老罗正往花街上走,大中午的阳光白花花地落到他身上,影子在脚底下像个侏儒。他拿镜子去照老罗后背,只敢照照后背。老罗没感觉,继续走,偶尔回一下头,又走,穆鱼看见他推开了丹凤的大门。

花街上都说丹凤是扬州人,三年前顺流而下来到石码头。第一次听她说话,穆鱼没听懂,像鸟叫,不过很快就懂了,现在丹凤的当地话比花街人还溜。老罗穿过院子进了堂屋,因为被一棵小槐树挡着,穆鱼觉得老罗是一闪一闪进去的。老罗进了丹凤家,穆鱼觉得应该把这事告诉九果,可是,没灯笼啊,大白天的。

船停在河边的树荫下,九果躺在船头睡午觉,蜷得像只大虾。那女人歪着头倚在船舱上,肩膀露在外面,两腿叉开,应该也睡着了。穆鱼小心地把光照到九果脸上,一动一动地闪。九果没醒,那女人倒醒了,斜着脸往这边看,又笑了。她拍了拍九果,穆鱼及时地又把光送过去。九果坐起来,半天才从屁股后头摸出杀鱼刀。树荫下没有阳光。穆鱼把光圈落到九果的脚前,然后移到船边,停在那里。九果疑惑地看看穆鱼，又看看光圈。穆鱼急坏了，又喊不出声，不得不再重复一遍，这一次他特意照了照九果的脚。九果好像明白了，站起来去踩光圈，光圈一下子跑到前面，他再踩，光圈又跳开。那女人张开嘴笑，拍起了手，也站起来要去踩，被九果阻止了。他跟着光圈踩，上了岸，然后到了饭店旁边的路口。穆鱼赶快跑到楼顶靠路的那边，继续用镜子引导九果。九果跟着光圈走在花街上，逐渐没了兴致，他弄不懂穆鱼如此乏味的光圈到底想干什么。快到丹凤门楼下时，九果终于忍受不了，一转身往回走，刀拿在手里，一道耀眼的白光刺得穆鱼眼晕，他一屁股坐下来，满头的汗，功败垂成。

他希望此刻老罗能出现在花街上，可是丹凤的院子里只有那棵槐树在动。他的光圈再也留不住九果，他边走边转动杀鱼刀，一道道动荡不安的白光闪过穆鱼的眼。然后九果跳上了船，背对穆鱼躺下了。穆鱼突然觉得没意思，没理会那女人对他的笑，镜子别到身后下了楼。

他在走廊里守了大约一个小时，盯着丹凤的院子都快睡过去了，老罗才从槐树底下走出来。丹凤把他送到大门前，被摸了一把脸才把门关上。穆鱼发现老罗腰有点弓，走路像喝醉了酒，他一路小跑上了楼顶。老罗的腰在上船之前突然就挺直了，他踏上船，九果和那女人几乎同时跳起来。老罗一探胳膊，九果又倒在船头，那女人转身想钻进船舱，被老罗一把揪住，拳头跟着就过来了。穆鱼听到女人的叫声，在安静的午后听起来虚幻缥缈。石码头空空荡荡，九果避到了船角，这次他没掉下水。老罗像上次一样，痛快地揍了一顿老婆。

穆鱼又用镜子引导过两次，九果终于开窍了。他不知道穆鱼的具体用意何在，但明白一定大有名堂，至少也会是一件好玩的事。有一天下午他被穆鱼从船头引到花街，一边跟着光圈走，一边用刀去晃穆鱼的眼。然后他发现，光圈在一个门楼前停下了，不再往前走。他看了看那个门楼，几乎和周围其他门楼没有区别。门关着，一点里面的动静都听不到。他用刀不停地往穆鱼身上照，穆鱼却坚持对着那门楼照。九果不明白，他甚至从门缝往里看，猜测是否有好玩的东西可以顺手带走。但他看到一个光着胳膊的女人在院子里，背对着大门，女人弯下腰来的时候露出后腰上一圈丰腴的白肉，像在洗衣服，又像在摘豆角。九果对这些都没兴趣。

真正让九果明白的，是老罗。他爸走进花街时，他正在跟着穆鱼的镜子往前走，忽然发现光圈没了，他转身去找，看见老罗闷着头往这边走。九果藏起杀鱼刀，贴着墙根低头站着。穆鱼听不见他们父子俩的声音，只看见老罗指点一番，九果就灰溜溜地回了石码头。老罗看见他从花街上消失之后才往前走。

九果的刀对着穆鱼闪一下，他像只猫躲在饭店的墙角，脑袋伸向花街。老罗在某个门楼下停下，一侧身不见了。穆鱼的光圈重新出现在他脚前，一点点向花街移动。九果跟着，接近那个门楼时，他突然转身往回跑，快得穆鱼的镜子都跟不上他。穆鱼看到黑得像泥鳅的九果发疯似的跑向石码头，他没跳上自己的船，也没理会正在船头洗衣服的母亲，九果一个猛子扎进了运河里。

穆鱼在楼顶上坐下来，仔细盯着水面，他想在九果钻出水面的时候就把光打到他身上。可是九果迟迟不露头，应该是很久了，他已经等得心发慌头冒汗。连露肩膀的女人也等不了了，跳下了水。她在水中游了好一会儿，前面不远处露出九果的脑袋。他还活着，向母亲游过去。穆鱼的光圈出现在水面上时，九果已经抱住了母亲的胳膊。

8

老罗隔三岔五去一次丹凤那里，穆鱼看在眼里。他觉得自己是花街上最闲的人。九果出了问题，他看得出来，镜子和刀对话常常接不上头。九果心不在焉，经常握着刀半天不动，根本不管他躲到了什么地方。九果去花街也不再需要跟着他的镜子，而是跟着老罗，当老罗消失在丹凤的门楼前，九果就在花街尽头出现了。他谨慎地走在青石板路上，顾不上用刀来回答楼上的镜子。但他每次都走不到丹凤的门前就回来了，回来往往是一路狂奔，有时候一边跑一边用刀子划墙，有青苔的地方冲破青苔，没青苔的地方在石头上擦出火光。回到船上，在母亲对面坐下，一直坐到老罗轻飘飘地从花街上回来。老罗打老婆时他依然坐着，不再躲到一边，有一回甚至突然在老罗面前站了起来，尽管刚及脖子，老罗还是愣了一下，然后是对老婆更猛烈的拳头和耳光。九果就那么站着不动，直到老罗打累了停下来。

那天午饭后穆鱼听收音机，好听的歌让他迷糊过去，竟一觉睡到下午三点。他起来就往楼顶跑，果然看见九果在他们家楼下转来转去，杀鱼刀漫无目的地泛着光。他把光圈送到九果脚前，九果抬起了头。

"看见他了？"九果问他。

这是他第一次听到九果说话，还以为他是哑巴呢。他摇摇头，他知道"他"是谁。

"去，那、那家了吗？"九果又问。

他又摇摇头。

"没去？"

他还是摇摇头。

九果被弄糊涂了，有点着急："你哑巴啊？说话呀！"

他不动了。

"那你下来，下来啊。"九果向他招手，"我有事问你。"

他还是不动。

"你瘸了是不是！"九果生气了，"下来！"

杀鱼刀晃了他的眼，他觉得眼泪一下子就出来了。他都快忘了说话和下楼这回事了。他突然委屈极了，狠狠地看了一眼九果，对着他大喊一声："我再也不理你了！"可是什么声音都没有，眼泪倒更多了。他一扭身往回走，下楼的时候对自己说，不跟他玩了，这辈子都不跟他玩了！回到了自己的房间。

随后几天，他不再去楼顶，看到九果不断地将刀子的光照到门和窗户上他也不出去。九果叫他也不理，他听见九果在外面过一会儿冒出来一声，喂，喂。甚至有天晚上九果也在楼下喂，喂。再喂也不跟你玩。

那晚后，九果的声音没了，门和窗户上也不再出现刀光。穆鱼在屋里开始不踏实，心里空落落的。他在房间里走来走去，觉得身上出汗时发现自己竟然已经上了楼顶，而且拿着镜子。他决定妥协了，往石码头那边找，乌篷船还在，露肩的女人坐在船头上发呆，没有九果。他转身往花街方向看，午后的石板路上铺满阳光，一个人没有，他下意识地瞟了一眼丹凤的院子，吓一跳，九果像只猫趴在墙头上，拱着背，他也看见了穆鱼，他对穆鱼远远地咧开嘴，一口白牙，然后手中一晃，白光在刀面上炸开来。穆鱼觉得自己如同突然活了过来，充满了不可名状的兴奋，他在楼顶跺起了脚，挥舞着两只胳膊，镜子里的光漫天飞舞，光消失在光里。

九果一侧身落到了墙下。

穆鱼把胳膊和脚停下来，对着丹凤的院子发愣。槐树花最繁盛的时期已经过去，空气中残余着香甜，细处有种颓败和忧伤的味道，因而也更浓更酽。他想起今年就没正经地吃过几串槐花，过去他总要吃很多，爬到树上，坐在枝杈间放开肚皮吃。一晃槐树花都开完了。他不知道九果到丹凤的院子里干什么。

时间很短，短得他想都没想清楚九果可能会干什么，九果就重新出现在墙头上。这一回九果没有让他看见自己的白牙。他只是看见九果在太阳底下扬了一下手中的东西，发出的分明是红光，鲜红艳丽，如同过年时漂亮的红焰火。穆鱼觉得头脑转得缓慢，他想不出来那焰火一样红的东西是什么。

九果已经过了墙，跳到了花街上，像过去一样向石码头狂奔。那一闪一闪的红。

然后穆鱼听到一个女人的叫声，有点远，丹凤光着身子在小槐树下又蹦又跳，忙得两只手不知道往哪里放。丹凤白得也晃眼。她叫了一会儿就停住了，因为周围有了动静。午睡的花街被惊醒，一扇扇门被打开，很多人穿着拖鞋往外跑。穆鱼看见那些穿着短裤、汗衫和拖鞋的邻居像一群花大雁游向丹凤的门楼。丹凤跑回了屋，当人们冲进她的院子，她已经用一条大床单把自己裹起来了。跟她一起走出屋的是老罗，披一件衬衫，抱着肚子，从手开始一直到脚，都是红的，他不断地弯腰，弯腰，如同一只掉进热锅里的大虾，头和脚的距离越来越近。

穆鱼听到人声乱起来，他突然想到九果，跑到楼顶的另一边，石码头上一个人影没有。乌篷船在走，他看到露肩的女人站在船上正对着石码头挥手，摇船的是九果。九果摇船像跑步，低头弓腰。

他迅速跑下楼，母亲刚打开铁门，端着一托盘的水果要往上走。他冲下去，撞掉托盘，水果顺着楼梯往下滚，穿过铁门时他听到母亲绝望地惊叫一声，已经来不及了，他踏上了一楼的地面。地面让他感觉陌生，出门被一个台阶绊倒了，一头抢到地上，啃了一嘴的泥。他一边跑一边咳嗽，跑到码头边上，乌篷船已经走远了。他觉得嘴里的泥怎么也咳嗽不净，一低头吐了出来。吐了第一口接着吐第二口，先吐午饭再吐早饭，再也没东西可吐了，他直起腰，觉得身体一下子轻了。母亲在身后把他抱离了地面，他挣扎，用尽力气对着午后的运河水喊：

"九果！"

他听见了自己的声音，然后摔到了地上。母亲惊得松开了手，她的嘴巴和眼睛同时变大："你说什么？"

"九果！"他再次发出了声音。他看见九果转过了身，把手举到半空。

他一定听见了他在喊他。

2006 年 4 月 18 日，芙蓉里

梅雨

1

十四岁那一年我过得懵懵懂懂。除了背上书包去五里外的中学念书,其余时间都待在家里,或者坐在石码头上。有很多船从运河里经过,我都没看清楚。我不知道我想干什么,心里长久地乱糟糟的,无数种荒草在里面疯狂地生长。什么都做不了,也不想做。上下学我不再骑自行车,跑或走,闷着头一个人独来独往。我喜欢进了校门和回到家里时一身汗的感觉。流了汗我觉得仿佛得到了自由,整个人不再被禁锢在衣服里,而是和整个世界息息相通，通透了，身体上的每一个地方都活起来了。我跑或疾走，流汗。下雨天也不例外。印象里那一年梅雨天出奇的长，似乎一半时间都笼罩在大大小小的雨里，我湿漉漉地流汗，所有人家的衣物和棉被都长了霉。

花街在这一年里没有什么变化，除了出现一个女人。她在雨季的前一天来到花街，梅雨快结束的时候死了。我想讲的就是她的故事。

老人说，别对着运河发呆，水鬼要抓小孩。我不是小孩，大人了，他们都这么说，栋梁和五百，我同学。放学后我背着书包去学校的厕所撒最后一泡尿，一排人站在便池前又摇又抖。栋梁弯下腰伸长脖子在我旁边四处瞅，然后叫起来，他长毛了！他长毛了！很多人冲到我面前我才知道他说的是我。栋梁一脸坏笑，五百和其他人也跟着叫嚷和怪笑。他是男人了！他们说我。我突然紧张起来，尿撒了半截就提上裤子，裤裆里湿了。我的脸红得像小偷，全身可能都红了。他们大喊大叫。我知道他们其实早就长了毛，私下里男生们都在说，但为什么他们偏偏对我感到惊奇和兴奋，好像他们是清白的。然而当时我惊恐地提上裤子时，的确觉得只有自己才可耻。所有可耻的人一起讨伐你的时候，他们似乎就清白了，干净了，而你成了唯一可耻的人。十四岁的下午我第一次发现这个道理。此后的多少年里，我一次次地感觉到自己的可耻，尽管事实上我可能比所有人都更清白。我跑出厕所他们跟在后面继续叫，见到女生叫得更起劲。我想我完了，有一个女生知道了，所有女生也就都知道了。我鬼魂附体似的狂奔，五里路没停歇到了石码头上。坐到石阶上时，心脏在嗓子眼里跳，眼泪和汗水一起流下来。老人说，别对着运河发呆，水鬼要抓小孩。跟我没关系。我坐在那里如同屁股生了根，直直地瞪着一大片水和船，两眼里是空的。来来往往走过的人我也不让路。

我不是难过，也不愤恨，是什么，我不知道。真要找点什么，那只能是空白，就像没有船驶过的宽阔水面一样。

风把我吹干了，天依然热，夕阳落了一半，石码头上忙起来。船和行人该来的来，要走的走。绛红色的光铺满半边运河，另一半是黑的，远处雾气升起来。一艘船摇着铃铛靠上码头，插在并排的几艘船中间的空当里。一个女人拎着巨大的皮箱上了岸，左手里还有一个鼓鼓囊囊的包。有三十岁？我不知道，我向来猜不准别人的年龄。她在第二个台阶上停下,清冷地站在水边铆着身子往回看,船夫在数钱。她慢慢地把脸转向花街的方向,傍晚的光像温润的丝绸拂过她,那个柔和的脸部的弧度让我有点恍惚。我觉得一定在哪个地方见过这张脸。我歪着脑袋盯着她看,清晰地感到汗水蒸发之后留下的琐碎的结晶盐。她用右手小拇指把眼前的一缕头发挂到耳后去。她的右耳朵是透明的。我在哪里见过她。要么就是在过去的某个时候,有人对我说,不要在水边和一个坏女人站在一起。为什么坏,我也不知道。

她的脸清冷。当她看见我的时候,对我笑了一下,露出了一口白牙齿。然后牙齿消失了。我赶紧把目光躲到一边去。她的那一个笑说明我们是陌生人,我从来没有见过她。那是对陌生人的笑,或者说,是面部表情的一个调整,而碰巧我坐在这里。我既失望又坦然,这样的情景在我时常发生,莫名其妙就会在某个时候觉得眼前的事情发生过,几乎是一模一样,像做过的梦一样。所以我推测,在过去的十三年里,我一定做了无数我记不起来的梦。

那个女人经过我面前时磕绊了一下,最后一个台阶对她的大皮箱来说有点高。我帮她扶住箱子,屁股还是没动,我挡了她的路。我看见她衣服的左胸处绣了一朵小玉兰花，然后我闻到了幽幽的玉兰花香气。

"谢谢，"她说，"这就是花街？"

她的声音听不出来是哪里人，我敢断定离这里不是很远。我点点头，往身后指了指。码头饭店旁边的巷子进去就是花街。其实我还想问她要找谁，因为街上所有人我差不多都认识，但最终没吭声。我羞于开口，也有点怕。

坐到晚饭时我才回家，父亲正给别人针灸。他在家里开了间私人诊所，花街、东大街、西大街甚至更远地方的病人都会赶过来找他。据说我父亲医术不错，中医西医都拿得出手，好像还有几手绝活和偏方。深的我不懂，我只零散学了一点皮毛，头疼脑热的也能给人下点药。父亲不在家这事就归我干。日常用药就那几种，即使医不好病也不会把人治死。父亲有用酒精棉球擦手指的习惯，这和他的一丝不乱的分头一样，培养了我对男医生的基本想象，以后的多少年里都没能改掉。父亲让我去看他针灸，我转身去了另一间屋，那病人瘦骨嶙峋的后背让我打了个抖，觉得冬天提前到来似的。

母亲在做饭，见到我就开始训。训我只是一个做母亲的习惯而已，见到我迟归就忍不住想说两句。自言自语也要说。整天游魂。我告诉她，就是在石码头上看船，没跟别人打群架。母亲哼了一声，早晚也不让我放心，跟你爸一路东西。她总是对我父亲充满仇恨，顺便把我捎带上。如果我还有一个哥哥或者弟弟，或者祖父还在世，他们应该也逃不掉。男人都不是好东西。花街上的女人都这么认为。所以她和父亲总是吵架。饭桌上说得好好的，我盛一碗饭回来他们可能就吵起来了。一旦这时，母亲就会说：

"花街，该死的花街！"

父亲就低声对着我耳朵篡改母亲的话："男人，该死的男人！"

花街被置换成男人。我当时理不清其中的逻辑。

母亲让我给她打下手。"船有什么好看的，你是运河管理处的干部啊？"

"有个女的下船了。"

"又来一个！祸害啊！该死的花街，上面为什么不找个推土机把这地方给推平了！"

2

母亲说"又来一个",是因为有很多女人在花街上来来往往。我是不是跟你说过,花街现在是名副其实的"花街"?没有?那是你忘了。我再说一遍。

这地方原来叫"水边巷"。很多年前的名字了。因为靠近石码头,往来的船商要在这里歇脚。都是长年漂在水上的男人,见了女人就走不动,既然这样,那很好,想钱的女人就打开门,等你带着钱袋进来。生意好,大家就想来,外地的男人来,女人也来。女人在街上租下一个小院,等着男人来。水边巷就慢慢变成了"花街"。后来就只知道"花街"不知道"水边巷"了。"花街"就成了花街的名字。不是所有花街的女人都干那一行,如果我十四岁那时候的某个夜晚你出现在花街,所有门楼底下挂小灯笼的院子里,都会有一个柔软的身子迎接你。你摘下小灯笼,提着敲开她的门,门楼底黑下来。你进去了,然后离开。如果她还要挣钱,灯笼还会再挂出来。当然不是所有女人都愿意挂小灯笼,她们不愿意让所有人知道,那你只好通过其他途径了解。你别介意,不是说你。现在看来,其实挂不挂都无所谓,只要哪个男人想,他就能准确无误地找到她。男人在这方面生了一只比狗还好使的鼻子。这是有一天我穿过花街,听见谁家院子里一个女人说的。当然现在已经不一样了,挂小灯笼的越来越少了,门面气派的洗头房、美容院摆在那里,露着胳膊和大腿的女孩子坐在玻璃门前,大白天她们也敢招呼你。不是说你。

那不是我十四岁那一年嘛。

那一年雨季漫无边际。六月刚到,梅雨就来了。在那女人来的第二天。我记得清楚,是因为我差点把她撞倒了。

半下午突然变天,下了课太阳不见了。放学时雨正大。我没带雨具,冲进雨里就往家跑,进了花街浑身已经湿透。花街在阴雨天显得更幽深。青石板路面放出闪亮的青光,雨水一处处汪着,雨点击打路面的声音在两边的高墙间回旋。潮湿的青苔爬满半墙。当时的花街上全是老屋,瘦高,一家家孤零零地站在雨里,像衰弱的老人披着件大衣裳。檐角在半空里艰难地飞起来。墙很多年前是白的,现在布满霉斑,瓦色灰黑,瓦楞和屋脊里长出了一丛丛野草。在雨里它们看起来相当阴冷。所以阴雨天我不太愿意在花街上走来走去,买东西除外。临街两边有很多店铺,林家裁缝店、蓝麻子豆腐店、老歪的杂货店、孟弯弯的米店、冯半夜的狗肉铺,还有寿衣店、小酒馆和服装店。加上一家家的门楼,一条街挤得满满当当。

杂货店和米店之间的一个门楼里忽然走出来一个女人,我刹不住脚,撞到了她身上。她小声地叫了一下,一盆水泼到路面,铁盆咣当当响,在青石板上转了好几圈。要不是倚上了院门,她就跟盆一块倒地上了。我惊慌地看她,是昨天在石码头上见到的女人。她换了衣服,头发绾成一个鬏,好像用一根筷子插着,做了簪。我嗯嗯两声,没道歉就跑开了。我感到心慌,跑得像逃。我听见她又叫了一声,可能是我鞋子甩起的水溅到了她身上。

她在这里租了房子,没错。一定是。和昨天相比,她陌生了。不再是我似曾相识的那个侧面的脸,她成了在花街上租房子的陌生女人。而我没变,还是老样子。我突然有些生气。我把脚步沉重激烈地落到雨水路面上,没回头跑进了家门。

换完衣服,我坐在窗边看屋后树底下的两只麻雀打架。老槐树枝叶茂密,树下那一圈土地基本上是干的。父亲看完了病人，走进来让我背前两天教给我的一个口诀，关于出血热的症状的。我费了很大的力气才想起其中的两句：皮肤黏膜出血点，恶心呕吐蛋白尿。别的打死也记不起来了。父亲又一次对我表示了失望。他习惯了。我也习惯了。父亲一直希望我能成为扁鹊、李时珍那样的旷世名医，希望我的名字能被千秋万代地传下去。而我是他的儿子，他也会被人万代千秋地挂在嘴上。可我不是那块料，在学校成绩一般。尤其这一年，父亲明确表示过，他认为我的智商正在下降，这从平常的言语行动可以看出。我反应迟钝了，动作迟缓了。看来寤生的孩子就是有问题。没错，我是两只脚先来到这个世界上的。

父亲摇着头出去了，我给自己倒了杯水，喝水的时候总是把握不好杯子的倾斜度，水洒出来，流了我一脖子，好像我弄不清自己的嘴究竟有多大了一样。这也让我生气。我闷不作声，任由水从脖子往下流。那两只麻雀还在打架，我从抽屉里摸出弹弓，拿起一颗在运河边上精挑细选过的石子。只一下，一只麻雀就躺在地上不动了。它死了，毫无疑问，我对自己的弹弓技术还是有相当把握的。这些年弹弓是我最重要的玩具，别人用鱼叉叉鱼，我用弹弓，只要那条鱼在水面上露一个头,我就会让它永远漂在水面上。另一只麻雀先是跳开,然后又跑过来,围着死去的朋友跳舞,叽叽的叫声变了调。它不停地跳,用嘴啄自己的羽毛,一根根往下扯。它以为那是件衣服,要把它脱掉。它不知道逃走。

我把弹弓放下,已经装上的第二颗石子也拿出来。我对着那只活着的麻雀嘘嘘,轰它也不走。然后开始打喷嚏,一连三个。我感冒了。

3

躺在床上生病是件无聊透顶的事。我想起来,但是药力让我浑身无力,动一下就觉得骨头和肉一起疼。不知道父亲给我下了什么药。父亲帮我到学校请了假,然后给我配药。他说这些反应是正常的,我已经六年没感过冒了,所以来势凶猛。六年了,也就是说上一次感冒在八岁。我都想不起来八岁时我是一个怎样的小东西,甚至怀疑是否经历过八岁。至少我没看见八岁留给我的任何痕迹。父亲却说,八岁时整个花街都知道我是个聪明可爱的孩子,成绩一级棒，学什么会什么。我不相信，因为"可爱"这个词让我厌恶，矫情，甜腻腻的，像电视里外国老太太抓着小女孩的手使用的词汇。我不愿意自己在看不见的八岁里可爱。

你连着在床上躺过三天没动吗？哦，没有。那真比死了还无趣。

我一整天都睁大眼看着屋顶上蜘蛛在结网，窗外雨声急缓相间，我怀疑时间已经停下来不走了。一天都如此漫长，这一辈子可怎么过。我让母亲把老掉牙的飞马牌挂钟挂到我床对面的墙上，我要看着它往前走。其实这样凉爽的天气非常适合昏天黑地地睡觉，可我睡不着，我看着钟摆在潮湿的空气里有气无力地晃荡，突然想到那些出入花街的陌生男人。他们走进花街的时候步履匆匆，当然一般都是在晚上，也有白天来的，离开的时候就像这个老钟摆，有气无力地拖着两条腿晃荡出去。我想象我是其中一个，那一定是穿风衣，竖起高领子，戴礼帽，像个冷酷利落的地下党人。可是，地下党人到花街来干什么呢。晚上九点之后，母亲是坚决不许我在花街上乱转的。

"该死的花街，有什么好看的！"她一直这么说。

如果不是那个女人，我还会在床上继续躺下去。父亲去西大街出诊了，母亲在玻璃厂上班，她的任务是从一堆酒瓶子里把有缺口的挑出来。母亲对我和父亲常常不满，应该是职业病，她对一切有缺口的东西都不放过。那个女人敲我家的门。我不得不从床上爬起来。

"是你啊，"她摁着右耳朵后面的那个地方，"你是医生的儿子？哦，我头痛。"

我点点头，两腿发软。身子如同一块板结的土地，点头的时候能听见生锈的螺丝艰难地转动的声音。她的右耳朵已经不再透明。她的蓝底小白碎花雨伞竖在门槛之外，雨水从伞尖流到更多的雨水里。她穿一双塑料拖鞋，指甲淡红色，脚很白。她的玉兰花香气好像还在，在她胸部凸起的地方，另一朵玉兰花绽开花瓣。

"我头痛。"她又说。

我赶紧把目光提上来，顺便把全身的力气也提起来，然后驴唇不对马嘴地说："我感冒了。"说完我就尴尬地笑了。如果有镜子，我一定会发现，那也是会让别人尴尬的笑。

她笑起来，在笑声里我头一次发现她有一点鼻音，之前说话的时候竟然没发现。

如你所知，我那点皮毛功夫用上了。治疗头痛和偏头痛我都懂一点。就那几服药。我不生气了，我很高兴。我给她详细地讲述我所知道的跟头痛和这些药相关的知识，其中五分之一的内容是我临时杜撰的。我对这些药的价格也熟悉。不能不收钱。离开的时候她夸我真能干，到底是医生的儿子。她撑着伞跳过一个个小水坑，白白的脚后跟一闪一闪。我换个角度去看她的侧面，我有些兴奋，但是那个下午的光线和熟悉的脸颊的弧度还是没找到。它们一起消失了。陌生的女人。

从床上下来我的病就好了。也许早就好了，只差我站到地上来。我开始上课，跑步和走路，穿过花街，在停雨的间歇来到石码头上。雨没完没了。全世界都是湿的。

她的头痛病没有治好，两天以后她又来我家。我给她开的就是两天的量。

周末，父母亲都在家。我发现槐树底下那只死麻雀不见了。野猫很多，可能已经把它叼走了。那女人的鼻音一进家门我就听出来了。父亲很客气，他对所有的病人都比对我客气。他让我母亲给她沏茶。然后他们说起头痛病，可能还有别的病。反正那鼻音反复说她不舒服。父亲为我开的药没效果向她道歉。她说也不是一点效果没有，只是不彻底。治病要彻底。我躲在屋里竖起耳朵，看钟摆甩上去又落下来。它对这种一成不变的体操早就厌倦了。

父亲开了处方。他对经手的所有病人都有详细记录。这是成为好医生的前提，因为他能凭借这个说出他们疾病的来龙去脉。我就是在处方上看到那女人的名字，高棉。一个挺拔、柔软的词。一个挺拔、柔软的女人。那时候我还不知道有"红色高棉"这回事。

吃饭的时候又吵架了。母亲说，那女人面带桃花，一看就不是正经人。

"带不带桃花关我什么事？"父亲说，"就一棵桃树来了，我也只负责帮它找虫子。"

"不关你事你还问长问短？眼珠子都跳到眼镜外面了。"

"街坊邻居嘛，说两句家常而已。"

母亲冷笑一声："套近乎吧？人家跟你说了？还不是一问三不答！"

"不说拉倒。你还真以为我想知道她是哪里人。"

母亲沉默一会儿,又以她的口头禅结束争吵。"该死的花街!都跑来找死啊!"

"找钱。"父亲说,"谁想死。"

"面带桃花"让我很费解了几天。字典上查不到。我在学校里又问一个好哥们儿,他也不明白,就跑回家问他父母,被劈头盖脸骂了一顿。他懊丧地说,早知道不问了。小孩子问这些,作死啊。我用一包"傻子"瓜子安慰了他。

我们都不知道高棉是哪个地方人。我父亲甚至说,名字可能都是假的。很多在花街租房子的女人都不说真名,她们住几年就会搬走,有的一两个月就可能离开。她们对着花街随便报出个名字,一听就不像真的。真的假的有什么关系呢,一个代号而已,杂货铺老歪养条狗还叫哥伦布呢。他连哥伦布都知道。

她们来花街干什么呢?找钱。一想到高棉也来找钱,我就莫名其妙地难过。她为什么也要来找钱?我开始借口买直尺、圆规和本子,在晚上出门,心事重重地穿过花街。

雨正在下,或者刚刚停。都一样,花街是湿的,青石板上汪着水。九点钟,花街在黑暗里安静下来,水越积越多,青苔奋力向上蔓延。屋顶上的草湿漉漉地站着,没有风它们也弯着腰。运河里只有机动船在走,大功率的柴油发动机,可以想象它最多可以在身后绑上二十五条拖船。这是我看到的最高纪录。脚步声也湿漉漉的,被石头、墙壁和水放大,花街上好像有很多人在走。当你怀有心事,走路就不像个好人。别笑。那时候我才十四岁。像个十四岁的小嫖客?呵呵。是挺可笑的。十四岁其实啥也不懂。对,没错,我在找灯笼。

九点钟以后该挂的就挂出来了,次第在巷子里亮起来,地面上黑黝黝的,那感觉像走在恐怖片的鬼街里。在杂货店和米店之间,在米店和杂货店之间,我来来回回在花街上走,那个小门楼底下,都没看见小灯笼。好几个晚上,我偷偷地从院门的缝里向堂屋看,要么黑的,要么灯光清白。听不见暧昧的声音。猜不出来她在干什么。

4

除了在高棉的门楼底下,我基本上见不到她。她不再到我家的诊所里来,也许病已经痊愈了。石码头上也看不到,她好像从不去那里。在整条街上,能不去那里的人几乎没有。码头上宽敞，如果你有兴趣可以坐着看上一天。女人可以去买鱼和蔬菜，很多来往的小船都在码头上做小生意。什么都不买，她吃什么。我上下学都穿过花街，其实完全可以走另外一条路，那样更近一点。我也搞不清为什么快到她的门楼前心里总被一些兴奋紧张的东西填满了，而看见她院门紧闭，所有的东西一下全部从身体里撤掉。身体空了，坦荡荡的空。松了一口气。我是不是想把那个布满阳光的柔和的弧度找回来？

可是，真的在门楼底下碰到她，我根本就把那个弧度给忘了，甚至不敢抬头看她。我装作在地上找硬币，磕磕绊绊从她身边经过。只看见了她拖鞋里的硬净的脚，白得炫目。有一次我看见她对我笑了，但是因为急切地低下头，忘记了回应。此后，连看她笑一下的时间都没有了，远远的，我就自觉地低下头。她门楼前的路面共有九块青石板铺成，积水有六处，三处大的，三处小的。你别笑话，看多了就清楚了嘛。

有一天夜里做梦，梦里也下雨。满天地都是雨，好像有人告诉我那就是悲伤欲绝的小雨。悲伤欲绝是个什么状态，我没体会过，因此那场雨对我来说很抽象。我看见高棉出现在雨里，她的脸上没有了光，是阴天、阴冷、坚硬、发暗。她在石码头上拦住我，说，跟我说说话，我就亮起来。梦里就是这么说的，像个病句。因此醒来我依然感到费解。窗外的确还在落雨，黑的夜里透明的雨，而透明我们看不见。

我决定跟她说说话。不管说什么。

第二天上课我一直走神，设计了不下十个方案。放了学一路小跑，到了门楼底下才发现都使不上，我首先需要解决的是如何见到她，比如敲门。只好继续向前走，雨停了，石码头上闹哄哄一片。我凑上去看见很多人在买鱼。刚从运河里打上来的活鱼，价钱也便宜。我心一横，急匆匆跑到高棉门楼下，敲响她的门。

她出来了，一手掐腰，梦做了一半被叫醒的样子，很疲惫。她看着我。

"石码头上在卖鱼，"我说，"他们让你也去买。"

"我不喜欢吃鱼。"她笑笑。我觉得她是为了迁就我才笑的。她的脸上没有光。她还是没有亮起来。现在即使她笑了，依然是冷的、硬的。她的玉兰花还在衣服上，但是香气消失了。整个雨季都在她脸上。"没别的事了？"

她努力把微笑坚持到这句话说完,接着就要关门。

我转身就跑。雨滴滴答答又开始下。雨点打到脸上热得烫人。我听到关门的声音。我停下来,把左手用力插进墙上的青苔里,然后继续跑,我感到指尖发热变麻,开始尖锐地痛、迟钝地痛、火烧火燎地痛。跑到花街尽头,墙壁和青苔没有了,我的四根肮脏的手指头开始往外冒血。更大规模的痛开始了。我跑到河边,把手插进水里,那感觉像烧红的铁钎在淬火。血溶在运河里,和雨水一起扩散直至看不见,直至手指头再不往外流血,我才把手收回来。除了磨烂的皮肉,这只泡得发白的左手看上去和好手没有区别。

上下学我改了道走。不愿意经过杂货店和米店,只要是在杂货店以南,什么店我都不去。有时候会想起日光里那个柔和的弧度,也就想想而已。说到底,一张脸的一半有什么好想的呢。

周末我在家,决定把挂钟拆开来检查一下。我觉得它走得太慢了,一定比时间走得慢。外面在下雨,从昨天晚饭时开始,一直到现在没停过一分钟。一分钟应该是飞马牌挂钟摆五十下的时间,我说过,它走得太慢了。父亲去给人看病，走了半个小时，母亲从西大街的朋友家里回来了。

"你爸给谁看病了？"

"不知道。"

"往哪儿走了？"

"我又没看着他。"

"你这孩子！"母亲惊叫一声，"你怎么把钟给拆了？"

她想上来抢救也迟了，挂钟已经被我大卸八块。齿轮松了，我把一堆零件递给母亲看。我知道她看不懂。弄坏了怎么办？弄坏了也不过是一座破挂钟。我是说你记清楚了，哪个东西在哪个位置。放心好了，换个地方想搁也搁不进去。我觉得记得挺清楚的，但最后还是出了问题。多出了一个零件。奇了怪了，该放的地方都放了，跟拆之前一模一样，怎么就多出来一个东西呢？我重新拆开继续组装，这回多出了两个零件。第三次又多出了先前的那个。到处都找不到它的位置，被遗弃了。我把它扔到抽屉里。挂钟竖起来，像死人一样安静。完了，真让母亲说中了。我绝望地拨动一下钟摆，动了，声音清晰有力，像心跳一样振奋人心。它竟然活过来了。我拿出电子表核对一下，缺了一个零件之后，飞马牌挂钟终于和时间步调一致了。

因为高兴，我感到了闷热，是梅雨天特有的蒸汽升腾弥漫的热。天亮堂不少，我以为太阳出来了。雨倒是停了，太阳遥遥无期。我又想起高棉的半个脸，距上次看见太阳已经一个月了。这时候母亲又走进来，问：

"你真没看见你爸往哪儿走了？"

"没看见。"

"不是去那个……女人那里了吧？"

"哪个？"

"就是，那个，什么高棉。"

"她不是好了吗？"

"说是别的病，我也不明白。"母亲说，"你爸都去过好几次了。该死，什么病不能到诊所来看！"

"有病在哪儿看不一样。"

"你这孩子，懂什么你！你们男人哪，都是一路货！这该死的花街！早晚水淹了，雷炸了！"

我漫不经心地出了门，我说得去买块橡皮。母亲说，又买橡皮，吃橡皮啊你，学问不大，字写错了不少。好多天来我第一次接近那个小门楼。院门关着。买完橡皮，我慢腾腾地往回走,看见父亲从那个院门里出来,拎着出诊箱。他习惯性地咳嗽一声,理理头发和衣服。每看过一个病人他都这样。我远远地跟在后面,到了家里,父亲正在跟母亲解释。

"我去东大街了,不信你问问儿子,"父亲指着我,"出门时我嘱咐过的。是不是,儿子?"

"是的。"我说,肚子里哪个地方突然剧烈地痛了一下,像被谁扯了一下肠子。

"那你不早说?"母亲很生气。

"忘了,刚想起来的。"肠子又被扯了一下。

5

我父亲?没有。他从来都没向我道过歉,也没感谢过我。也许他真去过东大街,谁知道。我没有揭穿,我也不知道为什么。我不希望他为此感激我,也说不清楚此刻是否讨厌他。任何人都可以从高棉的院子里出来,也可以从任何人的院子里出来,只要他们愿意。但是就此开始我不愿意和他多搭话茬儿。本来我就不是个话很多的人,尤其这一年。

但是我开始留心很多事。比如父亲提到高棉，或者他从高棉的门楼里走出来，甚至他经过那个小门楼。实话实说，那次之后，我只看到过一次父亲从她的门楼里走出来，就是高棉死去的那天。他拎着出诊箱急匆匆地跑进那个院子，后来垂头丧气地走出来。他没救活高棉，死亡打败了她，同时打败了我父亲。偶尔看见父亲走到那个小门楼前，我的心总会咯噔一声停止跳动，等他走过去之后再接着跳。好在我看见的几次他只是经过。

高棉死去之前，在那个雨季里，除了该死的雨，母亲认为和花街一样该死的就是高棉。母亲和父亲经常吵架，她听到一些传闻，尽管是捕风捉影，母亲宁信其有。她觉得父亲出入高棉的小院次数多得有点过分，街坊邻居放出风，那是因为大家都看不下去了。父亲就解释。和母亲吵架他从来都是解释，就像在做判断改错题。

父亲说："你看，我是医生，就是一只猫生病我也不能袖手不管，何况是人。"

"那些野猫整天竖着直挺挺的尾巴到处跑，没见你管过。"

"它们没请我。再说，我还不知道猫挺直尾巴是不是一种病。"

"那女人请你了，"母亲用鼻子嘲笑他，"你知道是什么病了？"

"知道我不是早治好了嘛。"

有时候我觉得他们只是在练习绕口令。经过常年的争吵，他们早就具备出色的口才。他们认为我越来越没出息，很可能就基于这一点。我越来越沉默，都不像他们的儿子了。母亲也只能争吵一下，她拉不下脸来去跟踪父亲，也不能去那女人那里对质。也许父亲就捏准了这个，所以总是息事宁人地解释。

说一个可能会让你失望的事实，那就是至今我也不知道父亲是否和高棉有过，那个，你知道的。现在父母正缓慢地走在他们的后半生，不清楚他们是否会在某个时候说起高棉。作为儿子，我不能去问他们中的任何一个人。即使母亲对一切其实了然于胸。关于高棉，我知道的不比十四岁时多一点。

父亲三天两头在诊所里翻他的大部头医书。那可是梅雨天，不下雨身上就开始黏糊，没病人的时候他就把衬衫敞开，一边查书一边挠前胸和后背。按他说的，一直没诊断出高棉到底得的是什么病。扁鹊、张仲景、李时珍都没见过。父亲弓腰趴在书上，头发乱了。

花街上的家具和棉被开始长毛，衣服晒不干总有一股难闻的怪味。那天父母出去，我坐在门槛石阶上看着对面墙上的青苔两眼发直，高棉来了，听不见脚步声，但我闻到一股散淡的玉兰花的香气，神经质地一扭头，她已经到了我跟前。她穿了一件我从来没见的衣服，左胸前照例有一朵小玉兰。我想站起来的时候她的手已经碰到了我的头，她笑了笑，因为她的手我就那么半弓着站着，直到她跨过门槛进了我家，我才站直了。她径直进了诊所那间屋，穿着拖鞋和一双淡紫色的袜子。我跟进去，她已经开始在药橱里拿药，一小瓶一小瓶地拿。

"你找什么药？"我问。

她转过脸看看我："我认识。"

她拿了五瓶，然后转身就走。我觉得有点不对劲儿，跟上去问："你拿药干吗？"

"吃。"她说，又笑笑。我觉得玉兰花的香气是从她的酒窝里散发出来的。"别跟你爸说，跟谁都别说。"

我又问:"你拿药干吗?"

她腾出一只手摸了摸我的耳朵,我立马感到整个人绷紧了,耳朵热起来,慢慢透明。她已经到了街上。我摸着耳朵,忘记了她的脸刚刚是否亮起来过。

我坐在门槛上睡着了。天开始落雨,父亲跑到门口的时候花街上已经喧闹起来,下午五点,飞马牌挂钟精神抖擞地响了五下。父亲语无伦次地说,出诊箱,出诊箱。诊所里稀里哗啦一阵,父亲跑出来,门槛差点把他绊倒,眼镜摔到地上,捡起来只剩下一个镜片,父亲就戴着一个镜片的眼镜继续跑。我从来没见他如此没章法。我看见父亲在那个小门楼前消失了。很多人都往那里跑。我头脑嗡的一声,撒开腿也往那里跑。

高棉死得很难看,嘴角堆着白沫,衣服上的玉兰花也弄脏了,身体扭曲,旁边放着五个小药瓶。她以为这些药可以让她体面安静地死掉。父亲把急救的法子都用了一遍,高棉的身体还是扭曲着,已经硬了。她是凉的。房间里的日光灯开着,她的脸是灰色的。玉兰花的香气断掉了。父亲颓败地蹲在尸体旁边,灯光打在眼镜上,闪亮得那只眼好像不存在一样。

因为没有人知道高棉家在哪里，无法通知家人，这样的天气尸体又不能长久停放，最后由花街的头头儿和派出所出面，当天夜里火化。第二天一早葬在了河对岸的公共墓地里。下葬时我没去，我躺在床上没起，做了一夜噩梦，累得我腰酸腿疼。噩梦里的所有天气都是阴的，不刮风就下雨。

两天之后的傍晚，放了学，我在石码头边上随便解了一条小船摇到对岸。天正飘毛毛雨，高棉的坟墓很小，一个新隆起的土堆。一根木条做的墓碑，谁在上面用毛笔写了两个笨拙的字——高棉，连"之墓"都没有。

很快梅雨季节就结束了，太阳出来，满世界轰轰烈烈的光亮。你猜得没错，我对谁都没有说过那五瓶药是从父亲的诊所里拿的，除了你。没有人对这感兴趣，因为那些药随便一个药店都能买到，只要想死，谁也挡不住。我不清楚父亲是否发觉他的药少了，没听他提过。

我还是老样子。念书。生活。在家里和石码头上发呆。看着越来越多的阳光说不出话来。母亲认为，我再这样下去，迟早会变成哑巴。父亲说，为了防止我变成哑巴，他决定提前研制一种能让哑巴说话的药。他们继续吵架，一个提出问题，一个判断改错。一起庆幸漫长的雨季终于结束了。

到了十月份，偶尔经过那个小门楼，发现院门虚掩着。我推门进去，沿一条碎砖头铺成的小路走到堂屋，慢慢地推开门，看见两个人重叠在床上，上面的人是黑的，下面的人是白的，一条大腿垂下床沿，也是白的。他们在动，一起喊着号子。我转身就跑，两腿轻飘飘的。阳光漫溢，比白的更白，我两腿轻飘飘地跑。

那是我最后一次去河对岸的公共墓地。高棉的坟上长满茂盛的荒草，本来就矮小的坟堆完全被荒草淹没，如果你不知道这地方埋葬过一个人，你根本就发现不了这地方还有一个坟墓。木条歪倒在草丛里，两个毛笔字也消失殆尽，像从来没有存在过。

就这些。你是不是打瞌睡了。对不起。高棉的故事只有这些。可能我还是不该说出来。这故事只跟我一个人有关。对不起。

2007 年 1 月 18 日，芙蓉里

忆秦娥

1

看望七奶奶之前，我犹豫了很长时间。想着要见一个老得不像样的老太婆，心里就升起无名的恐惧。七奶奶太老了，她自己都不知道自己到底活了多少年。祖母说七奶奶活得都不像人了，整天待在她的黄泥屋里，这样的房子在海陵镇是绝无仅有的。更可怕的是，小屋里还停放着一口女儿为她准备的棺材，已经放了二十年了。二十年前她得了一场大病，后事都筹划齐全，她又顽强地从病床上爬了起来，从此没病没灾地活到现在。七奶奶当年躺在床上就一个劲地唠叨，说她不能死，不能死。周围的人就不明白了，一个已经七老八十的人为什么不能死。这个问题时间长了就被人忘掉了，同时被忽略的是，一个早就该死的老太婆又活了二十年，那口棺材可以证明。二十年何其漫长，因此，当邻居们偶尔想起七奶奶，总会异常烦躁，生命在七奶奶那里被无限地拉长了，像弹性优异的橡皮筋，死亡对一个人来说竟遥遥无期。由此人们产生一个想法：生活漫无尽头，实在不值得只争朝夕。老人们发愁了，什么时候才能活到死啊。在这二十年里，我的故乡发生了翻天覆地的变化，楼房像麦子一样遍地长起来，人丁兴旺，夜间大街上也人来人往。所有迹象都表明，二十年前那个月亮一升起来就成了哑巴的海陵镇消亡了。但是，就像生命在七奶奶那里停滞不前一样，历史被七奶奶保存下来了，浓缩在她的小院子里。那里的人和事几乎都是二十年前，比如那口棺材。如果在闹市里突然遇到一个明朝的书生，你大概会兴奋和新奇，但若是在明亮的世界里进入一间盛放垂死的老人和待用的棺材的阴暗小屋，怕只有不寒而栗了。

我犹豫的另一个原因，是我对七奶奶相当陌生了。算起来有十几年没见过七奶奶了。那时候还流行新年行磕头礼的拜年方式，即见到长辈老远就跪下，祝老人家新年吉祥，长命百岁。大年初一大清早我就被祖父赶出被窝，让我去给长辈们拜年。鞭炮声声不断，整个海陵镇都笼罩在硫黄和火药的味道中。我迷迷糊糊地转了整个村镇，见到长辈立刻扑倒，一圈下来也收获了不少压岁钱和好吃的东西。最后一位长辈是七奶奶，她离我家最近，所以总是殿后。当时我还没有真正见过故乡之外的花花世界，她的小屋对我并不显得可怕。七奶奶早早打开房门迎候朝拜，自己则舒舒服服地坐在热被窝里，床头柜上摆满了一堆糖果。七奶奶的门槛高得出奇，屋子里又暗，我好几次都因被门槛绊倒而直接跪到她老人家的床前，七奶奶就说，好孙子真孝顺，一声不吭就先跪下了，来来，吃糖。七奶奶的老态让我失望至极，别人都说她年轻时貌美如花，是海陵难得一见的美女。但我看到的只是一个脸上堆满至少五百道皱纹的老太婆，声音沙哑苍老，毫无美感。我没吃她的糖果，而是伤心地转身而去，仍是一声不吭。小屋里的棺材当然没看见。若是看到了，我大概只敢在门槛外面随便地跪下，意思一下就算了。现在七奶奶显然也不认识我了，我出门在外已经十多年。祖母说，七奶奶只认识几个常到她的小屋里去的人，她的女儿、女婿、几个外孙，还有我祖母。

鉴于以上原因，我犹豫不决。父亲坚持让我去，他认为，我难得回来过一次春节，徐家的老香灰所剩无几，已经到了看一个少一个的景况了。没办法，我只好答应。我拎着买好的一大包礼品在家里兜圈子，央求祖母陪我一块儿去。祖母想了想就答应了，她担心七奶奶把礼品享用完了还不知道是谁送的。

2

事实完全印证了我的想象。七奶奶的院子夹在两边的平楼和瓦房之间，院子用不足半人高的泥墙围成，推开一扇老朽的篱笆门就可以进去。七奶奶坐在小屋里的门槛边，那里上午十点的阳光充足。七奶奶低着头，缩成极小的一团，古蓝的头巾和衣服，像条狗。我走在前头，不到门前就大声为自己壮胆，我说，七奶奶，我给您拜年来啦！七奶奶像做梦似的抬起头，阳光让她睁不开眼。我看到七奶奶比拳头稍大的小脸，青紫色的皮肤和皱纹，茫然地对我抖动紫中泛黑的嘴唇，说不出话来。她不认识我，双手依然插在棉衣袖里,像个好奇又委屈的孩子。我告诉她我是海鹏,她的孙子。她重复了几遍我的名字,噢了一声,说乖乖孩子,进屋呀。我低下头从她低矮的房门进去,在一张高一点的凳子上坐下。祖母也到了,坐在她旁边的地铺上。祖母问她,知不知道我是谁,七奶奶摇摇头,尴尬地笑笑,她其实并不认识我。

看望的过程简单又漫长。祖母花了十几分钟向她解释我是谁,从哪里来,过了年还要到哪里去。我也不得不重复小时候给她老人家拜年的情景,试图让她记起若干年前那个常被门槛绊倒的小孩。我必须和她说点什么,一来这是晚辈探望长辈必需的程序,二来我的左手被她紧紧地抓住。她老人家耳朵有点背,我要像演讲一样把同一句话重复三遍。七奶奶若有所思地看着我,嘴在哆嗦,不知她是否听见了,是否记起了那个跌跪在她床前的孩子。后来她慢腾腾地说,乖乖儿,都不认识了。在此之前她一度把我看作是我父亲。她对我父亲还有印象,而对我,她老人家的记忆却视而不见。

七奶奶的屋子里原来是有一张古老的木板床的,她的女儿,即我的姑妈蓝儿,担心母亲从床上摔下来,便把她转移到地上,被褥下面是厚厚的麦秸和稻草。她和祖母就坐在地铺上,左手抓着祖母的手。她们说话很少,大部分时间都是执手相看。这种交流我插不上话,因此得以从容地干点别的事。我本想把礼品放到床边的桌子上,但桌子上积累了一层尘土,显然很久没用过了,我只好放到一把破旧的椅子上。椅子上堆着两个没洗的白瓷碗,粘着米粒和其他分辨不出的食物渣。祖母告诉我,七奶奶现在不能做饭,女儿每天从家里送两次饭过来,放下饭菜就走了,所以七奶奶只好冷也吃热也吃,而多数是冷的,因为蓝儿姑妈家离这里步行要十五分钟,从不使用保温壶。然后我就看到了那口触目惊心的棺材,黑黝黝地伏在房间的东南角,像一头高深莫测的巨兽。那该是一头疲惫的巨兽了,二十年的等待让它失去了耐心,才如此平静地陪着七奶奶一同打发着时光。七奶奶问我祖母,今天是几号,过了年没有?祖母小声对我说,都过到什么份儿上了,连点时间概念都没有了。祖母的说法使我茅塞顿开,刚进来时我就感觉到了一种近乎凝滞不动的东西。这里有经久不散的淡淡的异味,看到棺材时我立刻想到了腐尸味,但是七奶奶还活着,而且还抓着我的手,一种难言的东西顺着她粗大的指关节爬上我的胳膊，像一件水做的衣服披到了我的身上。我费尽心思才抽出手。尘土飘浮在太阳的光柱里，也呈静止状态。整个屋子里的几种用具也老迈不堪，覆满尘土。它们静止不动，连同老而不死的七奶奶，都因为时间的车轮在这里停下了，因为静止而呈现出死亡之态，而这静止恰恰又隐藏着秘密的活的流程，它让七奶奶不知今夕何夕地活着，以至对她来说，生命成了不具任何意义地活着的必然结果。这一想法让我倍感悲哀，一个人竟至活到了如此地步。

在我胡思乱想的时候，祖母和七奶奶说起了最近的几桩丧事。七奶奶显然对这些并不了解，她已经很多年没碰过那扇篱笆门了，这从门前的稻草可以看出。上午她坐在西边门前，下午就转移到东边的门前，以便一整天都能晒到太阳，那些稻草已经被她坐酞了。七奶奶对死亡似乎也不关心，只是静静地听。后面的六豁老太死了，三天后才被发现。南头的令珍二姑也死了，那可是个好人，平时还能掐能算，给人看个病喊个魂什么的，竟算不出自己的死期，很不体面地死在马桶上。隔一条巷子的洪根，前几年在夜路上遇到了鬼打墙，三绕两绕绕不开，急死了左手；

就十天前吧，跟老婆吵架，把手给气活了，人却头一歪死了，才四十出头，正是置办家业的好时候。卖烧饼的跃进媳妇，正烤着烧饼，男人还站在身边，竟眼睁睁地看着她一头钻进烧饼炉里，拽出来，头发脸都烧焦了，人也死了，她为了要儿子拼命生，一口气生了四个丫头，第五个是儿子，还没断奶呀。还有老光棍酒鬼汝方，躺在床上稀里糊涂地对干儿子说，怕是熬不住了，然后喊了几声陌生女人的名字就死了，前天晚上还喝了半斤酒，清醒得很，一觉醒来就糊涂地归了西。

　　祖母的讲述远比我的叙述要详细。大概是过多的死亡终于惊动了七奶奶，当祖母说到汝方时，七奶奶猛地抬起了头，陷在皱纹里的眼睛立刻放出光来，谁？七奶奶问。祖母重复了汝方的名字。七奶奶也跟着生硬地重复了两遍，然后问祖母，汝方临死前说了什么。祖母说，就是些糊涂话呗，喊了几声女人的名字，像是"秦娥"什么的。我看到七奶奶瘦小的身子在温暖的阳光里抖起来，两眼发直，嘴唇哆嗦得更厉害了，像是突然得了疟疾，仿佛一堵破败的土墙一点点地坍塌，缓缓地倒在了地铺上。祖母当时也慌了，不停地喊着七嫂七嫂，让我赶快去找医生。

3

在我故乡海陵，徐姓是第一大姓。据说先祖兄弟二人逃难来到这里，从此生根繁衍，像树木一样枝杈扩张，几百年下来成了海陵的旺族。七奶奶的丈夫和我祖父是堂兄弟，因为排行老七，人称徐七，真名倒渐渐被人忘了。我祖父这样年纪的老人都知道徐七，从小就跟随父亲出门做海货生意。十八岁时，徐七父亲在山东烟台得了伤寒，客死异乡，徐七抱着一堆银圆和父亲的骨灰回到海陵。他为父亲操办了一场体面的葬礼，守孝三年后才娶老婆，也就是七奶奶。

徐七的婚事惊动了整个海陵镇。之前人们只知道徐七跟随父亲在外做生意赚了不少钱，但绝对想不到有那么多。其父亲的葬礼已是海陵少见的体面，婚事更是屈指可数的铺张，而且娶的是大秦镇上的头号美女。大秦与海陵接壤，多年来不断联姻，据说当年大秦的媳妇大多姓徐，而海陵的媳妇又多姓秦。遗憾的是，随着老人们一茬茬地死去，嫁进嫁出的媳妇的名字都没人知道了，因为那时候的媳妇在娘家做姑娘时，都只是花呀朵呀草呀地随便称谓，做不得婚后的名字。直到我祖母这个年龄的老人还是如此，祖母现用的名字是嫁过来之后祖父给她取的。成了别人老婆后，转随夫姓，比如七奶奶，海陵人称她为徐秦氏。因此可以这么说，徐秦氏在嫁到海陵的那天是极其风光的。

五更天鞭炮响起。婚礼的各种准备都已就绪，车夫、伙计、伴娘、厨师，近五十人开始奔忙。五辆牛车从徐七的大门依次驶出，健硕的黄牛角上拴着巨大的红彩球。迎接新娘的车上搭了棚屋，红绸缎裹住全身，车下垂挂着长长的流苏，在海陵镇的石板路上一路华美地摇摆而去。大约中午时分，周围的邻居被又一阵连绵不绝的鞭炮声吸引，挤满了徐七家的那条巷子。人们争相传说，大秦镇的美女到了。他们看到五辆牛车停在徐七家的门楼下面，第一辆牛车上坐着闭月羞花的新娘，第二辆坐满了秦家的亲朋好友，后面的三辆车则装满了花花绿绿的嫁妆，当然都是徐七派人提前送过去的。听祖母说，那天徐七还闹了个笑话，他匆忙之间把绿被子抱了出来。按照海陵的风俗，新娘子下车之前，要用大红缎子被换下车上的红布门帘，然后掀开垂挂的被子请新娘下车。徐七显然是太兴奋了，抱一床绿缎被子就跑出来了。二十一岁的徐七直奔新娘的牛车,换了门帘之后才有人告诉他搞错了。他想换一床红被子,但是新娘原谅了他,从掀起的绿被子下走出了棚屋。七奶奶的美貌引起了观众的一片赞叹。

徐七的婚后生活应该是相当美满的,人们常看到小脚的七奶奶挽着他的胳膊在八条水的堤坝上散步,黄昏的温馨光影异常迷人,很多人在他们之后也来到坝子上乘凉,实际上是羡慕他们的幸福生活。这种悠闲的散步生活持续了半年,用现代词汇来说,他们的蜜月历时半年。半年之后,徐七一个人骑着毛驴出了海陵,几天后又神采飞扬地回来了。从那时候起,徐七家里做起了挂面生意,一直到四年后徐七喝酒醉死。徐七从外面的世界了解到消息,精制的挂面销路很好。他在一个叫青口的地方买下了一架挂面机,装在雇佣的马车上运回家来。那是海陵镇的第一架挂面机。后来很多人到徐七家参观,他们发现这台庞大的机器操作起来并不是想象中的那样困难,和好面倒进一个巨大的漏斗之后,从机器的另一边就丝缕不绝地吐出了一匹匹挂面。他们当然看不懂其中的奥秘,只能听到机器的肚子里有个什么东西在轰隆隆地转动,就是那个转动的东西把面团转成了挂面，像一把分寸感极好的菜刀。机器当然不是随随便便就能转起来的，他们看到徐七的侄子汝方扶着机器的两只木头把手，脚下不停地踩动翻转的轮子，像在踩一架水车。是汝方的脚在操纵那把切面的刀。

4

关于徐七的侄子汝方，应该加以详细说明。据海陵人的传说，徐七的死和他有关，徐七是和他爷儿俩喝多了才醉死的。徐七排行是老七，但只有一个哥哥，就是大哥徐大。二哥到六哥都短命，不是刚出生就夭折，就是五六岁时得天花不治而亡。祖母常和我说起那时的艰苦生活，孩子有病没钱医治，总是求神信鬼，或是吃香灰，无一例外的是，稍有重病的孩子都夭亡了。就连医生吕子良自己，最后也因病无药医治而英年早逝。徐七的母亲生下徐七时已经五十岁了，为了把这个孩子养活，她逼徐七的父亲出去做生意挣钱。由此可以说，海陵镇的小商人徐七的父亲是被逼出来的。当初徐七父亲所以把年幼的徐七带出去做生意，是因为徐大生性老实忠厚，不是做生意的材料。但徐大是个好兄长和好儿子。父亲和弟弟在外头做生意,他就在家里伺候老母和侍弄几亩薄田,一门心思为这个家谋划。父母去世之后,徐七只剩下比他大近三十岁的哥哥,徐大长兄如父,在生活的各个方面都格外关照弟弟,徐七和徐秦氏的婚事就是他请人说的媒。徐七明白事理,理所当然要帮一把自己的亲哥哥,所以他见挂面生意人手不够,就和大哥商量,把无所事事的侄子汝方招了过来。当时汝方十八九岁,长得刚健威猛,有着用不完的力气。汝方继承了父亲的品性,勤快卖力,对叔婶也格外亲热,很得徐七夫妇的喜欢。

我从没见过徐大和徐七,但我见过汝方。那时候他已经老了,头发胡子都白了,眉毛却浓黑粗大,尽管是个酒鬼但为人和善,尤其是对小孩。我小的时候去曹三的小店给祖父打酒,常会看到他。宽大的身板坐在商店柜台下的长条凳子上,喝得满面红光。他习惯用小白瓷碗喝酒,一碗二两,一次两碗,心情好了就三碗或者四碗。很多人对他的喝法不屑,认为是脏喝,因为他从不置下酒菜,而是用几个朝天椒蘸盐佐酒,喝过酒吃过辣椒都要长长地嘶嘶几声,满足地抹一把胡子和嘴。他甚至只用一颗盐粒就送下肚一斤粮食白酒。汝方说话很少，都是安静地喝自己的酒，和别人说话总像被审。辣椒掉到地上的那回，我顺手抓了他的眉毛，当时他正弯腰去捡，头低到我面前。我问他为什么只有眉毛是黑的，他哈哈地笑起来，说是喝酒喝的。

离开家乡之后，我就很少见到酒鬼汝方了。偶尔见到的只是他越发老迈不堪的背影，左手一支老烟袋，右手一个小酒壶，晃晃悠悠地从巷子角经过，整天一副蒙眬的醉态。人们都说，幸好他有一个孝顺的义子供他酒喝，否则早就被酒馋死了。他的义子叫新生，我叫他新生哥，常到我家和我父亲聊天。他一直感激汝方当年收留了他，那会儿他只有七八岁，流浪乞讨到了海陵镇，因为偷了汝方的酒壶才和汝方结下关系。祖母常感叹，她说汝方若不是收留了新生，一个老光棍怕是死都没处死了，好人有好报啊。汝方死后，我向新生哥了解有关情况，主要是对他临死前喊的名字感兴趣。

新生哥对我说，前一天晚上他还和义父一起喝酒的。汝方状态很不错，父子俩推杯换盏喝下了一瓶高沟酒，那是新生的女婿前些日子刚送过来的。喝酒的时候，汝方前所未有地怀了一回旧。由于话题是由孙女和孙女婿的幸福生活而起，新生就没多留意。汝方向义子历数了一生平凡而又艰难的经历，尤其是他在七叔家做挂面的那几年。他对当时的琐碎细节都能惊人地描述出来，还用筷子在饭桌上画了一架久已失传的脚踏挂面机。他回忆了七叔七婶对他的诸多关怀和好处，然后自然而然地悲伤起来。这段生活新生早有耳闻，海陵人一直都认为徐七之死和汝方有关，而汝方显然对此抱有深刻的悔恨和自责，所以新生找了个借口把这一段带过去了，以免引起义父的更大伤悲。新生哥对我说，他实在没能领会义父的用意，一直以为他在忆苦思甜。喝过酒后，新生给义父打来洗脚水就回自己的房间了，义父的身体硬朗，能自己照顾自己。

第二天阳光灿烂，是腊月里少有的好天气。上午九点钟时新生接到女儿打来的电话，让他给祖父晒晒被子，他才想到起床以来就没见到义父，义父一向习惯早睡早起。他推开义父的房门，听到汝方在床上语焉不详地说话，好像被病痛折磨似的痛苦不堪。他抓住汝方的手，吓坏了，义父双手滚烫，面色紫红。他问义父出了什么事。汝方艰难地睁开眼，断断续续地说，怕是熬不住了，他还是放心不下。类似的话重复了三遍，突然身子向上一挺，喊了几声"秦娥""秦娥"就不动了。

凭直觉新生认为，义父临死前叫的是一个女人的名字，但是这个名字太陌生了，如果一一去核查，那将是一项浩大的工程，海陵镇上的秦姓女人太多了。而且新生猜测，这个女人一定是和义父年龄相仿，这在海陵乃至大秦镇都是十分罕见的，活到汝方这个岁数的老人不多。新生就这个问题征求了我祖父的意见，祖父认为，汝方一生都让人难以捉摸，比如他为什么不结婚，为什么嗜酒如命，是否有过爱情的伤痛，他本人不开口别人就无法知道。他至死都不透露一点，说明他不愿让人知道，既然这样，就让他把这些秘密带进棺材里吧。

5

两年后徐七的挂面生意开始衰落。战争像个巨大的火球滚到了海陵镇，连同周围几个村镇一时人心惶惶。加上那几年庄稼歉收，挂面成了奢侈的食品，因昂贵而无人问津。徐七在刚听到枪声时就预见到了这一天，他知道不能再守着一架挂面机生活了，他必须骑上毛驴重操旧业，到外边太平的地方赚大钱。但那时七奶奶有了身孕，他放心不下，一直守在她身边，直到生下了唯一的孩子，也就是我姑妈蓝儿。蓝儿姑妈满月那天，徐七宴请的客人都感觉到了今不如昔。排场的大小姑且不论，就是主人的笑容也不像结婚时那么理直气壮了，他的笑显得空洞，有方向不明的小风在里头吹来吹去。蓝儿满月后的第三天，徐七就牵着他的小毛驴出发了，肩上挂着先前做生意用的体面的褡裢。汝方和抱着蓝儿姑妈的七奶奶一直把他送到八条水的坝上。七奶奶一路啼哭，蓝儿姑妈也跟着叫唤。徐七是见过世面的人，他安慰了一下妻女就把汝方拉到了一边，嘱咐汝方一定要照顾好婶婶娘儿俩和惨淡的挂面生意，他说不定什么时候回来。现在世道混乱，人心叵测，他和大哥商量过了，让汝方搬过来住，家里总得有个男人壮壮胆量，希望汝方不要辜负七叔，让他回来后仍能看到一个完好无损的家。汝方真诚地请七叔放心，他会像对待亲娘一样照顾婶娘，像疼爱亲妹妹一样保护蓝儿的。徐七这才如释重负地跨上了小毛驴。

据老人们回忆，徐七出门的那几年日本鬼子打进来了，整个海陵成了空前的乱世。乱世盗贼丛生，偷鸡摸狗，拦路抢劫，半夜绑架拉财神的风起云涌。人们既要担心缸里仅存的一把小米和那只早就无蛋可生的老母鸡，又要为自己的生命发愁，每天早上醒来做的第一件事是摸摸自己的人头是否还在脖子上。日本鬼子像一群羊痫风患者，想起来了就骑着蹄大如锅的战马冲进镇里，抱着机枪哇啦哇啦地烧杀抢掠。稍有姿色的女人只好用锅灰涂面，让自己变得丑陋不堪来逃脱鬼子的魔爪。这种大背景下七奶奶的生活之动荡不安可想而知，她是耗费锅灰最多的女人。挂面生意也不得不断断续续，那架机器也要东躲西藏，以免毁在日本鬼子的东洋刀下。多亏了有汝方保护，他像一尊怒目金刚代替七叔支撑这个家，成了七奶奶生活的主心骨。

因为战乱和繁忙的生意，徐七一年只能抽空回一两趟海陵。他对家庭的现状比较满意，妻子毫发无损，还是那么温柔美丽，女儿健康成长，见到他就抱住膝盖亲热地叫爹，而侄子汝方，明显地成熟很多，双手粗壮，眉目沉稳，动荡的生活和重大的责任把他培养成了一个真正的男子汉。徐七深为侄子的忠诚和踏实感动，每次回来都让七奶奶做上几个拿手的好菜，与汝方边喝边聊。他对汝方放心。

也许是徐七有着巨大的生意上的野心，或者是其他原因，总是行色匆匆，他在家里住上三五天，匆忙地看望和安慰一下妻女就骑上毛驴出门了。至于他的生意做得如何，没人知道，临走时他会留下数额不小的钱财供家中花销。然后人们就看到又一次八条水坝上的送别，七奶奶哭，蓝儿也哭，抱着父亲的腿不肯撒手；但是四海为家的徐七神色泰然，嘱咐过侄子汝方之后就上了驴背。

徐七醉死在出门之后的第四年。当时日本鬼子逐渐从海陵镇撤出，海陵人像做了一个噩梦，一觉醒来就天下太平了。这一次徐七离家时间最长，差不多十一个月才回家。他的归来再次惊动了街坊四邻。中午时分，在八条水坝上玩耍的孩子跑回来报告说，徐七带着五辆牛车回来了。人们对此持怀疑态度，徐七回家是可能的，他要五辆牛车干什么？一杯茶的工夫他们就发现自己的怀疑毫无道理，骑驴的徐七身后的确浩浩荡荡地跟随五辆牛车。车上装满了家具和箱笼布匹之类的东西，若是披上红绸流苏，俨然是一支送亲的队伍。尽管人们不明白他要干什么，但是徐七发了这一点是显而易见的。徐七过了桥就从驴背上下来，见到乡亲们逐个打招呼，他的笑又充实了，是那种财大气粗的笑，刚刚修剪过的小胡子随之欢快地抖动。徐七又一次发了，他的生意真的做大了。

但是他的回答出人意料，他说不想干了，这些年东奔西跑，过的是忐忑不安的生活，现在想赋闲在家，过几天安宁舒适的日子。不就是钱吗？哪有守着老婆孩子热炕头踏实。他说得风轻云淡，像在和邻居们拉家常。关于牛车上的布匹用具，徐七的解释赢得了众人的无比尊重。这也是徐七死后，人们对汝方非议颇多的重要原因。徐七在指挥车夫卸下物品时说，这些都是给侄子汝方娶媳妇准备用的，这孩子几年里帮了他大忙了，他要给他娶一个漂亮媳妇，办一个体面的婚礼。当时汝方尴尬地站在七叔身边，满面通红，不停地搓着自己的双手。他的窘态让众多年轻人羡慕不已，他显然在为未来的美好生活激动不已。七奶奶领着蓝儿站在门楼底下，一边看着车夫们出出进进，一边和邻居们有一句没一句地说着闲话。她大概因为专注于设计丈夫回来后的生活而有点心不在焉。

登门贺喜的亲朋好友散尽之后，天已经黑透了，汝方端着风灯关上了徐七家的大门。门里面的事大家不得而知，只是在事后根据点滴的耳闻目睹以及主观的推理和猜测，一点一点地连缀出了事情的简单过程。据说,七奶奶做了一顿丰盛的菜肴来给丈夫接风。徐七因为放松而高兴异常,放开肚皮和侄儿汝方喝酒。汝方的酒量非同小可,我祖父一直是他的手下败将,祖父说,最多一次汝方喝过两斤白酒,吓死人了。他们斗酒的同时商讨了汝方的婚事,徐七打算尽快把事办了,也好给汝方轻松一下,这几年把他累坏了。汝方似乎并不急着结婚,他想再停一停,等他想好了将来的路怎么走再成家。他们爷儿俩慢悠悠地边喝边聊,七奶奶熬不住了,先带蓝儿回房休息了。据赌鬼白皮后来回忆,那天半夜他才从赌桌上下来,经过徐七家的房子后头时,听到好像有人吵架,他想一定是徐七和汝方两人酒喝高了,嗓门也跟着上去了,就没多停留,而是不无嫉妒地回家睡觉了。

第二天一早,海陵镇争相传送一条惊人的消息,刚刚回家的富商徐七死在了自家的饭桌上。传说的内容出入不大,大致内容是:徐秦氏,也就是我七奶奶早上醒来,发现丈夫竟一夜都没上床。她穿好衣服喊了几声也不见回音,心里就纳闷,一大早他能到哪里去了呢。她下意识地想到厨房隔壁的饭厅,推开门惊呆了,餐桌上杯盘狼藉,酒坛子翻了，白酒流淌一地，几根筷子和两个碟子泡在酒里。徐七和汝方面对面趴在桌子上睡着了。但她只听见汝方一个人的呼噜声，一个可怕的想法出现了，因为徐七睡着时也是鼾声不断的。她摇摇丈夫的肩膀叫了几声，毫无动静，倒是把汝方给惊醒了。汝方迷迷糊糊地问，婶儿，婶儿，天亮了？然后看到了伏在他对面的七叔。徐秦氏这时已经哭声乍起，她的手指僵硬地放在丈夫的鼻子前。没气了。

徐七的葬礼和他父亲的一样奢华体面。整个过程由汝方操持，他为七叔请来了方圆二百里内最好的四套响器班子，其中包括只会出现在达官和财主家中的小头班子。班主外号小头，是我故乡当年最叫得响的民间异人，可以同时吹奏八种乐器，很多老人都为无法请到小头为自己送行而死不瞑目。按照故乡的风俗，死者要由其长子长孙领棺，但徐七只有一个幼小的女儿，事情就有点麻烦。但送葬的那天人们看到，汝方披麻戴孝，悲伤至极，扶着七叔的松木棺材一步一步地送到了坟地。几天来他目光迷茫，不吃不喝不睡不说，整个人瘦了两圈。七奶奶也同样如此，因不堪亡夫之痛而卧床不起。

葬礼过后人们就回过神了，各种关于徐七死因的猜测层出不穷，无一例外都与汝方有关，他似乎成了杀害七叔的凶手。但作为当事人的徐秦氏没有发表任何类似的言论，其他人只能在暗地里揣测。猜测主要有三种：一是汝方见财起意，暗中在酒里下药毒死了七叔。二是汝方心怀叵测，拼命劝酒，致使徐七醉酒身亡，同时自己也制造了醉酒的假象。第三种是综合了赌鬼白皮提供的信息，认为一定是汝方干了什么对不起七叔的事，比如对婶娘图谋不轨，比如私自贪污七叔钱财，等等，引起徐七的悲愤，以致喝酒过量，活活醉死。第三种说法相对更为合理，也更具说服力。可是事实又让传闻者无法解释。徐七入土的当天下午，汝方就把自己的铺盖抱出了徐七家的大门，形容枯槁，衣衫单薄，因为不胜悲痛而步履蹒跚，绝对不像身有长物和阴谋得逞的模样。身后的大门是徐秦氏亲手关上的。而且，从此以后，几十年下来，汝方再也没有进过徐七家的大门，徐秦氏也没有再为他开过一次门。

6

七奶奶倒下后，我以百米冲刺的速度奔向诊所。路上有人问我干什么这么急，是不是去救火，我连他是谁都没看清楚就回答说，比救火还急。值班的医生坐在椅子上看一张发黄的旧报纸，听完我说明来意，拎起药箱就出了门，跑了老远才想起眼镜没戴。我让他先跑，我折回去拿了眼镜追上去给他戴上。医生建议我去找蓝儿姑妈，意思是出了事也好说清楚。我又马不停蹄地奔向蓝儿姑妈家，她正在院子里给一群白兔喂食。我抓起她的胳膊就往外拉，我说，快，快，七奶奶出事了。我和蓝儿姑妈赶到时，医生已经从篱笆门里出来了。蓝儿姑妈一把抓住医生的手，问他七奶奶能死吗，医生摇摇头，说不能，七奶奶只是受到了刺激，平静下来就没问题了。医生的诊断结果让蓝儿姑妈大失所望，她更希望七奶奶能够痛痛快快地死去。祖母曾经告诉我，蓝儿姑妈有一次和她说过，她说七奶奶现在活得都不像个人了，还不如死掉了让人省心。现在祖母还坐在七奶奶的地铺上安慰她，蓝儿姑妈也进屋了，我则在院子里的一盘旧石磨上坐下，觉得事情实在有些滑稽，我这是来看望老人呢还是来催命？

七奶奶很快平静下来，而且精神状态前所未有的好，简直称得上是精神矍铄。她一骨碌从地铺上坐起，抓住我祖母的手说，蓝儿她婶婶，别担心，你和孙子回去吧，都九十多岁的人了，成废物了，也该死了，她婶婶，我真是想死了，没什么牵挂啦。我祖母劝她，活一天是一天，不许轻易说一个死字。七奶奶从容地笑了，摆摆手让我们离开，她想在阳光里躺一会儿。

回到家我和祖父他们简单地讲述了看望的经过，讲过了也就把它放下，去干别的事了。大约是下午五点钟的时候，太阳不强不弱，我正坐在院子里翻看家谱的打印稿，祖父让我在春节前后重新校对一遍。蓝儿姑妈哭哭啼啼地闯进我家，对祖父和祖母说，七奶奶去了。我从藤椅上跳了起来，上午不是还好好的吗？可是现在就去了，就两三分钟前。蓝儿姑妈又重复了一遍，她的啼哭不乏悲伤，但更多的是解脱和如释重负。她站在我家院子里向祖父和祖母详细地说起了七奶奶的死。

蓝儿姑妈每天都在下午四点左右给七奶奶送晚饭。上午七奶奶精神突然好转，蓝儿姑妈想七奶奶晚饭的胃口一定好过往日，因此多做了一个菜，把送饭时间给推迟了。她拎着竹篮来到七奶奶的小屋，发现人不见了，她想大概是去厕所了，但那儿也没有。正在疑惑，蓝儿姑妈听到七奶奶在叫她。"蓝儿，蓝儿。"七奶奶说。声音微弱，辨不清方向，但显然出自这间小屋。她把电灯打开，门后床下都看过了，还是没找到。屋子就那么一点大，能到哪儿去呢，她无意中瞟了一眼停放在东南角的棺材，吓得尖声叫了起来，她发现棺材盖被谁推到了地上，而二十年来没人动过它。"蓝儿，蓝儿。"她又听到了七奶奶的声音，蓝儿姑妈听明白了，七奶奶是在棺材里叫她。如果不是在大白天，如果不是自己的亲娘，蓝儿姑妈说她是死也不敢过去的。她顺手抄起一只空碗，小心翼翼地叫着七奶奶，一寸寸地靠近棺材。她听到七奶奶艰难的喘息声，七奶奶竟然自己爬进了棺材里。蓝儿姑妈凑上前，看到七奶奶已经把送老的老蓝色寿衣穿着完毕，仰面朝天地躺在里面。寿衣也是二十年前就做好的，一直放在棺材里面，为了防止虫蛀，在周围撒了大量的石灰。七奶奶就躺在里面和她说话。蓝儿姑妈站在棺材前，一时不知该说什么干什么。她听到七奶奶幽幽地说："蓝儿，蓝儿，我等了七十一年，他终于肯叫我的名字了。"然后就再也没有声息了。

2002 年 2 月 15 日，东海

伞兵与卖油郎

1

天很好，万里无云。范小兵背对着我们，酝酿了很久，终于从胳肢窝里拿出了那个东西，对着太阳举在我们头顶。那个东西在刺伤人眼的阳光里，只是一个不规则的黑影子。我们踮起脚尖想换个角度看，范小兵把那个东西又举高了一点，侧一侧手，一道耀眼的红光掠过我们眼前。这下看清了，一个五角星。我们立刻委顿下来，感到了夏日午后的酷热。

"我还以为什么宝贝！"刘田田说。为了表示气愤，她把我口袋里的知了抢过去，掐了一把，带着一路蝉声跑到了树荫底下。

我也很失望。一大早范小兵就放出话，要让我们见识见识，见识什么他不肯说。我们只好等，看着他把那个"见识"夹在胳肢窝里走来走去，我们更着急。他喜欢把他认为的好东西夹在胳肢窝里。我们一直相信他的胳肢窝，那个地方通常都不会让我们失望。可是现在，他拿出了一个带着汗水的红五星。我一扭头也跑到了树荫底下。

范小兵不着急，矜持地走到槐树下。他又把那个红五星放到我的鼻眼之间，我闻到了一股汗臭味。"猜猜，"他说，"哪儿来的？"

我懒得猜："我有十八个，还不止。"

"天上掉下来的，"他把红五星在短裤上仔细地擦了擦，吹口气，"伞兵的，昨天从天上掉下来的。伞兵。"

"伞兵？"

"伞兵。"

我拿过红五星，翻来覆去地看。它跟刚才好像有点不一样了。不一样在哪里我说不上来。这样的红五星我有十八个还不止，可是没有一个是从天上掉下来的。伞兵,这是那个夏天我听到的唯一一个新词。"伞兵是什么兵?"

范小兵没理我,只是仰脸看天。"我要当伞兵。"

范小兵说他看到伞兵的第一眼时,就决定要当伞兵了。昨天下午,他从夏河的姑妈家回来,穿过野地时看到一架飞机经过头顶,慢得几乎要掉下来。他正担心,忽然看到飞机里掉下来一个东西,又掉下来一个东西,一连掉下来五个。往下掉的过程中他看到其实是五个人,他们飞速地往下坠,像五颗巨大的冰雹。然后他们身后弹出一个更巨大的尾巴,像松鼠一样翘到了头顶,紧接着他看到那些尾巴是一顶顶大伞,他们慢下来,如同滑翔的鸟向远方飞去。范小兵想起父亲跟他讲过的故事,他的头脑里一下子就冒出了两个字:伞兵。他跟我们就这么说的,一下子就冒出了两个字,像气泡一样。他当时就两腿发抖,不跟着他们跑不足以平息自己的激动。他边跑边叫,伞兵,伞兵!姑妈让他带回家的一篮子黄瓜都扔了。

他跟着降落伞跑,跌跌撞撞地经过田地和沟坎,摔了三跤。他说他还看见一个伞兵对他挥过手。但是他不得不在乌龙河前停下来,眼看着五把大伞越飘越远。他把嗓子都喊哑了他们也不会回来。直到再也看不见他们，范小兵才悲伤地往回走，两腿软软的。返回的路上发现了那枚红五星，范小兵再一次激动得两腿哆嗦。那枚五角星一半埋在土里，但他坚定地认为，毫无疑问它是某个伞兵的，它从天上掉下来。

范小兵还说，昨天夜里他梦见自己变成了一只大鸟，头顶上戴一颗闪闪发光的红五星。"我不当兵了，"他举着那颗红五星对我们说，"我要当伞兵。"

2

在知道有伞兵之前，我和范小兵只知道以后要当兵。我们所有男孩子都想当兵，当什么兵没想过，也没法去想，我们不知道兵还要分很多种。我们的理想是成为英勇的解放军战士，戴军帽，穿军装，头上一颗红五星闪闪发光。我们喜欢所有和解放军有关的东西，为此整天缠着父母，希望能给我们做一身军装，买一根宽大的"八一"皮带、一双崭新的解放鞋。但结果相当不好，父母说，哪来的钱做新衣服？酱油都吃不上了。他们都这么说。

我们的愿望从来没有完全实现过,我们一伙人,除了穿了好几年的解放鞋,要么是只有一件上衣,要么是只有一顶军帽,或者是一条"八一"皮带,没有一个人能够把自己全副武装起来。像我,除了一双解放鞋,只有叔叔淘汰给我的一条"八一"皮带,此外还有十八颗红五星。九颗是我从亲戚家的抽屉里搜出来的,九颗是从别人那里挣来的。我把皮带借给他们勒上两天,代价就是一颗红五星。当然我也送给别人几颗,那是因为我也想借别人的衣服穿两天。所以我说我有十八颗还不止。

范小兵不一样,他家不用打酱油,他家就是做酱油的。海陵人都知道,老范家的酱油那才叫真好。好在哪儿我不知道,他家有钱我是知道的,大家都知道。老范有钱呢,只进不出,镇上每年还给他钱,逢年过节都要敲锣打鼓地送一大堆好东西给他。老范是退伍的战斗英雄,从前线回家的时候,胸前挂了好几个奖章,一个大巴掌都捂不过来。但是范小兵比我们还惨,老范不仅不给他做军装买军帽,连解放鞋都不给他买。

老范说:"当兵,当兵,当什么兵!好好看书。上不好学就回来卖酱油!"

范小兵说："我不卖酱油，我要当兵。"

老范抓起酱油端子就要打："狗日的，还嘴硬！"

范小兵拉着我撒腿就跑。他要把从老范口袋里偷到的两毛钱藏到我家。我们都不懂老范为什么会这样，他是战斗英雄，在我们海陵，从炮弹里活着回来的就他一个。

"我长大了一定要当兵。"范小兵藏在我家的后屋里数钱，加上刚偷到的两毛，他已经是十二块九毛钱的主人了。十二块九毛，多么大的一笔钱啊，看得我口水直流。照他说的，只要攒到二十块就可以把别人的军装、皮带、解放鞋都买过来了。也就是说，现在除了没穿裤子，范小兵基本上已经像个军人了。我看着他把十二块九毛钱锁进他的小箱子里，无限神往一个没有穿裤子的范小兵。那箱子是我借给他用的，之前一直盛放我的宝贝，很普通，现在不一样了，在我看来它已经变成了聚宝箱。他把箱子锁好，亲自放到我家的柜子上头。"我要当兵，当伞兵。"

3

伞兵到底是个什么东西，我和刘田田一直都没想明白。

范小兵说，记不记得，前年有场电影里放过的，一群解放军绑在伞底下飞。我和刘田田都不记得了，可能碰巧那场电影我们俩都没看。可是没看我们当时干什么去了？露天电影，全村的人都集中在中心路上，我们去哪儿了？范小兵支支吾吾地说，五月，那晚刮大风，银幕差点吹跑了。刘田田脱口而出，想起来了，那晚你妈又跑了！说完她立马意识到犯错误了，捂上嘴躲到我身后。

我也想起来了。那是范小兵他妈第三次离开家，也是最后一次，此后再也没有回来过，老范也没再去找过。

那晚上我和母亲搬着板凳去中心路，经过范小兵家，闻到一股浓烈的酱油味。他们家的门大敞着，门口围着一堆人。我挤过去，发现老范坐在屋子里的泥地上，屁股底下全是酱油。一只酱油桶倒了，流了一地。几个人上去劝他，想把他扶起来，老范就是不起，他像瘫痪了一样低头摸着地上的酱油。

范小兵的堂叔从门后抓起一根扁担，问老范：

"追还是不追？你一句话。看我不把她腿给砸断了！"

所有人都看老范。老范摇摇头，突然拍着地大声喊："出去！都给我出去！"听他的声音一定是哭了。他拍起的酱油溅了别人一身。范小兵的堂叔和一伙人失落地出来了，顺手带上了门。他们在门外议论了一番，范小兵的堂叔说："我做主了，追！"几个人就跟着他往北走，后面跟了一大趟看热闹的，我和母亲也在里面。那时候电影已经开始，但因为已经起了风，把声音都刮到别处去了。听不见，我就把电影的事给忘了。

我已经猜到是追范小兵他妈，问母亲，她不愿说，让我不要多嘴。正好碰到刘田田，她也搬着小板凳跟着，我就问她。刘田田说："除了她还能有谁？看见范小兵了吗？"

"没有，"我说，"可能看电影去了。"

范小兵不知道他妈今晚要跑。从第二次逃跑被抓回来，她被锁在家里已经一个半月了。年前她跟辛庄卖豆油的大胡子好上，就把酱油桶扔掉跟人家私奔了。大胡子五十多岁，老婆五年前死了，家里榨豆油卖，赶集的时候都跟范小兵他妈的酱油摊子摆在一起，收市回家时，也顺便帮她把独轮车放到他的小驴车上带回到他们村口。范小兵家没有驴，只有一头黄牛，没有女人赶着牛车去卖酱油的，所以只能推独轮车去。他们常年在一起卖油，一来二去就搞上了，然后范小兵他妈就挺不住了，撂了油桶就想往大胡子家跑。我见过大胡子，他的胡子真好，油汪汪的又黑又长，像电影里的包公，笑起来声音也响亮，像热油下锅。

开头那次私奔，被老范抓回来了，打一顿，关两天就算了，没想到几个月后又跑了，不是从家里跑，而是赶集卖酱油就没回来。三天后，老范的堂弟带着一帮人冲到辛庄，果然从大胡子的床上把范小兵他妈给拎回来了。老范一气就把她锁在屋里，关了一个半月。这一个半月范小兵他妈表现很好，老范就不忍心再锁，趁着村里放电影，就把她放出来看个热闹，也算是补偿。谁知道老范从外面转一圈回来，发现老婆又没了，柜子里的衣服也不见了，还弄倒了一桶酱油。老范围着一地的酱油转了转，腿一软，一屁股坐在了里面。

范小兵他妈那天晚上当然没有追回来，出了村庄就是一大片野地，到哪里去找。以后老范也没再找过，他不想再找了。现在除了儿子和酱油，老范什么都不关心。那晚上我们从野地里回来，继续看电影，但是很显然，我和刘田田已经错过了那个降落伞从天而降的场面。

4

范小兵的脸色先是不好看，接着又好看了。他把手从胳肢窝里抽出来，说："我要让你们见识见识什么是伞兵！"

他拿树枝在地上画了一幅画，一个大伞下吊着一个人。很难看，我们还是看懂了。不过我们还是不明白他们是怎么从天上掉下来的。

"不是掉下来，是飘下来。"范小兵都有点急了，他做着飞翔的姿势从一堵断墙上跳下来，摔了个狗啃屎。爬起来又要上墙，我和刘田田制止了。不能让他再摔了。范小兵只好用手当翅膀，一路滑翔："这样，就这样。"

我们说："嗯，懂了，懂了。"

范小兵知道我们其实并不明白，也就不放过一切机会向我们解释。尤其是天上经过飞机的时候。整个夏天我们都在五斗渠外放牛，我、范小兵和刘田田。野地里没有遮拦，天大地大，总是范小兵最先看见飞机。"快，快！飞机来了！"他把牛扔在一边，跟着飞机就跑。我也跟着跑，希望能交上个好运，和范小兵一样看见伞兵落下来。刘田田跑得太慢，只好留下来看牛吃草。

一次好运都没交到。夏天过了一半，我绝望了。范小兵把没有伞兵落下来当成他的错，更加卖力地向我表演他的伞兵降落过程，看得我越来越糊涂。在范小兵也即将绝望的时候，一架飞机总算撒下了传单。

开始是几张，飘飘扬扬，我们跟着跑，踩坏了不少庄稼。范小兵一边跑一边叫，总算捞回了一点面子。"看，就这样，伞兵，就这样。"但飞机越飞越远，传单突然多起来，一点伞兵的样子都没有了，我只看到大雪花在落。我停下来，范小兵继续跟着跑，大半个钟头才回来，手里一沓纸。他把传单折腾来折腾去，不知怎么就成了一把纸伞的模样，然后拍了一下大腿，说：

"我知道了！我知道了！"

刘田田问我："他知道什么了？"

我说："不知道。"

第二天放牛，范小兵带了一把雨伞过来，还从别人那里借来了一顶军帽。我们更看不懂了，大热太阳的你带什么帽子和雨伞。

范小兵说："让你们见识见识。"

为此他建议我们去集中坟里放牛。集中坟是村庄北边坟地的名字，在乌龙河南岸，一大片坟堆，稀稀拉拉长几棵老松和柳。集中坟里草深，而且嫩，但我们很少去。坟地周围的河沟里经常会有死婴被扔在那儿，刘田田害怕。那天我们还是去了，因为范小兵坚持要让我们"见识见识"。

我们把缰绳缠在牛角上，让它们在坟地里随意吃草。范小兵戴上军帽，找了一个高大的坟堆，爬上去撑开伞，腰杆挺直得像一棵树。他要跳了。这姿势让我和刘田田多少有些激动，范小兵要当伞兵了。范小兵"啊"地叫了一声，声音还没落人就到地上了。刘田田忍不住笑了，我也笑了，我们根本没发现他的伞作用在哪里。范小兵脸都红了，抱怨坟堆太矮，要找个高的。找了半天都是矮的。然后看到了一棵老柳树，高高地伸着一只老胳膊。范小兵说，就它了。他爬到树上，找到合适的位置站好，撑开伞，他的腿激动得直抖，但我们从树底下仰着头看他，还是觉得头顶上站的就像是狼牙山五壮士。范小兵发出了猫头鹰似的叫声，呼啸而下，我们看见他抓着伞像伞兵一样平滑地飞翔了一段距离，落地的时候没站稳，坐到了一个坟头窝里。

范小兵成伞兵了。我羡慕不已，跑上去问他降落的过程中有什么感觉。范小兵喘着粗气说:"有点晕。"

晕过了他又爬起来,继续跳。我想他是找到伞兵的感觉了,尽管我还不知道做伞兵是什么感觉。刘田田却说,他是上瘾了,不就飞嘛,还能飞过鸟啊?我当然不同意她的说法,鸟是鸟飞,人是人飞。但是,说实话,她的话让我心里稍稍平衡了一点,我也想当伞兵了,可是我不敢跳,有点高。我们都把牛给忘了,范小兵一遍一遍地跳,我和刘田田躺在坟堆上看。

跳到第九次时出事了。范小兵觉得跳得越来越熟练了,想玩点花的,在降落的过程中转上几圈。他说他看到伞兵从天上下来的时候就转了好多圈。为了能多转几圈,范小兵改成背对我们跳,在跳下来的一瞬间就开始转第一圈。他做到了,应该说第一圈转得相当不错,错在第二圈,还没转完就落下来了,一头撞到石碑上。我们听到他叫了一声,又叫了一声,就倒在了地上。我和刘田田跑过去,看到范小兵一手抓着伞,一手捂着嘴哼唧。

刘田田叫着:"哎呀,你嘴出血了!"

范小兵疼得眉眼皱到了一块,对地上吐了一口,全是血。我觉得那血不对头,揪了一根草叶拨了拨,找到半颗牙。我对范小兵说:"把嘴张开。"范小兵艰难地张开嘴,露出破裂的嘴唇和带血的牙齿,两颗大门牙只剩下一颗半。他啃到了石碑。

5

豁嘴唇和断牙没能阻止范小兵当伞兵的热情,倒是老范阻止了几天。他带儿子去医院的路上就决定,不能让这小子再闹下去了。他决定把范小兵看在身边。在学校里他管不着,回了家就他说了算。他逼着范小兵跟他学做酱油,老范一直都说,范家的酱油是祖传的,不能后继无人;出门卖酱油也把范小兵带上,算算账收收钱,总比让他一天到晚乱跑强。两个星期以后,范小兵又自由了,老范发现整天把儿子拴在裤腰带上,牛没人放了。现在牛正是吃青草的时候,两天闻不到青草味,头就耷下来。老范只好狠狠地教训了范小兵一顿,又让他去放牛。

卖酱油范小兵也没闲着,他从钱袋里前前后后摸了四块三毛钱。他把钱藏到我家的时候,脸上俨然是伞兵的表情了。快了,快了,已经穿上大半条裤子了。他跟我说:"我很快就有真正的降落伞了。"

真正的降落伞？

"等两天，会让你见识的。"

我等了两天，看到范小兵从家里偷出了一条床单。

"就这个？"

他郑重地点头，又从口袋里摸出几条绳子，让我和刘田田帮帮忙。

按照他的要求，我们在放牛的时候帮他做成了降落伞。把床单的四个角分别用一条绳子扎起来，然后四根绳子的另一头再扣在一起。弄完了，范小兵抓着绳头向前跑，有那么一下子床单膨胀起来，但是跑几步就缠在一起在地上拖了。显然是失败了。范小兵不服气，又试了几次，还是没起色。怎么回事？他问我们。我们哪里知道。刘田田头脑一亮，说，不是想让床单膨胀起来吗，用树枝撑着。我们就找了两根既细又直的紫穗槐枝条，交叉着和床单四角绑在一起，这样即使没风，床单也是膨胀起来的。又试了一次，降落伞已经能够离开地面了，只是范小兵奔跑的速度和时间都有限，降落伞在空中飘扬了一会儿就坠地了。

我们同时想到了牛。

拴在牛尾巴上，牛比我们都能跑。要范小兵家的黄牛，我们的水牛太笨重。我们把降落伞绑在了黄牛尾巴上，范小兵抽了一鞭子，黄牛闷着头向前跑，降落伞飘起来。就在那个花床单越升越高的时候，噗地掉了下来，黄牛不跑了。它忘了疼。我们兴奋的叫声的另一半，也跟着发不出来了。我想我是见识了降落伞，可惜只壮观了半截地那么远。范小兵还想再抽它一鞭子，我说没用，你总不能跟着它一直抽下去。

第二天范小兵带了一挂小鞭炮。"绑在牛尾巴上，"他说，"我就不信它还能停。"我和刘田田明白了。村东头的小坏孩玩过这个。过年的时候，小坏孩把鞭炮绑在邻居家的牛尾巴上，点着了，那头牛吓得一口气跑了十里路才停下来，差点累得断气。

降落伞和鞭炮绑好了，我和刘田田闪到路边。范小兵点着了火。爆炸声多如芝麻，震得我耳朵里像是飞进了一群小蜜蜂。黄牛发疯似的狂奔起来，降落伞迅速飘起来，鼓鼓胀胀，倾斜着跟在牛身后。降落伞。降落伞。范小兵跟黄牛一样疯狂，粗着脖子狂叫降落伞。我攥紧了拳头，攥得感到了疼。范小兵已经无限接近他的伞兵了。我陡然生出了一阵难受,成为伞兵是多么美好的事情啊。可那是范小兵的事。刘田田也跟着跳,一边跳一边叫。然后我们看见黄牛突然转身往回跑,那时候鞭炮已经炸完了,但它跑得依然疯狂,闷着头,两只尖角斜向上。降落伞重新飘起来。

"快躲开!"范小兵对着我们喊。

黄牛已经奔着我们冲过来了,四蹄踢踏起的尘土从身后扬起来,又飘又抖的花床单使它看起来像是个巨大的怪物。整条道路都在它蹄子下剧烈地晃动。它扣着头,我看到了它两只血红的大眼盯着我和刘田田。刘田田惊叫起来,整个人僵掉了,我想把她再往路边拉,怎么也拉不动,就在黄牛即将冲到我们的位置时,她突然转身往后跑,只跑了两步,黄牛就冲到了她身后。刘田田的尖叫如同泡沫擦过玻璃,她被牛头高高抬起,她的红衬衫在空中闪耀一下,接着被甩到了地上。黄牛从她身上经过,速度慢下来,降落伞着了地,兜着她拖了很远。我和范小兵追上去的时候,刘田田已经躺在路中间,降落伞的一根绳子断了,把她漏了下来。黄牛继续跑,拖着一条委地的床单。

刘田田一动不动地斜躺着,脸成了一张划破了的白纸。

我喊了两声她都没有回应。我和范小兵的脸也白了。刘田田左边的大腿在往外流血，裤子都浸透了，右腿的小腿血肉模糊。我抱起她，不知怎么的眼泪唰地就出来了，接着是哭声。我从来都没有那么失去章法地哭过。如果不是范小兵在一边托着，我就是把这辈子所有的力气都使出来，恐怕都抱不动刘田田。

到了医院，我们在手术室外面等了很长时间，医生才出来。医生说，小的皮肉伤不算，一只牛角穿过了刘田田的左腿，一只牛蹄踩过她的右腿，还好只是骨肉伤，没有生命危险。刘田田在镇上的医院里住了一个月，出院的时候成了一个两腿都瘸的女孩。此外，偶尔还会精神恍惚，正吃着饭就咬着筷子发呆。从医院回来，她就再没去过学校。

黄牛是在三天以后找到的，竟然跑到了十五里以外的腰滩。那里有一片浩大的芦苇荡，它在里面吃得肚大腰圆，老范拽着缰绳它还不乐意跟着回来。

6

我们都担心老范会把范小兵打死，他用鞋底一下一下地抽。前几十下范小兵还叫唤,后来干脆不出声了,趴在板凳上撅着屁股,跟睡着了一样。我敢担保,老范一定是用上了当年在战场上杀敌的力气来收拾自己儿子的,他打得满身大汗,一边打一边吼:

"叫你当兵!叫你当兵!"

打到后来老范也哭了,眼泪跟着汗水一直往下流。打到胳膊再也抬不起来了,打到范小兵的裤子都破了,打碎的布片布条和布丁嵌进了范小兵稀烂的屁股肉里。打到刘田田的爸妈都看不下去了,刘田田她妈哭着说:"不能再打了,再打也跟田田一样了。"

老范停下来,坐到地上,先是看着血红的鞋底,然后抱着被打昏了的范小兵失声痛哭。老范说:"小兵,小兵,你当个什么兵!"好像范小兵已经是个当兵的了。

很长时间里我都不明白,为什么老范坚决不同意范小兵当兵,说说都不行。我经常跟范小兵在他家玩,我提起来当兵的事,甚至说"当兵""军装""八一皮带"这些时,老范都很不高兴。他拉着个脸给我看,我立刻就闭嘴。他当然不会骂我,但范小兵一提他就骂。他说,再兵来兵去的,现在就给我滚出去!他对当兵之类的词和事情,简直敏感到了莫名其妙的地步。自从老婆跟大胡子跑了以后，每年镇上和村里敲锣打鼓地来慰问军烈属，他都尽量避开。连和军人有关的荣誉都要躲，好像人家不是来慰问他，而是来抓他坐牢的。

范小兵被暴打之后大约半个月，镇上的慰问团又来了。当年老范就是在这样的时节从前线退下来的，这一天成了战斗英雄的纪念日。他们开了一辆大卡车，吹吹打打从中心路拐到老范家的巷子里。卡车后跟了一大群人看热闹，像过节一样。我正在跟范小兵玩，他的屁股还不能靠板凳，必须站着或者趴着，那天他就是趴着，在席子上画自己在跳伞。

我对范小兵说："又来看你爸了。"

范小兵头都不抬地说："不在家看什么看。"

时间不长，村长带着两个更像领导的人进来了。背后是喧天的锣鼓，从卡车上一直响到院门口。

"你爸呢？"村长问。

"卖酱油去了。"

"你看看，你看看，太不像话了，"村长很生气，"这个老范，一到关键时候就不在家。"

"没事，"更大的领导说，"这说明我们的战斗英雄觉悟高，自力更生嘛。"

锣鼓继续，更热闹了。几个人抬了一块英雄匾和一纸箱子礼物进了门。老范不在家，仪式只好从简。范小兵从席子上爬起来，代表老范接受英雄匾和礼物箱。领导握着范小兵的手，弄得范小兵浑身痒得难受，但领导一直握着不撒手，对着照相机不停地说话。

最后，领导说："老范是个好同志，我来两次了，他都不在家，让我很感动。作为一个身有残疾的战斗英雄，他不居功自傲，视荣誉为平常，这一点值得我们所有人学习！我代表镇政府、镇领导，向老范，向我们战斗英雄的儿子，表示崇高的敬意！"

慰问团走了，一些人还留在老范家看热闹。他们想看看箱子里到底装了什么好东西。范小兵打开箱子给他们看。有酒，有高级点心，还有一些苹果和西瓜。我听到一片口水声，谁家能吃上这些好东西啊。看得出来，他们像我一样眼馋，但是范小兵把箱子合上了。范小兵说："这是给我爸的。"

巷子头的三秃子说："都走都走，人家是送给残废军人的。你残废了吗也往上靠？"

男人们笑起来，都说："没残废没残废。"

他们这么一说，我倒愣了，老范胳膊腿一样不少，残哪儿的废？

他们又笑了，三秃子说："小兵，你妈是不是因为你爸残废才跟大胡子跑了？"

范小兵说："你爸才残废！你妈才跟大胡子跑了！"

三秃子说："是啊，我爸残废了，那个东西被打掉了，我妈跟大胡子跑了，又怎么样？反正他们也死了。"

屋子里的人都笑了，范小兵没笑，我也没笑。可是我在想，他爸竟然没有那个东西。我知道那个东西是什么。三秃子笑得尤其开心，前仰后合。范小兵一声不吭，从我身边走过去，抓起英雄匾照着三秃子的光头就砸下去。哗啦一声，玻璃碎了一地，三秃子满头满脸都是血，一道道流下来，跟电影里披红头发的鬼有点像。他怪叫着要打范小兵，被拉住了，他们觉得这玩笑开大了，一个个收起了笑脸，匆匆忙忙把三秃子拖出了门。

我一直待到天黑，到老范回来。老范把独轮车上的酱油桶拎下来，看了看地上的碎玻璃，一句话也没说，找了

笤帚扫进了畚箕里。然后打开箱子,抱出最大的一个西瓜让我带回家,我推着手说不带,老范沉着脸看我,一个字一个字地说:

"带。一定要带。"

7

范小兵的钱攒够了。他的屁股好了,对降落伞的热情又背着老范高涨起来。那天晚上他把偷来的钱再次放进小箱子里,数完了,说:"二十块零六分。我要成为伞兵了。"然后把钱分成五份摊在我床上。这是帽子,这是褂子,这是裤子,这是鞋子,这是皮带,他说。他已经把所有有军装的人的价格都打听好了,也说定了,一手交钱一手交货。他急不可待地要去找那些有军装的人,现在就买下来。我说已经不早了,谁还不睡觉,明天吧。正好老范来我家找他,范小兵就急急忙忙锁了箱子回家了。

月亮那么好,光照到我脸上,睁开眼就看见掺着蓝幽幽的乳白色。村庄静寂,只有月光移动的声音,是那种琐细的小声音。它让我难受,让我心跳如鼓。我看着从窗户里透过来的一块月光慢慢移动，一直移动到柜子上，我从里到外咯嘣响了一下。小箱子。

我在床上翻来覆去地转身，转来转去还是看见了那个小箱子。明天范小兵就要成一个伞兵了，我能想象出来他意气风发的样子，他全副武装站在高得让人眩晕的地方，背后是他从家里偷出来的另一条床单，当然，现在已经是降落伞了，他向全世界人民喊，同志们，冲啊，纵身跳了下来，降落伞飘飘举举，缓缓而下，他在飞翔的过程中尽情地转圈，转一圈，再转一圈，经过漫长得有一天那么长的时间，范小兵终于落到地上，稳稳地站住，两条腿就像从来没有离开过大地一样，就像本来就长在大地上一样。

我不知道我能不能成为伞兵，但是当个一般的解放军总可以吧。他看上的军装也是我看上的，也许在今天夜里我比他还要喜欢。可是我没有钱。我觉得慰问老范的锣鼓队伍正从我前胸上走过，咚咚咚，咣咣咣，我要喘不过气了。

我爬起来，把手艰难地伸向那个小箱子。

第二天清晨，我起得比爸妈都早。母亲问我，起那么早干什么？

我说："去姥姥家。"

"你不是说过两天再去的吗？"

"不等了，今天就去。"

母亲很高兴，赶紧给我做早饭。我不喜欢走亲戚，姥姥家都不想去，而姥姥想让我去，她说都两年没见过我了，想我都想出病了。我说我去给姥姥看两眼，治治她的病。吃完饭收拾好东西，我走出家门。出了村子我又跑回来，走到范小兵家门口，看到老范正在院子里往一只桶里倒酱油。我跟老范说：

"叔叔，小兵呢？"

"还没起呢，我去叫醒他。"

"别叫了，没事。你跟小兵说一声，我去外婆家了，要什么东西直接去我家拿就行了。"

然后我用比刚才更快的速度跑出了村子。一望无边的大野地，我踢着路边的草和露水往前走。右手插在口袋里，紧紧地捏着那一沓纸，捏出了一手心的汗。十三块钱。一件褂子，一条裤子。我知道我穿上那身军衣一定也很好看，解放军就是那个样子。我的左手里攥着一把钥匙，另一把在范小兵那里。左手突然从口袋里跳出来，将钥匙扔到了路边的水沟里，我看着小钥匙飘飘悠悠下沉的时候才清醒过来，已经晚了。沉下去了。我走了几步再回头，所有水面都长着同一张脸，分不清钥匙落在哪个地方。我站在水边看了看，继续往前走。我是不是跟范小兵说过，就一把钥匙？记不得了。只是十三块钱太多了，我怎么拿了这么多。除了偷瓜，我从来没拿过别人的东西。我一路都在念叨着十三块，直到进了姥姥的家门。

我在姥姥家住了三天才回来。回到家就听母亲说，小兵这小孩，就是不省心，这才几天啊，又把自己的腿给弄断了。

8

范小兵跳伞的时候把左腿给摔断了。

那天早上吃过早饭，他想等老范出门卖酱油后就到我家拿钱，可是老范吃完了饭一点没有要走的意思。老范说，他要等扎下的小商贩来买完酱油再走。范小兵不知道要等多久，就打个幌子去了我家，直接抱着钱箱去找那几个要卖衣服给他的人了。整个上午他都在外面转悠，我不知道他打开钱箱是什么表情。或者是一件一件地买，直到最后才发现钱不够了？不知道。反正他只买到了帽子、鞋子和皮带。

我问母亲："他拿走箱子以后又来过咱家没有？"

母亲说："来咱家干什么？"

我松了一口气。可是范小兵他为什么不找我问一问？这个问题我一直都没想通。那个钱箱子他以后再也没有还给我，为什么不还，我不知道，也不敢去知道。此后我们谁都没提钱箱子的事。当然，那十三块钱我也没有拿去买军装，我把它们夹在一本书里藏在隐秘的地方，一直藏着，中途曾变换过几个地方，直到后来我都记不起来到底藏到了哪里。然后彻底找不到了。

钱丢了也没影响范小兵全副武装地跳伞，他偷了老范退伍时的军装。老范的军装压在衣柜最底下，范小兵拿出来给我看过。那时候他还不敢把它拿出来穿，否则会被老范打死。他挨过打，在他妈第一次跟大胡子私奔那会儿，他只是把军装拿出来在身前比画了一下，被老范看到了，拖过来就打，一连十二个耳光。老范的脸色像黑夜里的判官，声音更可怕，老范说："狗日的，你再敢把它翻出来，我剥了你的皮喂狗！"

但是这次他抖起胆子把衣服偷出来了。他把帽子、鞋子、皮带和降落伞都藏在屋后的草垛里，开了门回家偷衣服。当时已经是半下午，老范早就出去卖酱油了，是个安全时段。他在打开衣柜之前还是犹豫了好长时间，他得给自己鼓劲，范小兵看到自己伸向柜子的手在哆嗦。柜子打开了，为了不被老范发现，范小兵每一件衣服拿得都很谨慎，按顺序拿出来再放进去，整个过程都很紧张。当他把衣柜合上，一抬头看到老范背对着他站在窗户外，在收绳上晒干的衣服。范小兵慌乱地把军装塞到了床底下，然后站起来说：

"爸。"

老范转过脸找了半天才看见他，"你在家啊？"老范说，继续收衣服，"我还以为你出去了。过来搭把手，把衣服拿进屋。"

范小兵来到院子里，说："今天回来这么早。"

"卖完了就回来了。"

范小兵趁老范去饮牛的工夫把军装藏到了草垛里。

第二天上午穿上了父亲肥大的军装，袖子和裤腿卷了好几道，"八一"皮带束住了晃晃荡荡的上衣。他穿军衣戴军帽，英姿飒爽地站在乌龙河的放水闸顶上。那天正好风大，大风吹动的范小兵看上去就是一个英雄。闸底下围了一群像我一样做梦都想当兵的少年。放水闸顶离下面水边的平地至少高十五米，是我们那里能找到的落差最大的地方，没有比那里更适合跳伞了。

后来我听村长的儿子毛小末讲，范小兵并没有像我想象的那样，在跳下去的一刻喊什么口号，他甚至连一点声音都没出。他说，范小兵站到闸顶的时候低头对他们说，只有没见过世面的人才会在跳伞的时候大喊大叫，真正的伞兵都是一声不吭地跳的，有什么好喊的呢？伞兵跳伞就像木匠做板凳一样正常，拿起刨子就喊岂不是要累死。范小兵还说，站在高处往下看，感觉真是好极了，他觉得浑身都热了起来，就像煮沸的水一样，他都能听见身体里咕嘟咕嘟冒泡泡的声音，他太想飞了，像老鹰和麻雀那样自在地飞。说完，在大家还没反应过来的时候，跳了下去。

毛小末说，没想到降落伞飘下来的时候那么好看，慢悠悠的，想下来又不想下来，简直都没法相信它是由一条花床单做成的。像一朵花，也像一朵五彩的大蘑菇。范小兵降落的时候也好看，他从容地转着圈，大衣服里灌满了风,如同巨大的花气球下坠着的一个军绿色的小气球。毛小末说,真的,如果不是半路上摔下来,他比伞兵还伞兵。

问题是,半路上范小兵摔下来了。风力那么大,拼命地顶起伞盖,伞盖上范小兵不知道还需要有个排风的洞,交叉绑在四角的两根紫穗槐枝条中的一根突然折断,降落伞的两个角裹到了一起,先是两个角裹在一起,接着另一根枝条也断了,四个角裹到了一起,整个降落伞裹成了一条乱七八糟的装着风的大麻花。离平地五米左右的时候,范小兵像萝卜一样栽下来,毛小末他们都没来得及叫出来,范小兵就摔到了水泥台阶上。那些台阶从河堤上修下来,为了方便人取水的,坚硬而且棱角分明。范小兵结结实实地掉在上面,左边的小腿骨垫到了台阶角上。毛小末他们叫起来,范小兵也叫了起来。

接下来是听我父亲说的,他和老范一起把范小兵送到了镇上的医院。父亲说,在车上老范哭得可伤心了,一手稳住儿子的伤腿,一手捶打自己的脑袋,老范说,都怪他,都怪他,他当时要是不让小兵拿他的军装就不会这样了。他看见了。父亲说,这个老范。

到了医院,还是上次的那个医生,见了老范就说:"你们的骨头怎么老出事，上次是个丫头，这回换了个小子。"

9

这些都是很多年前的事了。

接着说现在。现在，我是一个自由漂泊的人。大学毕业后教过几年书，又上了几年学，现在什么也不做，东飘西荡跟着风乱跑。我没当成兵，一天都没当过。高考前军检被刷下来了，平足。范小兵也没当成兵，更不要说伞兵。现在他是一个瘸子，一个孩子的父亲，整天推着独轮车到处卖酱油。范家的酱油做得越来越好了。因为左腿有问题，走路一深一浅，独轮车上左边的酱油桶从来不能装满，满了就会被颠得溢出来。他的老婆是刘田田，他们很早就结婚了。儿子五岁，名字叫大兵。这名字是范小兵给取的，刚开始遭到所有亲友的反对，当爹的才叫小兵，儿子怎么能叫大兵。范小兵坚持住了，所以现在大兵还叫大兵。这些都是听我妈说的，我长年不回家，都是在和家里通电话和通信中知道这些事情的。

前段时间我难得回了一趟家，正站在院子里看着墙边的桑树发呆，母亲在门口喊我过去。她说小兵过去了。我伸着脖子朝巷子里看，范小兵已经走到了巷子的尽头，推着独轮车，身体忽高忽低地走，上身挺得直直的。和他一样挺直上身的是跟在车旁的儿子，五岁的大兵，不仅腰杆直，两只手也甩得有力，每一步都把脚尖踢起来，就像一个军人正步走过阅兵台。

2005年5月9日，北大万柳

九年

迎头来了一阵风,避开尘土的时候他侧过身,看见舞厅门口坐着的是栋梁,正低头摆弄一件黑暗的东西。他对女朋友说,走,跳舞去吧。女朋友把脸扭到一边,不去。

"你不是老嚷嚷着要跳舞吗?"

"我现在不想跳了。"女朋友说,"跳舞多俗啊,扭一身汗,还不如跟你去跑五千米呢。"

这其实是他的原话。从她来到这里的第二天,看见了这个舞厅,她就一直要进去跳。他不答应,跳舞多俗啊,扭一身汗,还不如跟我去跑五千米呢。至少有三次。镇子就这么大,从东头走到西头,一不留心就要经过这家舞厅。

而他们要去中学散步,这是必经之路。他还说,真的俗,你看那名字,"文化人舞厅",此地无银。每天晚上站在自家的院子里,他都能看到空寂的夜空里晃动着这五个字,整条街上唯一高耸起来的霓虹灯,蹦蹦跳跳地把每个字亮起来,一个,又一个,再一个,五个字分别横空出现,然后唰的一下子亮一排,半个天空因此都不稳当了。她摇着扇子说,那有什么,总比黑灯瞎火一声不吭好,我要是老板,就把它改成"教授舞厅"。你不记得我们家楼对面,那夜总会叫"工程师夜总会"?她从城里来,什么怪兮兮的名字都见过。他也见过,待了几年了,南京路、上海路都走过不知多少回了,但他就是不喜欢"文化人舞厅"这几个字。

"改成'麦秸垛舞厅'或者'稻草人舞厅'你就喜欢了?"有一回女朋友问他。

他装作对树上的一只高叫的知了有兴趣,没应她的茬。好在女朋友没揪着他继续问。"麦秸垛""稻草人"他真的就喜欢了吗?肚子里适时地咕噜咕噜叫唤了几声,他没听懂肚子在替他说什么。其实不是什么"文化人"的问题,他知道。这舞厅当年是文化馆图书室,他读初中的时候经常在里面借武侠小说看,金庸、古龙、梁羽生,都是在这里读完的。他还记得看的第一本武侠小说名字叫《金弓神掌日月刀》，忘了是谁写的了。还记得一本小说里，胜英的师兄夏侯商元的外号叫"镇三山挟五岳赶浪无丝鬼见愁"。那时候他每天去学校都觉得是走在去少林和武当的路上。但是现在，文化馆的图书室被人承包了，改成了舞厅。据说没改舞厅之前，一星期也难得有几个人来借书，而现在，每天舞厅里几乎都爆满。

他又看了舞厅的门口一眼，只有栋梁一个人坐在那里。他就说："走，去吧，要不我妈又说我对你不好了。"他妈总觉得她是城里人，什么都见过，他们这小地方，落后得像个鸡屁眼，连件好玩的东西都没有，所以一再嘱咐儿子，只要她喜欢的，就带她去玩。她喜欢的东西不多，除了每天傍晚都要穿过一条街去中学校园里散散步，唯一能让她有点兴趣的，就是这舞厅。她只是觉得到舞厅里转转，感受一下城市的节奏，可能会不那么想家。

"你对我就不好，"她说，"你妈都看出来了。"

他嘿嘿地笑着，说："那今天我就对你好一点。"抓着她连衣裙后面的两根带子，用头抵着她后背推着她向前走，嘴里说，牛牛拉拉到家没？牛牛拉拉到家没？这是他们玩了很多次的游戏。小时候他跟在母亲身后，就这么一直走来走去。她也习惯了这个简单的游戏，即使生气的时候，只要他把脑袋往她后背上一顶，牛牛拉拉到家没，她的气就消了。

嘴还嘟着装样子生气，心里头早暖洋洋地汪出了一摊水。所以她说不去不去，快下雨了，还是顺从地带着他穿过马路。

栋梁说："哎呀，真是你啊，什么时候回来的？"

"好几天了，"他说，"你怎么知道我回来的？"

"小东说的。"栋梁放下手中那根油腻腻的车轴，不好意思地站起来，说，"我帮小东照看一下，一辆车没修完，就带过来了。"

"小东？于小东？"

"于小东。"栋梁说，看见城里的女孩多少有点难为情，"给舞厅看门，有时也帮着卖卖票。这位是？"他把沾满机油的手抬起来又放下。

"哦，我朋友。"他说，"到舞厅里看看。小东呢？"

"回家吃饭了，待会儿才能回来。我在对面，就那个铺子，搞点修理，自行车、摩托车、电视机什么的也能捣鼓一下。"

顺着栋梁手指的方向，他看见街对面一个关了门的铺子，门口左边是两块大木牌，一块写着"车辆修理"，一块写着"打气补胎"，字都矜持地歪着。门右边是一辆放倒的旧摩托车，后轮子被卸在一边。栋梁手里的轴承应该就是那个轮子里的。他对这些都熟悉，但还是说："那是你的铺子呀，我都打这里经过好几回了，没看见你啊。"

女朋友掐了一下他的手指。他看见她笑了，笑他第一次带她经过这条街时就告诉过她，这铺子是栋梁的，读初中时的一个哥们儿。

栋梁说："我也没看见你。刚刚小东走的时候还说起你，他说见你好几次了，他叫你的名字你没听见。"

"他叫我？真没听见。你和小东都还好吧？"

"就那样，过日子嘛，你呢？都长变样了，有好几年没见了。"

"是，好几年了。"他也说不好几年了，离开镇子出去读书后，零零散散好像见过几次，但都没怎么说话，有时仅仅是远远地看见了，就相互消失了。

"噢，你们跳舞，"栋梁说，"赶快进去吧，里面有空调，凉快。"用胳膊肘掀起了玉蜀黍珠子穿起来的帘子，让他们进去。

"在哪儿买票？"他问。

"买什么票？算我请客。"栋梁说，用手背擦了一下鼻尖上的汗，抹了一道黑机油上去，"别客气，自家，兄弟。"他犹豫了一下才说出"兄弟"两个字。

他心里抖了一下，赶紧说："就因为是自家兄弟，更要买票。又不是你开的。"他加重语气顺利地重复了一遍"自家兄弟"。

栋梁不犹豫了，说："再说就真见外了，自家兄弟嘛。听我的，进去。"打算拍一下他的肩膀，但意识到手上的机油，手举起来又落下。"进去，要不小东回来也会怪我的。"

他推辞不过，和女朋友一起谢过，就推开一道门进去了。喧闹的鼓点和人声一下子大起来。他觉得进门的那一瞬间有点像快淹死的人突然把头伸到了水面上，有种终于逃脱的幸运。

栋梁比他大五岁，和于小东同岁。五岁在脸上的表现很明显，栋梁的额头有了黑皱纹，大约是整天摆弄机油造成的，可他的胡子是黄的。二十八岁胡子怎么会黄了呢。

当年他十四岁,上初二,栋梁和于小东十九岁,上高一;他整天跟在他们俩屁股后头玩,第一本武侠小说就是从他们手里传过来的。和他们一样向往少林和武当,把所有和少林、武当有关的电影和录像看了一遍又一遍。为了能够无穷无尽地看下去,他们甚至合伙买了一条"淮海"牌香烟送给了电影院的李放映员,以便及时得到下乡放映的电影名字和时间。那些武打电影早就不在镇上的电影院里放了,放的次数太多,没人看了,就拿到下面的村里放,一个村子一个村子轮着来,露天电影。他就和于小东、栋梁他们跟着李放映员走,李放映员到哪个村子他们就到哪个村子,晚自习也不上,背着书包满地下跑。那时候多少有点崇拜于小东和栋梁。尤其是于小东。于小东力气大,能打架,同班的三个男生合起来对付他一个,最后都被于小东放倒了。除此之外,于小东像电影和录像里那些武林高手一样,疾恶如仇,见不得飞扬跋扈的二红砖。二红砖是他们镇上的说法,指那些没怎么烧透、整天二流郎当欺负人的家伙。他和于小东他们去村里看电影,偶尔也会拔人家两个萝卜和几棵葱,但坚决不踏苗不踩秧,每回偷过人家的菜,回来都要约定修理哪个二红砖。

他和于小东他们混在一起，于小东和栋梁对他很好，他小，偷了萝卜都要把大个的先给他。晚上看完电影回来，经过街头的馄饨摊子，第一碗也总让他先吃。于小东说，我们都是做大侠的人，当然要对自己的兄弟好，兄弟如手足嘛。那时候，他就是于小东和栋梁的手和足。除了他们对他的好，他还有一个隐秘的小心思，就是喜欢于小东的妹妹于小满。小满比他大两岁，当时念初三。在他看来，小满是全校长得最好看的女生，个儿高，腿长，跑起来像只小鹿，马尾巴在脑袋后摇摆荡漾。眼大不用说了，鼻子也好看，鼻尖有点圆，微微上翘。他曾无数次幻想，有朝一日能和于小满仗剑走天涯。红袖与剑，夫复何求。所以他每一次去于小东家找于小东，其实也是为了看几眼于小满。可是，小满当时似乎对他并没有什么感觉，老觉得他是小弟弟，见到他就要给他花生吃。她细长的白手指把花生送过来，就缩回去了。她永远不知道他想多看几眼，恨不得它们像照片一样停在他眼前。然后于小满就干别的去了，把他扔给了于小东。但他一点怨言都没有，下次还照样去。

舞厅里有浓重的汗味，空调没有想象的凉快，女朋友不在乎，像鱼游进了水，抓着他的手就拽进了舞池。因为是小镇，舞厅里的灯光不算特别昏暗和暧昧，人数也没有预想的那么多。三十来个吧。旋转灯的速度如果不是特别快，各人的脸还是能看个大概。当然有他认识的，都是他一般大的年轻人，也就两三个；其他的要么完全陌生，要么眼熟，叫什么就说不出了。初三上了半截他转到另一个镇上的中学念书，然后到县城读高中，再到城市里上大学，一直到现在，一晃九年了。中间只是断断续续地回到镇上来，总待不久又走了。世界在九年里变了模样，熟悉的人变得陌生，陌生的更加陌生。他像个外乡人一样回到镇上，旧的东西都成了新的，他也成了新的。他们家中途搬过一次家，从镇子西头搬到东头，现在，他和过去的老邻居在街上碰上了，互相招呼都变羞怯和谨慎了。他和女朋友跳着，也分不清到底是什么舞，反正有她带着自己。这方面她是很好的老师，读大学时，她是学校艺术团舞蹈队的，天下的舞似乎都会跳，他的舞完全是她手把手教出来的。他只适合她的节奏，和别的女孩跳，一不小心就得踩人家的脚。

跳舞中间，旋转身体和头部时，有人对他点头或微笑，他就莫名其妙地感激，加倍偿还点头和微笑。仿佛别人打了招呼，他就欠了债。他不知道他们竟然还认识他。

他看见了很多只脚在动，也看见了很多身体在动，还有手，慢慢地在另一个身体上爬动，看起来漫不经心，又心事重重，灯光一闪就不见了。接着他看到对面的衣服里有个东西在鼓鼓囊囊地动。衣服里的身体在不正常地扭动，不是舞蹈的动作，然后所有的手都不见了，只有身体代替手勾结在一起，挤压，摩擦。悄无声息又热火朝天。也有的一直在动手动脚，双方都很沉醉，酸臭的汗味源源不断地弥散出来。他示意女朋友看斜对面的一只大手，长满了毛，从后背转战到了前胸。女朋友看了一下扭过头来瞪他，狠狠地掐了一把他肩膀上的肉。他笑了笑，把女朋友的头拨到他肩膀上，继续看那只手。往下滑，应该是两只，都长着黑毛。当另一只手漫游到裙子底下凸起的屁股上时，音乐停了，更明亮的灯亮了。那两只毛手说：

"妈的，谁管的音乐！"

顺着毛手看上去，看见一个雄壮的男人甩着意犹未尽的两只手。短头发，肚子挺起来。脸是红的，经过面前时，他闻到一股浓重的汗臭和酒味。又是一个眼熟的人,他还是叫不上来名字,记不起来在哪里见过。

他和女朋友找了个位子坐下,他去买了两瓶冰镇矿泉水。刚坐下,看到那个大块头胖子坐在右前方靠近舞池的一张桌子前,一边喝易拉罐的"王子"啤酒一边骂骂咧咧,说管音响的不行,得换一个了。桌子上一排空罐子,差不多十个。他对弯腰站在他面前的一个瘦男人说:

"换一个,一定得换!"

瘦男人说:"肖所长您消消气,明天就换。"

胖子说:"今天就换!"

瘦男人说:"肖所长,今天不行啊,临时到哪儿去找人。这样,您先喝酒,我去训他一顿,还有,我去给你找一个好的。"

下面他没听清,人声嘈杂。他看着胖子,想不起姓肖的是什么人。肖所长还在喝啤酒,不歇气喝下一罐,开易拉罐只用左手,泡沫溅出来湿了半只手,他就把手指伸进嘴里,吮上面的泡沫。连喝了三罐,打了五个饱嗝,酸臭的酒气全涌过来。第三个空易拉罐蹾到桌上,动静很大,是那种喝多了一不留心就控制不住力道的大。

他说:"走吧,太吵了。"

女朋友说:"好容易才来一次,再跳两支。"

他想着门口的栋梁,栋梁说,于小东回家吃饭,待会儿回来。他不知道"待会儿"是多久。

瘦男人带了一个浓妆的女人到肖所长桌子前。肖所长缓慢地抬起头,斜着眼看那女人身上的皮短裙,胳膊大腿露在外面,腿很粗,肉乎乎的,半个胸脯也露在外面,动一动就像冒热气的豆腐一样摇荡。肖所长勾着脑袋站起来,手伸过去抓女人的手,脚底踉跄了一下,瘦男人赶紧扶住了。瘦男人对身后一个黑暗的角落挥了挥手,音乐响了起来。

女朋友拉着他也进了舞池。跳了一半,突然听见一个女声在尖叫,所有人都把脸转过去找。皮短裙倒在地上,一只手撑着,两条粗腿翘起来,男人们看见了她裙子里的红内裤。音乐停了。肖所长甩甩手,大声咳嗽一下,说:

"操,肉太多!"

他嫌皮短裙胖,摸了几下腻味了,一把推倒在地上。他没再看女人一眼,晃荡着往桌子边走,脚上是一双拖鞋。

女朋友说:"真恶心。"

他赶快把她拉过去，挡在她前面。他隐隐约约在肖所长的额头上看见一条疤，因为有汗，他不敢肯定那就是疤。

肖所长又喝了一听啤酒，喊一声："音响！"音乐又响起来。他抹抹嘴，向周围呆立不动的人群看，径直走到一个女孩面前，伸出手。那女孩算不上多漂亮，但身材不错，裙子也不争气，不胖不瘦地把好身体呈现了出来。女孩本能地后退，也叫了一声。肖所长放旷地大笑，说，过来。女孩又退，跳着退。肖所长一把抓住了她的裙子，露出了两条白腿。女孩吓哭了，不敢动，怕裙子被扯下来。

肖所长说："怕什么，过来，肖城想抱的女人，谁也别跑。"

他觉得自己一下子站直了。果然是肖城。他肯定额头上的那条亮晶晶的东西就是伤疤，是他用弹弓弄的。

初三上学期，他和于小东、栋梁决定整治一下肖城。那时候肖城念高三，二十二岁，父亲是供销社的主任。他经常骑着他老子的摩托车去上学，很神气，在那个学校目中无人地晃荡。不愁钱花，不用家里给，而是低年级同学进贡的。吃饭从来不带饭票，敲着饭盒转到低年级教室里，随便抓一个学生，说，小兄弟，这两天手头紧，有饭票借点，钱也行。没人敢拒绝，谁不知道骑电驴子上学的肖城。他被敲过半斤饭票、两块五毛钱菜票和三块钱现金。栋梁也被敲过，只有于小东没有。但他损失更大，妹妹小满在快中考时，被肖城搞大了肚子，自动退学了。

于小满肚子挺起来之前，谁都不知道她和肖城搞上了。出了事，于小东父亲用皮带抽小满，小满才说，她当初不愿意的，但她没力气，肖城像头牛，把她从电影院里拽出来，就在厕所旁边的风口里扒下了她的裤子。肖城说，只要喊一声，他就掐死她，不信试试看。于小满就那么僵硬地站着，风凉飕飕地穿过两腿之间，疼痛的时候如同揳进了一枚钉子。

于小东家要告肖城强奸，肖城对他父亲说，让他们去告，我就当着法官的面，讲讲于小满第二次是怎么叫的，第三第四次又是如何主动来找我的。供销社主任给了儿子一个嘴巴子，拿着一千块钱进了于家，顺便把儿子的话又转述了一遍。于小东父亲当时就把头低到了裤裆里，他说，让你家儿子娶了小满吧。主任说，我们家小城说，他还小，不想结婚。把孩子打了吧，这钱买点东西补补。就走了。于小东父亲差点跳了运河，说对不起从他往上的十八代于家祖宗。可是没办法。

于小东气不过,抽了妹妹两个耳光,说:"我要阉了他!"

栋梁说:"对,阉了他!"

他说:"我要杀了狗日的!"

他咬牙切齿的样子把于小东和栋梁吓了一跳。他转过身时泪流满面,心里头一半冰凉一半滚烫,狗日的把小满那个了,又不要她。于小东和栋梁就纳闷了,半斤饭票、两块五毛钱菜票和三块钱现金竟让他如此苦大仇深。他说,我要杀了狗日的。他们没当真。

他是当真的。当然没杀成,只划破了肖城的额头。他们埋伏在街东头菜市场的草垛后面,每人一把弹弓。他们看见肖城推着电驴子从他家的巷子里出来,一边走一边摇头晃脑地唱歌。

于小东说:"瞄准了,照两腿之间。"

他没等到于小东发命令就把石子射了出去,也没有对准肖城的那个部位。他看见的是脑袋。他要让他死。如果肖城不偏一下脑袋,不死也差不多,石子很大,力量更大,但他稍稍偏了一下头,石子擦着额头飞过去。肖城叫了一

声,大喊:

"谁?!"

于小东说:"快跑。"

他们刚跑几步,肖城就发现了,发动了电驴子从后面追过来。他们沿着街向前跑,一溜上坡,越升越高。他的速度在三个人里最慢,栋梁跑在最前头,于小东拽着他。他们疯狂地跑,弹弓都丢掉了。快到坡顶时,电驴子的声音如在耳边,他们回头看,肖城大叫着已经冲过来,他打算用车撞。于小东跑在路边,路面离下面的路基相差两米多,肖城不敢对付于小东,就冲着他来。眼看着就撞到了他身上,他慌了,不知怎么办,电驴子的速度太快,这时候于小东把他猛地往旁边一推,他被推到了路中央,一个趔趄倒在了地上,车从他们中间穿过。于小东因为那一推,也后退两步,没站稳,从路面上摔了下去。两条腿正好落到了一块条石上。

肖城被于小东那一摔吓着了,高度在那儿。他掉过车头,看到于小东的两条腿还架在石头上,整个人动弹不了,就摸着额头上的血对他说,小狗日的,今天先饶了你们。骑着电驴子跑回家了。后来肖城说,这事跟他没关系,挨了一石子，当然要追，于小东摔断了腿跟他有屁关系。

于小东两条腿都废了。本来也没这么严重，不知道医生的哪根筋搭错了，治疗时出了问题，骨头长好以后，腿就开始肌肉萎缩，一直在变细，等骨头长好了能下地时，已经没法走了。走不动，他的体重对两条腿来说过于庞大。

因为这件事，他转了学，到另外一个镇上当插班生。他不愿意读书，但不得不去，他怕留在这地方。于小东是为他搭进了两条腿。他在那一所中学里，开始成绩跟不上，但他拼命努力，比任何人花的工夫都多。他必须在外地继续把书念下去，考不上就得回家，而他怕见到于小东。假期回来也窝在家里不出门，为此他父母终于决定搬家，从镇西头搬到镇东头。因为恐惧，他考上了县中，接着考上了大学。高中时他的成绩已经非常好了，老师不断让大家向他看齐，他就在下面想，谁能知道我不过是为了逃避。

九年了，他越发害怕见到于小东。先是听说他的行动靠一辆手摇三轮车，后来听说三轮车也不要了，不方便，自己找人做了两只小板凳，手抓着，代替脚一步步向前走，时间久了，竟也能走得飞快。他远远地看见过用小板凳走路的于小东，先把两个小板凳移到身子前面，用手撑起蹲着的身子向前送，再移动板凳，撑住，送出身体，如此反复前行。看见于小东他就躲，愈发不知道该和他说点什么。道歉吗？那需要多大的勇气和胆量。而且，有用吗？这么一想，他更不知道该怎么办了。

他和女朋友经过舞厅，早就看见了于小东，但他不敢停留，更不敢打招呼，他要把自己装扮成一个不知情者。舞厅有什么可讨厌的？文化人又有什么可讨厌的？俗，讨厌吗？他心惊胆战地经过"文化人舞厅"时，一次次觉得最讨厌的是自己。他讨厌自己的胆怯和畏缩，讨厌自己以种种借口拒绝女朋友进这个要命的"文化人舞厅"。

现在，他进来了，看到当年骑电驴子的肖城。旁边的人说，他是派出所所长。竟然已经是派出所所长了。怎么混的？！

这时候又一个人说："所长有什么了不起。"声音足以让周围的人都听见。

肖城用鼻子笑了两声，说："好，有种的出来。"

一个小伙子从人堆里冲出来，一头撞到肖城的肚子上，肖城没防备退坐到一张椅子上。肖城立马站起来,说:"个狗日的,弄到老子头上了!"冲上去要抓那小伙子的胳膊,小伙子躲开了,退几步又冲过来,还是用头,力道更大,肖城后退时被椅子绊倒,四仰八叉躺在桌椅之间。撞倒他以后,小伙子就站着不动,二十岁左右年纪,毛茸茸的胡子还没有刮过,身子单薄,两眼放出凶狠的光,攥紧了拳头一声不吭。看架势要等着撞第三次。

"操你妈,你等着!"肖城爬起来,伸手在裤腰摸索。

音乐再次停止了,时间也是空白的。大家都盯着肖城看,不知道他在干什么,突然一个油黑发亮的东西出现在他手里。有人惊叫,枪。小伙子愣了一下,转身就往门外跑。肖城摆了一下枪,说:"你他妈的别跑!"手一抖,扣动了扳机,一声枪响,同时是玻璃的破碎声。一盏灯从天花板上落下来,一地的碎玻璃。打偏了。

"喝多了,妈的!喝多了。"肖城说。小伙子早已没了影子。"个狗日的,"肖城吹了吹枪口,重新插到裤腰里,问那个女孩,"他是你男人?"

女孩惊恐地摇摇头。所有人都被枪声吓傻了,等回过神来,枪已经收起来了。

"那是，你相好的？"肖城又问。

女孩还是摇头，说："我、不、不认识他。"

"个狗日的，见义勇为啊。"肖城说，"逮、逮到他，我要让他死、死，跪着求我让他死。"

瘦男人从外面跑进来，问怎么回事。没有人理他，都争着往外走。

瘦男人说："别走啊，别走啊，到凌晨一点才打烊呢。"然后走到肖城身边，说："肖所长，出了什么事？您喝多了。"

"多？什么时候多过？有人想要老子的命！"

瘦男人说："哪能呢，肖所长您开玩笑。"

肖城说："开玩笑？我开你妈个头玩笑啊！"说着气呼呼地也往外走。瘦男人赔着笑跟在后面，说："肖所长您消消气，我不会说话，您再玩一会儿吧，我再给您找一个。"

肖城看看他，咕噜噜地笑笑，说："好，好。"已经出了门。

瘦男人给肖城掀了帘子，说："小东，于小东，快给肖所长伞，要下雨了。"

他和女朋友跟在后面，看见一个满脸皱纹的小矮子双手撑着小板凳，利落地走到一把红伞前，把伞夹在腋下又利落地走过来。"给，肖所长。"小矮子每根皱纹都笑起来，头发稀少，胡子也稀少，不多的几根，比栋梁的还黄，还长，看起来整个人像只温驯的老山羊。"外面风大，肖所长您打伞当心点。"

他在皱纹和胡须之后看见了于小东。怎么变化也是于小东，两只手因为常年撑着小板凳，远比常人要粗壮。两条腿如同两只小尾巴吊在身下，只在落地的时候起到一个支点的作用。

肖城嗯了一声，接过雨伞，对于小东说："刚才跑出来的那个小狗日的看见了吧？下次他再来，马上向我报告。"

于小东说："好，一定一定。"

他觉得某根肠子剧烈地扭动一下，疼得眼泪立马冒出来，拉着女朋友的手就往外走。天阴下来，乌云在向这边移动，像谁在推着它们跑。女朋友说，赶快回家，要下了。他没吭声，愣愣地站在街中央，心里也在想，雨来了，得回家，可脚就是不动。然后就听见有人在喊他的名字。

是栋梁，站在修理铺的门口，身边站着一个两三岁的小女孩。那辆摩托车应该是修好了，完整地站在门右边。

"来坐坐，喝口水。"栋梁还在叫他。

他看看女朋友，牵着她的手开始往修理铺走。风从地上卷起尘土，像纸一样飘飘漾漾地升起来，逐渐高过头顶。他们进到铺子里，栋梁让正在吃手指的小女孩叫他叔叔，叫他女朋友婶婶。

女朋友羞涩地说："叫阿姨吧。"

栋梁说："那就叫阿姨，叫。"

小女孩听话地又叫了一遍阿姨。

栋梁又说："铺子里有些乱，你别嫌脏，坐啊。"然后对里屋喊："小满，小满，快倒茶，来客人了。"

他刚落下屁股，惊得差点站起来。接着看见一个腆着肚子的女人提着热水瓶从里屋出来，穿一件孕妇的套头裙子，头发凌乱，乳房丰硕，鼻子周围聚集了一堆雀斑。

栋梁说："我老婆，小满，你认识吧？"

他惊慌失措地说认识。其实他已经不认识了，这个正为他倒茶的女人很陌生。他低着头看着地面，发现她穿在拖鞋里的两只光脚肿得老高，被塑料拖鞋勒得晶莹透亮，脚指甲里有黑色的机油。

小满说:"长变样了,走对面我真不敢认了,那时候老去我家玩,豆芽菜似的,想想跟做梦似的。"她把杯子端给他,他接过来时烫了自己的手。他听到小满继续在说,夸他女朋友长得好看,到底是城里人。他慌忙地应着,不置可否。

水只喝几口,雨点落下来,疏朗的几滴。

女朋友说:"下了,我们快回去吧。"

他迅速地站起,觉得她救了自己一命。栋梁和小满都很生气,要留他们在家吃饭。他坚持回去。最后达成妥协,让他骑门口的摩托车走,再带两把伞一件雨衣,以防半路遭大雨,天晴了再送回来。他推辞不过,就上了摩托车,女朋友坐好,没打伞,雨点三心二意地落着。

摩托车跑起来挺快,但雨来得更快,转眼雨点又大又密。他停下车,让女朋友下车撑伞穿雨衣。这时候他看见前面一个人,在雨里撑着把红雨伞摇摇晃晃地走,是肖城。他突然想知道那个半路跑出来的小伙子是谁,觉得那应该是自己才对。他突然松开刹车,摩托车冲了出去,女朋友在身后追着喊他,喊声很快就被两耳边的风声雨声遮盖了。他加大油门,又挂了一挡,雨劈头盖脸地砸过来,像穿行在水里。世界开始漫漶模糊,只有前面那把红伞鲜亮明确,他再次加大油门,觉得自己快得能飞起来,像九年转瞬即逝。

2005年12月4日,北大一教——芙蓉里

时间简史

去四川出差的朋友青州,二〇〇八年五月十二日被一座四层小楼压在了身底下。在他明白遭遇了地震之前,他以为房间摇晃是因为自己喝多了,中午一顿喝了一斤半,事成了,这酒喝得值。然后他觉得自己醉倒了,身体倾斜着歪下去,动作迟缓如同慢镜头,不像后来传闻那样,咔嚓一下世界在瞬间就变了。醒来之前我朋友青州最后的意识是,这酒真厉害,一个人倒下去全世界都跟着噼里啪啦响,没喝过这样的酒。在他长达十年的营销史中,喝过的各种酒不下千种,白酒、红酒、黄酒、黑米酒、绿颜色的果酒,国产的、进口的,名牌的、小作坊的散酒、自己酿制的私房酒，醉过很多次，喝出脂肪肝、酒精肝和十二指肠溃疡，胃小出血数十次，大出血四次，为此胃被切除三分之一；尽管如此，他认为那些酒都赶不上今天喝的这个，不知道那客户从哪里弄来的，一个稀奇古怪的牌子。酒真是好，入口香，后劲儿足，喝完了还让你生出巨大的成就感：你倒下世界都陪着你一块倒下。

时间有多久他搞不清楚，醒来时发现胳膊腿没有了，想抬抬不起来，想伸伸不出去，然后才感到痛。他睁开眼，吓了一大跳，一块毛糙的东西杵在他眼皮上面，幸亏睫毛短，长一长就扫到那东西上了。那东西从脑袋一直覆盖到肚子以下，他只是凭感觉，呼吸一下肚子就顶到一块平整的东西上。这些年，他的业绩主要体现在大肚腩上。青州感到了痛，他闻到灰尘和水泥味，世界还在哗啦哗啦响，如在耳边又闷闷的仿佛远隔重峦叠嶂。他想，难道我一场酒喝出了地震？

根据救援现场留下的影像资料和青州的追忆，他被压在了一块楼板下。他要感谢那块与他对视近三天的毛糙的楼板，他住的那座四层小楼像积木一样散了架，整片废墟里就救出了五个人，楼板垫在了两边的砖头上，给了他一个喘气的空间,救了一命。

——惊恐吗?

——惊恐。

——比如?

三个月后,青州吊着石膏和夹板从医院出来,心灵恢复到先前的坚韧,开始回答亲朋好友的问题。他在叙述这场死里逃生的地震时,表情淡然目光邈远,那是死过了一回的人才有的旷达。

——一切事情都可以告诉你们。没什么不可说的。你问哪些惊恐?开始是对地震本身的惊恐。没有人告诉我在这里会碰上地震。唐山大地震时我才五岁,五岁的孩子只知道吃。我知道地震很可怕,但我真的不知道地震到底是什么样子,现在它来了,弄得我措手不及,我还没有醒酒呢。怎么能不怕。然后对疼痛和死亡的惊恐。疼得要人命。你看看我的手和脚,当然你们看不见,我怀疑扒出来的时候抓一把下来可以直接当饺子馅用,如果你不嫌脏和恶心的话。那时候我怕死,怕死怕得要死。这些年我总想,如果死,就让我咯嘣一下死掉,别提前通知我,别让我等死。在楼板底下我觉得我在等死,我就很怕。后来?后来就不怕了。世界平静下来，一切仿佛自有安排，生死有命，要是你，你也会想开的。我怕别的，怕孤独、寂寞和时间，漫长的时间。我从来没有想到，一分钟、一个小时、一天它们会有那么长。长如一生。我在黑暗的黑洞里，就算我把眼睛睁裂开，看到也就是昏暗的毛糙的楼板，恢复到最原初的水泥板结之后的样子。我觉得我离所有人都很远，远得恍如隔世，远得我像被扔进了茫茫宇宙中的唯一的人。你记得俄罗斯的登月宇航员说的话吗？他说，彻骨的孤独。这个词真好，骨头每一点都被冰镇过的彻底的孤独。我想，还是让我死吧，我希望楼板不堪重负，顺顺当当地断开来，让时间和黑暗结束。死亡对我来说，是光明的世界重新开放。

——你没死。

——我没死。我差不多死了。

——能说说吗？

——当然能。我说了，能活过来，疼痛、死亡、孤独和时间都不可怕了，还有什么不能说？我是说，到了后来，我饥饿和干渴，主要是渴，慢慢就感觉不到饿了。我喝了那么多酒，水开始报复我。无水可喝，想喝尿都够不着，一天之后，可能不止一天，我对时间的概念只有漫长，没完没了无始无终的漫长，没有别的概念，晨昏交割于我根本不存在。手脚流了不少血，我疲惫不堪。我睡了醒，醒了睡，身体像锈住了一样动弹不了。在梦里我都觉得自己要燃起来，眼角、嘴唇、喉咙、食道、肠胃、头发，整个身体都在冒烟，灵魂也在冒烟。你相信灵魂这回事吗？

——不信。

——我信。我亲眼看见他也焦渴，渴得冒烟，灵魂本身也像烟，我迷迷糊糊地看见丝丝缕缕从我冒烟的头发里飘出来，在楼板下面逼仄的空间里连缀成一个可以随物赋形的另一个我。我看见他慢慢地渗出楼板，然后重新在废墟外面集结。我看见他离开废墟和地震，向车站走。

——他要干什么？

——原路返回。他按我来的路倒回头走一遍。

说实话我没听明白。

——灵魂出窍，人就要死了。我想我要死了，我突然放松下来，如同得了解脱，整个人像懒洋洋地躺在了夏天里的水面上。你没听说过，人死了灵魂会将人生逆行一遍？此前我也没听过。我可以讲给你听听。

那一天，我朋友青州的灵魂（为了转述的方便，我称他为黄青州，青州姓黄）从废墟中穿过。他认识废墟之下的路。三十七岁的黄青州来到车站，他要坐火车回到北京。这些年青州跑营销，总是从北京出发，像子弹一样发射到全国各地。就他的工作状态，如果不在休息的床上，就在出差的车里和飞机上，或者在谈判桌前和酒桌上，尤以后者居多；我们中国人更喜欢酒桌外交。黄青州坐在火车上，窗外的楼房、树木、庄稼、野地和更远处天边的云朵唰唰唰往后跑。旅程如此漫长，回到北京时黄青州三十五岁，因为两年里除了出差、工作，他的生活乏善可陈。三十五岁这一年之所以值得停留，是因为他破产了，在二〇〇六年，很多中国的散户股民腰包渐鼓时，黄青州赔了个底朝天。他也搞不清楚怎么就砸进去了，这些年的积蓄眼睁睁像灵魂一样变成尘烟，风吹过再没有聚集到一起，烟消云散归于无形了。

黄青州坐地铁回到家里，老婆已经想清楚了，夫妻本是同林鸟，大难临头各自飞，离婚协议放在客厅的淡绿色玻璃茶几上。他签了字。老婆年龄比他小八岁，很好，他们还没来得及要孩子。他坐在刚买来的沙发上，那时候他还不知道这个沙发将来财产分割后要送给前妻，去蓝景丽家买家具的一路上他们都很开心，货真价实的一对新婚夫妇。他在沙发上抽了一根烟，然后出门。如果没记错，这包烟是在小区门口的杂货店里买的。黄青州走到马路上，发现街上人烟稀少，偶尔有几个人经过也戴着口罩，相互之间像防贼一样匆匆疾走，公交车里空空荡荡，只有司机和售票员；他拍拍脑袋，哦，这是二〇〇三年，"非典"来了。他低头看见了自己的肚子，在家里待了三个月哪儿也没去，吃完了就在网上看电影玩游戏，肚子的肥肉又多出了两斤。他把周润发、成龙、李连杰和周星驰的所有能找到的电影全部看完，他要把游戏《三国》和《帝国》在最短时间内通关。他跑起来，几乎是以逃避"非典"的速度跑到了公司里。在写字楼的大厅里，进电梯时撞到了公司的副总，副总手里的咖啡溅到咖啡色的西装上。副总八字眉倒竖，说：

——抢银行啊你？！

——对不起，我到宝龙华公司面试，赶时间，非常对不起。

他在报纸的广告里看到宝龙华的招聘信息。对于一个二十七岁才想起来要闯荡京城的人来说，广告里提供的职位和薪水应该说相当不错。之前他在另外一家公司干过，跑业务，累倒无所谓，钱少。如果不想挣钱，他来北京干什么呢。他看见副总坐在面试的办公桌前，咖啡色西装散发着浓郁的咖啡味。凭他有限的经验，这个味道的咖啡一定出自星巴克。副总接纳了他。在递给他一份优厚的待遇合同之前，副总代表老总问他：

——在北京几年了，有哪些值得一说的经历？

黄青州想了想，说：

——跑一项不喜欢的业务，腿都跑细了，总挨人白眼，那感觉就是热脸贴到了冷屁股上。参加了反对美国轰炸中国驻南斯拉夫大使馆的游行，不过就走了不到两个街区，遇到一个老乡，他刚到北京，饿得头晕眼花，我想还是救人要紧，就请他吃了驴肉火烧。不能让人饿死在队伍里，是不是。回了一趟老家，家里遭洪水了，波浪滔天，百年不遇的大水，修大堤时差点被淹死。

他记得副总听完以后笑了，说，好，就这么定了。

其实还有很多事他没说。现在，黄青州原路返回，在中关村大街上的一家银行门口往里看，似曾相识的人群排成一列长队。他走进去,他是来取钱的。这是一九九八年初,他从小地方来,还没学会用银行卡,每次取钱都拿着存折。存折上没几个钱。他排在一个少妇模样的人后面,因为无聊,两个人聊起天来。队伍有点长,办理的速度让人着急。

——你办理什么业务?他问。

——存钱。

——存多少?

——刚拿到的奖金,一千。

——这么巧,我就打算取一千。你看,你要存,我要取,干脆你直接给我得了,内部解决,省得我们都得排这么长的队。

少妇愣了一下,真就把钱给他了。他接过,说谢谢,出了银行大门撒腿就跑。他得承认他的玩笑里掺杂了侥幸和欺骗,但是他成功了。他不会想到,若干年后,类似的经历会被编成段子,作为"脑子进水"的表现之一,广泛地流布在中国的网络和手机短信里。那年轻的女人,当时还没有学会脑筋急转弯。黄青州需要这一千块钱,他的存折里只剩下八百。他从银行直接跑回民房,他租住的地方,在那套一百一十平方米的三居室里,总共有四十二张床位,他五天前租下了其中一个床位。靠门，门总是关不严实，这样也好，他可以呼吸到一点新鲜空气。房间里目前的臭袜子味、放屁味、口臭味、长时间不洗澡散发出来的身体酸臭味，浓重到擦根火柴都能当液化气烧。他向周围邻居打听这间房子时，邻居劝他别租，几十号人住在里面，养猪一样，臭也臭死了。他还是租了，价钱合适。

我朋友青州的灵魂从出租屋里出来，走到夜晚的地下通道里。他来北京的第一个晚上就待在这里。他把行李放在地上，坐上去，倚着冰冷的墙缩成一团正打瞌睡，城管大呼小叫地来了。凭直觉黄青州知道不是好事，拎起包就跑，城管在后面追。城管只追了二十米，但他继续跑，跑了不下五公里。他尝到了跑的甜头，身体暖和过来了，北京生活的第一天，在逃跑中黄青州感到了温暖的幸福。黄青州一不小心跑出了北京城。

千里之外的南方小城，他是个戴着眼镜的中学老师，谈过几场失败的恋爱，做过几次失败的小生意。失恋这事就不要说了，谁也不想失恋，但谁又能不失恋呢？生意失败，照那个时候青州的想法，都赖学生家长不厚道。和那些家长做生意，在他还教着他们孩子时总能赚钱；一旦孩子毕业了，或者转到了其他班级，为什么他就立马赔本呢？那时候他发下愿望，以后如果自己孩子的老师和他做生意，该怎么做就怎么做，绝对不能因为孩子毕业或者转学就让人家受损失。过河拆桥的事不能干。黄青州从那所中学教工生活区简陋的月牙门进去，看见自己正坐在十五平方米的宿舍里发呆，面前放着一本厚厚的日记，英雄牌墨水笔吸饱了英雄牌碳素墨水搭在日记本上，平庸的教书生活他总是不知道该记下来什么。

——我写日记你不信？青州让我帮他把打了石膏的胳膊抬一下，这也是运动。他对我说，我在来北京之前一直记日记。好习惯吧？被迫养成的。从小爸妈就逼我写日记，写着写着就写习惯了，不写难受。我爸妈还想着我能成个伟大的作家呢，成不了托尔斯泰，成高尔基也行。到了北京就不写了。两千万的人，像蚂蚁一样泛滥，你谁啊，还写日记？我忙得脚打后脑勺，整天跟客户两嘴角冒沫地说，哪还有心情再跟日记本说？不过教书之前的日记还真是有点意思，啥时候给你看看。我说到哪儿了？对，灵魂，走到校园里了，看到我打开的日记本。他一步步往回走，他什么都知道了——

一九九七年：按照教育局和学校的统一部署，我带学生全程收看电视上香港回归现场直播。一个没见过大人物的学生，指着电视说："那个人是谁，肚子怎么那么大？"因为这句话，我被校领导在大会上点名批评。我哪知道那学生会这么实话实说。

一九九五年：谢天谢地，我终于从镇中学调到了县二中。不为镇升县的虚荣，而是因为县二中门前有条河，下了课我可以去游泳。我谈对象了，那女的也是老师，教化学，尽管她元素周期表还没我记得清楚，我还是决定和她处一处。除此之外我还有什么事情可干呢？每个傍晚我都在操场上打篮球，年轻老师都打，我们浑身有使不完的劲儿。累得跑不动时还好，歇过来了下半身就像着了火。他们说，找点事干吧。我就答应和她处对象了。下半身虽然每天都蠢蠢欲动，我还是克制自己，抱完亲完了，各自回宿舍睡觉。可是有一天，她跟我说怀孕了，让我和她结婚。你说这是什么事儿？你哪儿来哪儿去吧，我全套健全的男科还没用过呢。你们一定要相信，我真的很难过，我想留着这套东西有什么用，就去了城边上的一条小巷子，那地方有"野鸡"站岗。我给了那大姐二十块钱，她让我知道了什么叫女人。

——在楼板底下,青州说,赶在灵魂还没出窍之前,我脑袋里闪过一下化学老师和那大姐的脸。平阳,我不是要跟你装圣人,当时我真在想,要是当年我娶了她就好了,起码不会让她遭么多罪。她的老公打她,高兴了打一顿助兴,不高兴也打一顿解闷,就因为她给他带了个"小油瓶"来。那大姐,如果我还能见到她,我要多给她点钱,让她回家好好养养身体。不过照她的年龄,现在也没法再做了。

一九九二年:我师专毕业,中文系,到镇中学改教政治,因为政治老师短缺。我奶奶去世,就我背行李回家那天。(黄青州在巷子口听见哭声震天,邻居们在他家门口来来往往。钱东方他妈见他愣头愣脑地站着,生气地说:"你奶奶死了,还不回家!")

一九八九年:高考之前他从教室里逃出来,为了和邻居的大哥一起坐免费的火车去北京。有生以来第一次到大城市。在北京,别人以为他们俩是大学生,一路吃喝都不要钱。有一天晚上他和邻居大哥坐在天安门广场上,因为太困他睡着了,突然又被电闪雷鸣一般的声音惊醒了,眼睛只睁开了一半,就被邻居大哥拖着拽着沿一条大街狂奔。那感觉像在梦里,钻进了某部激烈的电影里。世界乱了。

他们俩气急败坏地跑，耳边继续电闪雷鸣，有人喊救命，有人喊出人命了。跑到一个十字路口，他对邻居大哥说，这辈子不去北京了，真不好玩。回家时没坐到免费的车，他们只好搭顺风车，从这里坐到那里，再从那里坐到这里，折腾了一个星期才回到家。又一个星期后，邻居大哥因为从北京带了不该带的东西回来，被戴大盖帽的抓进去了，判了三年。邻居大哥说，只有他一个人去了首都，没有第二个人。

一九八六年：到县里一中念书，整个镇上就考进去五个人（另有三个成绩好的同学考上了中专）。穿上亲戚送的皮鞋（质量很不好），开始打篮球，听说巧克力（到一九九一年才真正吃到嘴里，不喜欢发苦的味道）和咖啡（念大学的第一个星期天才有机会去全市唯一的咖啡馆买了第一杯）。向宿舍里的老大学习，开始了漫长的手淫史。

黄青州加快速度，逆时间之流而上。他在镇中学门前的桥头上看见捡破烂的老仇还坐在一张破报纸上，他喜欢把每一个经过的人都叫住说几句话。班主任董老师在教室门前徘徊，自习课上他会偷偷地在门外和窗边看学生们在干什么。他按放学回家的方向走在回村的土路上，看见青州在向初三年级的同村人借手抄本《少女之心》，被拒绝了，只给了他一本不知谁写的武侠小说《金弓神掌日月刀》。他在村口遇到背着手溜达的做豆腐的麻子。然后经过村里小学，作为小学四年级的学生，青州正在课堂上向语文老师背诵课文《黄继光》。本来没要求背诵，老师只让大家举手复述一下故事，但没人举手，会吹笛子和拉二胡的语文老师很生气，责令第二天全班背诵出课文。青州是学习委员，理当第一个被拎起来。在另一个课堂里，他被教自然的老师抽了一教鞭，紫穗槐条做的教鞭断掉，他觉得两只眼睛里飞出了一群小蜜蜂。走过小学校是打谷场，一九八〇年大队部响应上级的号召，大集体宣布解散，名副其实的"单干"时代来临，所有的公有资料以抓阄的方式分掉。父亲说，孩子手气一定好，让青州抓。黄青州看见自己从大人们的两腿之间挤进去，抓了一个纸团，上面写着：铡刀一把。

继续往前走。大队部的山墙上刷着红艳艳的大标语：毛主席万岁！五岁的青州蹲在地上睁大眼，听大人们说，千里之外的唐山发生了七点八级大地震，一座城市在二十三秒内变成废墟。多少万阶级弟兄和姐妹啊！报告消息的人说完放声大哭，听众们跟着哭。青州觉得别人都哭他也应该哭，也咧开嘴哭了。

我朋友青州的灵魂，黄青州，现在走路步履蹒跚，步子越来越小，姿势越来越笨拙。他看见自己越来越小无能为力，最后连走路都不会了，成了一个婴儿。他开始在地上爬，光着屁股哭叫，越爬皮肤越好，越爬身体越娇嫩。他看见前面有个温暖潮湿的黑洞，像百慕大三角一样向他欢快地招手，他想躲都躲不开，咕咚一声栽了进去。他还不会思考，但已经知道那是母亲的子宫，美好祥和，像以后每一个春节联欢晚会上主持人都要用的形容词。这是一个美好祥和的世界。然后他听见剧烈的喘息，看见一场肉体的搏斗，充满革命精神和批判色彩，毫无情欲气息可言。将做他父亲的那个男人刚从被批斗的戏台子上下来，脸上被石子、砖头、巴掌打得青肿；将做他母亲的那个女人刚刚拿掉拴在一起的两只破鞋，她把它们小心翼翼地放在门后的筐箩里，免得丢掉了想找都找不到。新鞋没有，破鞋同样不富余，明天下午五点到晚饭之间，她必须把它们挂在脖子上，主动从东街走到西街，反复三个来回，以便给革命群众的晚餐开胃。

两个身体无规则地抖动,黄青州听见世界在喧闹,突然眼前大放光明。黑暗的大光明。然后他,我的朋友青州,听见一个邈远的声音说:

——快,遮住他的眼!他还活着!

2011 年 1 月 31 日,知春里

夜归

他从拥挤的人群里看见父亲。他们围在出站口的铁栅栏门边,接客的,拉客的,大旅馆的服务员,小旅馆的老板和老板娘,开出租车的,蹬人力三轮的,骑电动摩托的,亲人、朋友和乞丐,父亲踮着脚,脖子越伸越长想从众多人头里冒出来,他的火车头棉帽子在昏暗的灯光下摇晃着十年前的光。这帽子是他硕士毕业后,工作第一年给父亲买的。他带父亲在商场里逛,想买一个时髦洋气的棉帽子,父亲看中的还是火车头栽绒帽,厚、重,戴在头上心里踏实。这个除夕夜,天不好,昏昏沉沉的不太平,随时可能飘下雪花。下车的人很多,他和老婆孩子从背光的通道里走出来，父亲无论把脚跺得多高都不可能看到他们。

父亲搓着手说："回来了啊。"

"晚了半小时。"他说。

正常这趟车晚上九点到站，因为是普快，其实相当于慢车，见着像样的车都得让道，晚了半小时才到。父亲的脚跺了至少半小时。他发现三年不见，父亲又变矮了。

老婆叫一声："爸。"

"冻坏了吧你们？今年冬天冷得邪乎。"父亲说，伸出手要抱一下孙子，"来，牛牛，给爷爷看看冻着了没有。"

孩子被老婆抱着，歪着小脑袋刚醒过来，对这个陌生的开阔世界还没回过神来。车站前的广场很大，寒风浩荡。几天前下了场大雪，一垛垛堆在广场边缘。白天化过雪的地方结了冰，经过的人颤颤巍巍。孩子看见一个陌生的老人向自己伸出手，吓得哇地哭起来。

"牛顿乖，不哭，"老婆颠着哄孩子，"爷爷就是想看看咱们宝贝牛顿。"

"牛——顿，"父亲为了这个转折一口气差点没接上来，"牛顿，爷爷就是看看你，那爷爷回家再抱你。不哭不哭。"

牛牛是当初父亲给孩子取的小名。父亲说，贱名好养，这名字听着身体就好，精神。都定了，临到孩子出生，他老婆不乐意了，牛牛？土死了！心眼歪的人没准会叫咱儿子"小鸡鸡"呢，不能叫。坚决不能叫。他熬了几个通宵终于想出了两全之策，叫"牛顿"。老婆才满意，跟巨人同名，这多敞亮。

他跟父亲说："邻居有个孩子叫牛牛，就改牛顿了。"

"牛顿好。"父亲笑了笑，说，"这名字好。回家得跟你妈说说，她不知道牛顿是谁。牛顿不哭，爷爷这就带你坐车回家。"

父亲租了邻居的昌河面包车，开车的是邻居的儿子天北，他念大学那年这小子刚出生，小脸皱得像核桃。论辈分天北得叫他叔。来之前他跟父亲说，没必要租车，他直接打个车回去就行了，这么空车来再跑回去太折腾。父亲一定要来接，他说这几年变化大，县城变化大村里变化也大，河流填平了，田地里建起了房子，路也改道重修了，大晚上的，雪重路滑，你回来都摸不着家门。还带着媳妇和宝贝孙子，冻坏了可不行。那就接吧。他对回家的路的确没太大把握，头脑里的路都在太阳底下，不管拐多少个弯，总能明晃晃地从火车站通到家门口；那是三年前的路，乃至三年之前的很多年前的路，比如他在县二中念书的回家的路。现在从北京回老家的火车突然改到白天了，一大早从北京西站出发，晚上九点到县城，下了车他看到的只能是黑路。黑夜里他不敢确定能准确地走上正道。

变化很大，火车站这一带就很大。过去没这么多人在除夕夜回家，谁会赶着在团圆之前才往家赶？也没这么多人堵在出站口，都回家过年了，谁会放着年夜饭不吃跑这冰天雪地里挣那几块钱？不是不缺钱，是这钱不能挣。大过年的，没钱也得好好过，都这么想。现在变了，鞭炮声已经远远近近地响起来，他们还围在这里想再赚一点儿。他觉得这是个好事，陈旧的脑袋瓜子终于开窍了。天北问父亲：

"爷，原路回？"

"原路。"父亲说，从副驾驶座上转过身，对他和媳妇说，"你们要不要看看县城？都变了。我也几年没来，路都不认识了。"

他看看老婆，牛顿又歪着脑袋睡了。老婆说："看看你读书的中学吧，你总说有多好多好。"

"二中？"天北说，"叔，二中搬了，盖商场了。叔你想看老二中还是新二中？"

老婆说："新的老的都想看。"

老婆比他小九岁，且不说年龄上和他基本上是两代人，就是性格，也看不出有多少相似外，很多观念和想法完全是两代人。她从小长在城市，独生子女，分不清麦苗和韭菜，算那种所谓的"八〇后"。他第一次见到肯德基和麦当劳时，她已经吃腻了好多年了。乡村对她来说要么是美丽新世界，是陶渊明的桃花源；要么就是万恶的旧社会，看哪里都觉得脏乱差，时刻准备哀民生之多艰。她对他过去的一切事情都感兴趣，那股劲儿和小时候她对她爸的历史满怀好奇大差不离。他想，那就看看吧，毕业以后再没去过。他经常想起母校，怀念那时候青葱勃发的年轻生活，但他就是没回去过。回到一个经常回忆的地方他总感到难为情，就像碰到一个念念不忘的故人一样让他难为情，说不清为什么。

车在县城的街道上穿行，经过积雪未消的地方车轮咯吱咯吱响。借着路灯看两边，他觉得完全置身于一个陌生的地方，从来没到过的地方。很多楼房、商厦、店铺，仿佛刚刚才拔地而起。他的县城还是高中三年的县城，二十年前的房屋和街道焕然一新，当年街道两边的悬铃木都不见了。天北放慢速度，成了导游，他对这个小城的各个角落如数家珍。他对他们共同的小城里商品房的价格一清二楚，哪个地段多少钱，高一点和低一点的原因是什么，他告诉叔叔、婶婶和爷爷，此处如何彼处如何。他让天北把房价说得详细一点，几年前他就想在县城给父母买一套房子。家里的房子实在太旧了，三十年前盖的小瓦房，用多少泥灰也弥合不了山墙上越来越多的裂缝。但时间一晃就过去，愿望流于空想与空谈，像抽象的疼痛间歇性发生，某个时候他会想起，哦，房子还悬着。

父亲说："天北，你怎么对这里房子这么熟？"

"爷你不知道？"天北说，"咱村的年轻人有点钱的都要住县城，我陪他们看房子都不知道看多少次了。"

他问："爸，你觉得县城怎么样？"

"没村里好。路太多，楼太高，绕得我眼晕。"

他老婆笑起来，说："老公，你们县城比我想象的要好得多啊。哪天咱们也在这里买套房子，靠水边的，小地方过日子惬意。你母校在哪儿呢？"

他问天北:"到了吗?"

天北刹了车,指着一座六层高的建筑说:"这地方就是老二中的大门。"

老婆把儿子递给他,她要下车看。他不想那么大动静,在车上瞅瞅就行了。商场的名字用霓虹灯次第亮出来,然后唰的一下全亮了。不管你想象力有多好,你都不可能在这座高大的玻璃墙上看到一所中学的大门,更不会看到近二十年前他的高中生涯。后来车子继续往前开,在二中新址前,他也没下车。校门很气派,宽大、豪华,绝对不比北京任何一所中学的校门差。太新太好了,他觉得自己不可能在这样的中学里念过书。老婆站在路边的一个雪堆上,用脚尖往路面踢雪。她对他的激情疲乏症很是不满,到母校了也不下来看看,最好能带她进去转转。

父亲坐在副驾驶座上,看着车前面一个看不见的点,一声不吭。

"天冷,"他把车窗摇下来,看看天,说,"上车回家,要下雪了。妈包了饺子等着呢。"

他们在双头路灯的照耀下驶出县城的水泥大道。城外是村庄,爆竹和焰火在各个角度的空中绽放。跟着星星点点的小碎东西打在车前玻璃上,下雪了。这条路曾是沙子路,然后是柏油路,三年里,他先后骑一辆破旧的永久牌自行车、坐五毛钱一票的三轮车、一块五毛钱一票的中巴车来回于学校和村庄。现在据说中巴车也换成了带空调的豪华那一款,跑在水泥路上听不到声音。

父亲说:"记得这路不?"

"记不清了。"

他本可以说当然记得,但出了口就变了。三年前他回家时,在白天,这条路尘土飞扬,正由柏油路艰难地转变成水泥路,他在中巴车上颠得差点吐出来。照他过去的打算,每年至少应该回一次家,可事到临头总要生变,不是休假时间太短,就是有别的安排,然后是老婆怀孕他得在身边照顾,接着是孩子太小受不了冬寒夏暑的长途奔波,就一次也没回来了。一拖再拖,路变了,世界也变了。就是这一次,也是最后时刻老婆拍板要回来。她这两年因为怀孕和生孩子,浪费了两个春节长假,今年上刀山下火海也得出去转一圈,要不人憋得发霉了。春节几日游的名目很多,国内玩遍了可以去国外,他说,要出去还不如回家过年,就当旅游,爸妈还没看过牛顿。老婆噘了半天嘴,好吧，只要不窝在北京，去你家就去你家吧。冻死了也比被蚊子苍蝇吃了舒服。三年前的夏天他们回老家结婚，苍蝇蚊子闻见生人味儿，隔着几条巷子的也赶过来了，把她弄得不胜其烦，恨不能随身带着苍蝇拍。她跟过来喝喜酒的村长说，给领导提个建议，咱村当务之急不是抓经济促生产，是除四害。

雪大了，星星点点变成松散的一朵朵一片片。车跑得坦荡顺畅，路上只有他们一辆车。村里有好几辆车，在平常都可以拉出来跑，只要价钱合适。可是这大年夜没人愿意往外出。春节联欢晚会再不好看总比没的看要好，酒再不好喝也比没有酒喝好。天气预报说今夜到明天晴，但是大家抬头看天，有彤云从远处往这边走，别指望这个年消停，天气预报经常会和新闻一样不可信。我们不想出车，我们就想待在家里抱着炉子和酒乐一乐，叔，大爷，你找别人吧。父亲只能找天北。天北答应得干脆，接别人我不去，接叔我去，必须的。

天北对他说："叔，只要你和婶儿回来，我准接，必须的。小时候你给我带了那么多好吃的。"

他老婆笑起来，说："老公，天北叫我婶儿时，我咋老觉得是在叫别人呢？"

天北说："婶儿，论辈分我哥家的子午要叫你奶奶。"

"哎呀，那多瘆得慌。"她叫起来，"那你让他千万别叫，我可不想那么老。"

父亲说："不能乱说。该叫什么叫什么，辈分在。"

她蹭蹭他胳膊，在黑暗中对他吐吐舌头，小声说："老公，你说我有那么老吗？"

车拐上一条土路，刚跑上五十来米，耸动一下像人突然咳嗽了一声，停下了。这条路他不熟。

"这是哪儿？"他问。

"前面修路，只能走这里。"天北说了一个地名。这地名他很熟，但这地方他觉得相当陌生，或者说，他无法把那名字和这地方对上号。天北骂了一句方言里的粗话，说："爷，车又出问题了。"

父亲问："严重不？"

"不知道。"天北说，"我先倒腾一下看。上回送我二姨，半路上也这样，我把零件快拆完了也没修好，最后还是找辆拖车拖到修车铺的。"

父亲说："那你快修。"下了车，帮天北打手电照明。

他跟老婆说:"你抱牛顿坐车里,外面冷。我抽根烟。"

他给父亲和天北各点上一根烟。起风了,雪花大起来,也开始变密,只能在灯光附近才看得清楚雪花到底有多大,像撕开了一件优质的羽绒服。雪围着灯光如飞蛾扑火,快落到地上的雪花重新翻卷着往天上飞。这里到家还剩下八里路,他们已经走了五分之四。这条路念书时他经常走,自行车单挑着一个宽阔深凹的车辙里跑,和一个村里的同学比谁能在同一个车辙印里骑得更远。那时候觉得三十二里路很远,骑到这里才觉得家有个盼头了。

天北倒腾了三根烟的工夫,最后把抽了一半的第四根烟吐掉,挠额头时涂了一脑门的机油。他把扳子扔到地上,说:

"爷,叔,我整不了了。"

很远的地方是村庄,只有含混的几点灯光,倒是鞭炮声响亮,提醒那地方人口密集。雪越下越大。北京今年大旱,既无雨也无雪。瑞雪兆丰年啊。

父亲说:"你们在这儿等着,我回去再找辆车。"

他说:"爸,你待着别动,我去。"

天北说:"爷,叔,还是我回去。"

"你们都留下。你陪他们娘俩。"父亲对他说,转身又说,"天北,你把车里的暖气一直开着,别停下,牛顿冻着了我找你算账。"

老婆打开车窗问:"老公,能走了吗?"

父亲说:"快能走了,你先在车里歇会儿。"他碰碰儿子的胳膊,让他安抚一下。然后甩开步子往前走,走几步变成小跑。

他看见父亲臃肿的小个子消失在风雪夜里。八里路,他想,父亲六十三岁的身体,这连走带跑要多久呢。别人家的鞭炮声轮番响起。他跟老婆说,再等等,父亲回来了就能走了。他说,小时候鞭炮声没这么多,舍不得买,只在守岁到零点时才大片大片地燃放。老婆百无聊赖,儿子也醒了,看见雪花飘过车窗兴奋得嗷嗷叫。老婆对牛顿说,冷,打算继续百无聊赖地坐在车里。但他却把车门打开,对牛顿说:

"儿子,出来,看看你爹生活过的大自然。"

小东西很开心,在雪地里又蹦又跳。老婆也看得心痒痒,下了车带着孩子一块玩。天北又捣鼓一阵子,还是使不上劲儿,趴在方向盘上打起了瞌睡。如果有陌生人路过,会发现这是一个古怪的场面：大年夜，半道上，一辆车四个人，车里开着灯，司机正瞌睡，三口人在黑暗的雪地里打闹。半小时后，如果再有人路过，会发现又一个古怪的场面：大年夜，半道上，一辆车四个人，车里开着灯，司机睡着了，母亲抱着孩子在温暖的车里打瞌睡；他们玩了半小时，累了，困倦正在缓慢地淹没他们，还有一个人，站在车外清冷的风雪地里抽烟。当然，没有人在这个时候经过这条路，一个都没有。

他觉得差不多抽了半包烟，嘴都麻了。他在想着自己与这个时间、这个地方产生的古怪关系：故乡、老家、父亲、母亲，走出去又回来，弹指三十七年。他想着因为这些，他把一个陌生的女人和一个陌生的孩子带到这里，被迫停在半路上成了有家难归者。本来扯不上关系的人和事，此时此刻相互建立了严格的逻辑。这就是一个人的出处，你从哪里来，终归要回到哪里去，所以你才是你。

因为等待，老婆显然不高兴了，两岁的孩子也不耐烦了，不过还好，睡眠战胜了他们。今夜真是够冷的，他戴上了羽绒服的帽子，眉毛上还是神出鬼没地落了一层雪。他听到黑暗深处传来一阵急促的吆喝声：

"驾！驾驾！驾！"

父亲的声音，因为着急变了调，有点尖细。父亲赶着一辆牛车从黑暗的风雪里走出来。

"只有这个了，"父亲充满歉意，"能开车的都喝大了。你们坐车里，我赶车拖着你们。"

"谁家的牛车？"他问。

"老栓家的牛，田七家的车。我和你妈跑了大半个村，才把车跟牛凑成对。你老栓叔的车坏了，田七的牛早卖了。现在满村找不到三头牛，牲口都不喂了，耕种收全是机器，再过两年，干活的人也没了，都出去挣钱了。你妈还让带了两床被子，怕车里暖气也坏了。你给他们娘儿俩抱过去？"

父亲拿下火车头棉帽，擦满头的汗。

他说："车里暖着呢，用不上。"

"那也拿去。牛车上泥雪屎尿的都不缺，别脏了被子。"

结果如父亲所说：他们坐在车里，天北打方向盘，父亲赶着牛车，车尾上一条绳子拴住昌河面包车。一头牛拉两辆车，一辆木头的，两个轮子；一辆铁的，四个轮子。天北把大灯打开，给父亲和牛照路。道路上积了一层雪，白茫茫地向前伸展。父亲坐在牛车左前方，灯光被他的身体挡住，在路上投下一个狭长巨大的黑影子，影子的脑袋一动不动。牛的影子是一个含含糊糊的庞然大物，看上去就像是挨着父亲的一个起伏的大草垛。

老婆坐过很多车，从来没坐过这样牛车拉着的汽车。她跟儿子说："牛顿，回到家要谢谢爷爷，爷爷让你坐了一回六个轱辘的牛汽车。"

儿子啥也不懂，但他还是被这怪异的情景弄乐了，像翅膀没长好的小鸟一样甩着胳膊叫："车！爸，车！"

他不吭声，看着父亲缩着脖子坐在牛车上，在汽车灯光里，仿佛全世界的雪都落到父亲一个人身上。父亲越长越矮，越长越小。老婆看他直愣愣地盯着前面，觉得不对劲儿，就看见他眼睛里聚了一大团光，越聚越大。她让儿子别叫，抽出一张纸巾递给他，说：

"要不，你给咱爸拿床被子过去？我猜他会冷。"

他擦了眼，对老婆笑一下，抱了抱老婆和儿子，夹着一床被子下了车。两辆车都在走，速度不快，他下车几乎悄无声息。他悄无声息地走到牛车的右前方，坐上去，把被子展开披在他和父亲身上。

"你怎么来了?"父亲说,"赶快回车上去。我不冷,你看,这棉袄是新棉花做的,你妈买的最好的棉花。"

"没事,我就陪你说说话,抽根烟。"他给父亲点上烟。

车晃晃悠悠往前走。雪继续下,前面村庄里的鞭炮声越来越响。"你们大老远回来,还遭罪。"父亲依然充满歉意,"牛走得慢,别着急。他们娘儿俩不冷吧?"

"不冷。"他说,"爸,你记不记得,我念高一那年,放寒假时下了大雪,两尺多深,没到膝盖以上。"

"怎么不记得。几十年没见过那么大的雪。又二十年了,也没见过。"

"你赶着牛车去县城接我,吱吱嘎嘎走了一上午。同学都羡慕我,放了假就能回家。别的车都跑不动。"

"那牛我养了十年。再没喂过那么好的水牛了。"

他记得起那头牛的模样,暑假回家他就牵它到野地里吃草,来去都骑在牛背上。他也想得起那年的大雪,像棉花包裹了整个世界,那真叫大。他听说只有东北才会下那么多的雪。工作后,他特地争取了一次冬天去黑龙江的出差机会,就为了亲眼看一看东北的雪有多大。他很失望,即使被当地人称为多年不见的大雪,他也觉得没法跟他十六岁那年的大雪相比。

父亲被烟呛得咳嗽起来。"我知道,"父亲说,"你还记恨我。"

"记恨你什么,爸?"

"你只念了二中。"

"没有,爸。我从来没想过这事。你多心了。"

"记着就记着吧。这事是怨我。那时候我哪里想到咱家老祖坟上还能长出你这棵蒿?也没想到就一车麦子的时间,人家办事就停了。这些年我也在懊悔,想起来牙就疼。"

父亲说的是他当年报考初中的事。那时候他念五年级,成绩很好,老师忙了他会帮老师给同学们上课。那天他替做副校长的语文老师给同学讲试卷,下了课他去办公室交样卷。副校长正在填一张表格,上面是他某同学的名字。那同学是学校一个老师的女儿。副校长说,他在给那女同学办理跨学区中考手续,办好了她就可以直接往镇上的中学考了。按学区划分要求,如果不办这个跨学区中考手续,只能考本学区的联中,就在村子西边。联中的学生素质和教学质量当然不如镇上的中学,那里既有初中部也有高中

部,全镇最好的老师都在那里。他问:

"老师,我能不能申请跨学区中考?"

副校长很喜欢他,说:"可以,我试试,看能不能再拿到一个名额。不过前提是必须家长同意,走完一套程序。今天是最后一天,中午十二点我就得把材料报上去。你现在就让你爸来学校,马上。"

他一口气跑回家,门锁着。邻居说,他父母在麦田里。他马不停蹄又往麦田跑,正赶上他们刚往平板车上装好麦子,准备拉回打谷场。他说老师让他去学校,急事,现在就去。

"有多急?"父亲有点烦躁,一趟趟运麦子累得他脚底发软。他们家那会儿没有牛,只能靠人来拉车,父母的肩膀被绳子磨出的红印子要渗出血来。天不好,眼看着一场雨说来就来,他们必须赶在下雨之前把麦子运回去。"还能比天要打雷下雨还急?"

他跟父亲说不清楚。只能一路哭着跟在车后,等麦子运到打谷场上,卸下来,堆好,才一起去学校。进校门时是中午十二点半,打铃的老马说,副校长刚走,临走时还说,等不到了那就是命。迟了半小时,也许只有十分钟不到,他失去了考镇中学的机会。中考他进了村里的联中，成绩全校第一，那成绩放到镇中学也是前三名。再后来，成绩不如他的女同学考上了县中，他在联中成绩最好，也只能考上县二中。二中又不如县中好。他考取的大学离他理想的大学还有不小的距离。

真的是一步出问题，步步出问题？在联中里他怨恨过，到了二中，还真没想过这事。

"爸，刚才她要看二中，我没下车，跟这真没关系。"他说，"我感谢二中还来不及呢，在二中里我才知道跟别人的差距在哪里。"

"那就好。"父亲半天才说。牛车拐了一个弯，又一个村庄的灯火亮起来，鞭炮声连绵不绝。"再给我根烟。"

他给父亲点上烟，掸掉父亲帽子上的雪，牛车就进了村。他听见老婆在车里大声叫："牛顿牛顿，咱们进村啦！"

牛车下了中心路进巷子，他看见家门口站着个人。邻居的焰火升上天，照亮母亲的脸。父亲对母亲喊："回来了！"母亲迎过来。更多的鞭炮声响起，谁家聚在电视前看春节联欢晚会，一群人跟着电视里零点倒计时数数：

"六，五，四，三，二——"

砰!盯紧了北京时间的那朵烟花精准地飞上了天,大雪笼罩村庄。

2011 年 2 月 7 日,知春里

如果大雪封门

宝来被打成傻子回了花街，北京的冬天就来了。冷风扒住门框往屋里吹，门后挡风的塑料布裂开细长的口子，像只冻僵的口哨，屁大的风都能把它吹响。行健缩在被窝里说，让它响，我就不信首都的冬天能他妈的冻死人。我就把图钉和马甲袋放下，爬上床。风进屋里吹小口哨，风在屋外吹大口哨，我在被窝里闭上眼，看见黑色的西北风如同洪水卷过屋顶，宝来的小木凳被风拉倒，从屋顶的这头拖到那头，就算在大风里，我也能听见木凳拖地的声音，像一个胖子穿着41码的硬跟皮鞋从屋顶上走过。宝来被送回花街那天，我把那双万里牌皮鞋递给他爸，他爸拎着鞋对着行李袋比画一下，准确地扔进门旁的垃圾桶里：都破成了这样。那只小木凳也是宝来的，他走后就一直留在屋顶上，被风从那头刮到这头，再刮回去。

第二天一早，我爬上屋顶想把凳子拿下来。一夜北风掘地三尺，屋顶上比水洗的还干净。经年的尘土和杂物都不见了，沥青浇过的屋顶露出来。凳子卡在屋顶东南角，我费力地拽出来，吹掉上面看不见的灰尘坐上去。天也被吹干净了，像安静的湖面。我的脑袋突然开始疼，果然，一群鸽子从南边兜着圈子飞过来，鸽哨声如十一面铜锣在远处敲响。我在屋顶上喊：

"它们来了！"

他们俩一边伸着棉袄袖子一边往屋顶上爬，嘴里各叼一只弹弓。他们觉得大冬天最快活的莫过于抱着炉子煲鸡吃，比鸡味道更好的是鸽子。"大补，"米箩说，"滋阴壮阳，要怀孕的娘儿们只要吃够九十九只鸽子，一准生儿子。男人吃够了九十九只，就是钻进女人堆里，出来也还是一条好汉。"不知道他从哪里搞来的理论。不到一个月，他们俩已经打下五只鸽子。

我不讨厌鸽子，讨厌的是鸽哨。那种陈旧的变成昏黄色的明晃晃的声音，一圈一圈地绕着我脑袋转，越转越快，越转越紧，像紧箍咒直往我脑仁里扎。神经衰弱也像紧箍咒，转着圈子勒紧我的头。它们有相似的频率和振幅，听见鸽哨我立马感到神经衰弱加重了，头疼得想撞墙。如果我是一只鸽子，不幸跟它们一起转圈飞，我肯定要疯掉。

"你当不成鸽子。"行健说，"你就管掐指一算，看它们什么时候飞过来，我和米箩负责把它们弄下来。"

那不是算，是感觉。像书上讲的蝙蝠接收的超声波一样，鸽哨大老远就能跟我的神经衰弱合上拍。那天早上鸽子们的头脑肯定也坏了，围着我们屋顶翻来覆去地转圈飞。飞又不靠近飞，绕大圈子，都在弹弓射程之外，让行健和米箩气得跳脚。他们光着脚只穿条秋裤，嘴唇冻得乌青。他们把所有石子都打光了，骂骂咧咧下了屋顶，钻回热被窝。我在屋顶上来回跑，骂那些浑蛋鸽子。没用，人家根本不听你的，该怎么绕圈子还怎么绕。以我丰富的神经衰弱经验，这时候能止住头疼的最好办法，除了吃药就是跑步。我决定跑步。难得北京的空气如此之好，不跑浪费了。

到了地上，发现和鸽子们的关系发生了变化。它们其实并非绕着我们的屋顶转圈，而是围着附近的几条巷子飞。

狗日的，我要把你们彻底赶走。这个场景一定相当怪诞：一个人在北京西郊的巷子里奔跑，嘴里冒着白气，头顶上是鸽群；他边跑边对着天空大喊大叫。我跑了至少一刻钟，一只鸽子也没能赶走。它们起起落落，依然在那个巨大的圆形轨道上。它们并非不怕我，我在地上张牙舞爪地比画，它们就飞得更快更高。所以，这个场景也可以被看成是一群鸽子被我追着跑。然后我身后出现了一个晨跑者。

那个白净瘦小的年轻人像个初中生，起码比我要小。他低着头跟在我身后，头发支棱着，简直就是图画里的雷震子的弟弟。此人和我同一步调，我快他快，我慢他也慢，我们之间保持着一个恒定不变的距离，八米左右。他的路线和我也高度一致。在第三个人看来，我们俩是在一块追鸽子。如果在跑道上，即使身后有三五十人跟着你也不会在意，但在这冷飕飕的巷子里，就这么一个人跟在你屁股后头，你也会觉得不爽，比三五十人捆在一起还让你不爽。那感觉很怪异，如同你在被追赶，被模仿，被威胁，甚至被取笑，你有一种莫名其妙的不洁感。反正我不喜欢，但他呼哧呼哧的喘气声让我觉得，这家伙也不容易，不跟他一般见识了。如果我猜得不错，他那小身板也就够跑两千米，多五十米都得倒下。他要执意像个影子黏在我身后，我完全可以拖垮他。但我停了下来。跑一阵子脑袋就舒服了。过一阵子脑袋又不舒服了。所以我自己也摸不透什么时候就会突然撒腿就跑。

第二天，我从屋顶上下来。那群鸽子从南边飞过来了，我得提前把它们赶走。行健和米箩嫌冷，不愿意从热被窝里出来。我迎着它们跑，一路嗷嗷地叫。它们掉头往回飞，然后我觉得大脑皮层上出现了另一个人的脚步声。如果你得过神经衰弱，你一定明白我的意思：我们的神经如此脆弱，头疼的时候任何一点小动静都像发生在我们的脑门上。我扭回头又看见昨天的那个初中生。他穿着滑雪衫，头发变得像张雨生那样柔软，在风里颠动飘拂。我把鸽子赶到七条巷子以南，停下来，看着他从我身边跑过。他跟着鸽群一路往南跑。

行健和米箩又打下两只鸽子。它们像失事的三叉戟一头栽下来，在冰凉的水泥路面上撞歪了嘴。煮熟的鸽子味道的确很好，在大冬天玻璃一样清冽的空气里，香味也可以飘到五十米开外；我从吃到的细细的鸽子脖还有喝到的鸽子汤里得出结论，胜过鸡汤起码两倍。天冷了，鸽子身上聚满了脂肪和肉。

如果我是鸽子，牺牲了那么多同胞以后，我绝对不会再往那个屋顶附近凑；可是鸽子不是我，每天总要飞过来那么一两回。我把赶鸽子当成了锻炼，跑啊跑，正好治神经衰弱。反正我白天没事。第三次见到那个初中生，他不是跟在我后头，而是堵在我眼前；我拐进驴肉火烧店的那条巷子，一个小个子攥着拳头，最大限度地贴到我跟前。

"你看见我的鸽子了吗？"他说南方咬着舌头的普通话。看得出来，他很想把自己弄得凶狠一点儿。

"你的鸽子？"我明白了。我往天上指，"那群鸽子快把我吵死了。"

"我的鸽子又少了两只！"

"要是我的头疼好不了，我把它们追到越南去！"

"我的鸽子又少了两只。"

"所以你就跟着我？"

"我见过你。"他看着我，突然有些难为情，"在花川广场门口，我看见那胖子被人打了。"

他说的胖子是宝来。宝来为了一个不认识的女孩，在酒吧门口被几个混混儿打坏了脑袋，成了傻子，被他爸带回了老家。他说的"花川广场"是个酒吧，这辈子我也不打算再进去。

"我帮不了你们，"他又说，"自行车腿坏了，车笼子里装满鸽子。我只能帮你们喊人。我对过路的人喊，打架了，要出人命啦，快来救人啊。"

我一点儿想不起听过这样咬着舌头的普通话。不过我记得当时好像是闻到过一股热烘烘的鸡屎味，原来是鸽子。他这小身板的确帮不了我们。

"你养鸽子？"

"我放鸽子。"他说，"你要没看见……那我先走了。"

走了好，要不我还真不知道怎么跟他说少了的七只鸽子。七只，我想象我们三个人又吃又喝打着饱嗝，的确不是个小数目。

接下来的几天，在屋顶上看见鸽群飞来，我不再叫醒行健和米箩；我追着鸽群跑步时，身后也不再有人尾随。我知道我辜负了他的信任，我不知道他是不是也明白这一点。因为不安，反倒不那么反感鸽哨的声音了。走在大街上，对所有长羽毛的、能飞的东西都敏感起来，电线上挂了个塑料袋我也会盯着看上半天。

有天中午我去洪三万那里拿墨水，经过中关村大街，看见一群鸽子在当代商城门前的人行道上蹦来蹦去，那鸽子看着眼熟。已经天寒地冻，年轻的父母带着孩子还在和鸽子玩，还有一对对情侣，露着通红的腮帮子跟鸽子合影。这个我懂，你买一袋鸽粮喂它们，你就可以和每一只鸽子照一张相。我在欢快的人和鸽子群里看见一个人冰锅冷灶地坐着，缩着脑袋，脖子几乎完全躲进了大衣领子里。这个冬天的确很冷，阳光像害了病一样虚弱。他的头发柔顺，个头小，脸白净，鼻尖上挂着一滴清水鼻涕。我走到他面前，说：

"一袋鸽粮。"

"是你呀！"他站起来，大衣扣子碰掉了四袋鸽粮。

很小的透明塑料袋，装着八十到一百粒左右的麦粒，一块五一袋。我帮他捡起来。旁边是他的自行车和两个鸽子笼，落满鸽子粪的飞鸽牌旧自行车靠花墙倚着，果然没腿。他放的是广场鸽。我给每一只鸽子免费喂了两粒粮食。他把马扎让给我，自己铺了张报纸坐在钢筋焊成的鸽子笼上。

"鸽子越来越少了。"他说,又把脖子往大衣里顿了顿。

"你冷?"

"鸽子也冷。"

这个叫林慧聪的南方人,竟然比我还大两岁,家快远到了中国的最南端。去年结束高考,作文写走了题,连专科也没考上。当然在他们那里,能考上专科已经很好了。考的是材料加半命题作文。材料是,一人一年栽三棵树,一座山需要十万棵树,一个春天至少需要十三亿棵树,云云。挺诗意。题目是"如果……"。他不管三七二十一,上来就写"如果大雪封门"。说实话,他们那里的阅卷老师很多人一辈子都没看见过雪长什么样,更想象不出什么是大雪封门。他洋洋洒洒地将种树和大雪写到了一起,不知道从哪里找来的逻辑。在阅卷老师看来,走题走大了。一百五十分的卷子,他对半都没考到。

父亲问他:"怎么说?"

他说:"我去北京。"

在中国,你如果问别人想去哪里,半数以上会告诉你,北京。林慧聪也想去,他去北京不是想看天安门,而是想看冬天下大雪是什么样子。他想去北京也是因为他叔叔在北京。很多年前林家老二用刀捅了人，以为出了人命，吓得当夜扒火车来了北京。他是个养殖员，因为跟别人斗鸡斗红了眼，顺手把刀子拔出来了。来了就没回去，偶尔寄点钱回去，让家里人都以为他发达了。林慧聪他爹自豪地说，那好，投奔你二叔，你也能过上北京的好日子。他就买了张火车站票到了北京，下车脱掉鞋，看见双脚肿得像两条难看的大面包。

二叔没有想象中那样西装革履地来接他，穿得甚至比老家人还随意，衣服上有星星点点可疑的灰白点子。林慧聪吸溜两下鼻子，问："还是鸡屎？"

"不，鸽屎！"二叔吐口唾沫到手指上，细心地擦掉老头衫上的一粒鸽子屎，"这玩意儿干净！"

林家老二在北京干过不少杂活儿，发现还是老本行最可靠，由养鸡变成了养鸽子的。不知道他走了什么狗屎运，弄到了放广场鸽的差事。他负责养鸽子，定时定点往北京的各个公共场所和景点送，供市民和游客赏玩。这事看上去不起眼，其实挺有赚头，公益事业，上面要给他钱的。此外还可以创收，一袋鸽粮一块五，卖多少都是你的。鸽子太多他忙不过来，侄儿来了正好，他给他两笼，别的不管，他只拿鸽粮的提成，一袋他拿五毛，剩下都归慧聪。吃喝拉撒衣食住行慧聪自己管。

"管得了吗？"我问他。我知道在北京自己管自己的人绝大部分都管不好。

"凑合。"他说，"就是有点儿冷。"

冬天的太阳下得快，光线一软人就开始往家跑。的确是冷，人越来越少，显得鸽子就越来越多。慧聪决定收摊，对着鸽子吹了一曲别扭的口哨，鸽子踱着方步往笼子前靠，它们的脖子也缩起来。

慧聪住七条巷子以南。那房子说凑合是抬举它了，暖气不行。也是平房，房东是个抠门的老太太，自己房间里生了个煤球炉，一天到晚抱着炉子过日子。她暖和了就不管房客，想起来才往暖气炉子加块煤，想不起来拉倒。慧聪经常半夜迷迷糊糊摸到暖气片，冰得人突然就清醒了。他提过意见，老太太说，知足吧你，鸽子的房租我一分没要你！慧聪说，鸽子不住屋里啊。院子也是我家的，老太太说，要按人头算，每个月你都欠我上万块钱。慧聪立马不敢吭声了。这一群鸽子，每只鸽子每晚咕哝两声，一夜下来，也像一群人说了通宵的悄悄话，吵也吵死了。老太太不找碴儿算不错了。

"我就是怕冷。"慧聪为自己是个怕冷的南方人难为情，"我就盼着能下一场大雪。"

大雪总会下的。天气预报说了，最近一股西伯利亚寒流将要进京。不过天气预报也不一定准，大部分时候你也搞不清他们究竟在说哪个地方。但我还是坚定地告诉他，大雪总要下的。不下雪的冬天叫什么冬天。

完全是出于同情，回到住处我和行健、米箩说起慧聪，问他们，是不是可以让他和我们一起住。我们屋里的暖气好，房东是个修自行车的，好几口烧酒，我们就隔三岔五送瓶"小二"给他，弄得他把我们当成亲戚，暖气烧得尽心尽力。有时候我们懒得出去吃饭，他还会把自己的煤球炉借给我们，七只鸽子都是在他的炉子上煮熟的。

"好是好，"米箩说，"他要知道我们吃了他七只鸽子怎么办？"

"管他！"行健说，"让他来，房租交上来咱们买酒喝。还有，总得给两只鸽子啥的做见面礼吧？"

我屁颠儿屁颠儿到七条巷子以南。慧聪很想和我们一起住，但他无论如何舍不得鸽子，他情愿送我们一只老母鸡。我告诉他，我们三个都是贴小广告的。小广告你知道吗？就是在纸上、墙上、马路牙子上和电线杆子上印上一个电话，如果你需要假毕业证、驾驶证、记者证、停车证、身份证、结婚证、护照，以及这世上可能存在的所有证件，拨打这个电话，洪三万可以满足你的一切要求。电话号码是洪三万的。洪三万是我姑父，办假证的，我把他的电话号码刻在一块山芋或者萝卜上；一手拿着山芋或者萝卜，一手拿着浸了墨水的海绵，印一下墨水，往纸上、墙上、马路牙子上和电线杆上盖一个戳。有事找洪三万去。宝来被打坏头脑之前，和我一样都是给我姑父贴广告的。行健和米箩也干这个，老板是陈兴多。

"我知道你们干这个，昼伏夜出。"慧聪不觉得这职业有什么不妥，"我还知道你们经常爬到屋顶上打牌。"

没错，我们晚上出去贴广告，因为安全；白天睡大觉，无聊得只好打牌。我帮着慧聪把被褥往我们屋里搬，他睡宝来那张床。随行李他还带来一只煺了毛的鸡。那天中午，行健和米箩围着炉子，看着滚沸的鸡汤吞咽口水，我和慧聪在门外重新给鸽子们搭窝。很简单，一排铺了枯草和棉花的木盒子，门打开，它们进去，关上，它们老老实实地睡觉。鸽子们像我们一样住集体宿舍，三四只鸽子一间屋。我们找了一些石棉瓦、硬纸箱和布头把鸽子房包挡起来，防风又保暖。要是四面透风，鸽子房等于冰箱。

那只鸡是我们的牙祭，配上我在杂货店买的两瓶二锅头，汤汤水水下去后我有点晕，行健和米箩有点燥，慧聪有点热。我想睡觉，行健和米箩想找女人，慧聪要到屋顶上吹一吹。他很多次看过我们在屋顶上打牌。

风把屋顶上的天吹得很大，烧暖气的几根烟囱在远处冒烟，被风扯开来像几把巨大的扫帚。行健和米箩对屋顶上挥挥手，诡秘地出了门。他们俩肯定会把省下的那点钱用在某个肥白的身子上。

"我一直想到你们的屋顶上，"慧聪踩着宝来的凳子让自己站得更高，悠远地四处张望，"你们扔掉一张牌，抬个头就能看见北京。"

我跟他说，其实这地方没什么好看的，除了高楼就是大厦，跟咱们屁关系没有。我还跟他说，穿行在远处那些楼群丛林里时，我感觉像走在老家的运河里，一个猛子扎下去，不露头，踩着水晕晕乎乎往前走。

"我想看见大雪把整座城市覆盖住。你能想象那会有多壮观吗?"说话时慧聪辅以宏伟的手势,基本上能够观古今于须臾、抚四海于一瞬了。

他又回到他的"大雪封门"了。让我动用一下想象力,如果大雪包裹了北京,此刻站在屋顶上我能看见什么呢?那将是白茫茫一片大地真干净,将是银装素裹无始无终,将是均贫富等贵贱,将是高楼不再高,平房不再低,高和低只表示雪堆积得厚薄不同而已——北京就会像我读过的童话里的世界,清洁、安宁、饱满、祥和,每一个穿着鼓鼓囊囊的棉衣走出来的人都是对方的亲戚。

"下了大雪你想干什么?"他问。

不知道。我见过雪,也见过大雪,在过去很多个大雪天里我都无所事事,不知道自己想干什么。

"我要踩着厚厚的大雪,咯吱咯吱把北京城走遍。"

几只鸽子从院子里起飞,跟着哗啦啦一片都飞起来。超声波一般的声音又来了。"能把鸽哨摘了吗?"我抱着脑袋问。

"这就摘。"慧聪准备从屋顶上下去,"带鸽哨是为了防止小鸽子出门找不到家。"

训练鸽子习惯新家，花了慧聪好几天时间。他就用他不成调的口哨把一切顺利搞定了。没了鸽哨我还是很喜欢鸽子的，每天看它们起起落落觉得挺喜庆，好像身边多了一群朋友。但是鸽子隔三岔五在少。我弄不清原因，附近没有鸽群，不存在被拐跑的可能。我也没看见行健和米箩明目张胆地射杀过，他们的弹弓放在哪儿我很清楚。不过这事也说不好。我和他们俩替不同的老板干活儿，时间总会岔开，背后他们干了什么我没法知道；而且，上次他们俩诡秘地出门找了一趟女人之后，就结成了更加牢靠的联盟，说话时习惯了你唱我和。慧聪说他懂，一起扛过枪的，一起同过窗的，还有一起嫖过娼的，会成铁哥们儿。好吧，那他们搞到鸽子到哪里煮了吃呢？

慧聪不主张瞎猜，一间屋里住的，乱猜疑伤和气。行健和米箩也一本正经地跟我保证，除了那七只，他们绝对没有对第八只下过手。

我和慧聪又追着鸽子跑。锻炼身体又保护小动物，完全是两个环保实践者。我们俩把北京西郊的大街小巷都跑遍了，鸽子还在少，雪还没有下。白天他去各个广场和景点放鸽子，晚上我去马路边和小区里贴小广告，出门之前和回来之后都要清点一遍鸽子。数目对上了，很高兴，仿佛逃过了劫难；少了一只，我们就闷不吭声，如同给那只失踪的鸽子致哀。致过哀，慧聪会冷不丁冒出一句：

"都怪鸽子营养价值高。我刚接手叔叔就说，总有人惦记鸽子。"

可是我们没办法，被惦记上了就防不胜防。你不能晚上抱着鸽子睡。

西伯利亚寒流来的那天晚上，风刮到了七级。我和行健、米箩都没法出门干活儿，决定在屋里摆一桌小酒乐呵一下。石头剪刀布，买酒的买酒，买菜的买菜，买驴肉火烧的买驴肉火烧；我们在炉子上炖了一大锅牛肉白菜，四个人围炉一直喝到凌晨一点。我们根据风吹门后的哨响来判断外面的寒冷程度。门外的北京一夜风声雷动，夹杂着无数东西碰撞的声音。我们喝多了，觉得世界真乱。

第二天一早慧聪先起，出了屋很快进来，拎着四只鸽子到我们床前，苦一张小脸都快哭了。四只鸽子，硬邦邦地死在它们的小房间前。不知道它们是怎么出来的，也不知道它们出来以后木盒子的门是如何关上的。喝酒之前我们仔细地检查了每一个鸽子房，确信即使把这些鸽子房原封不动地端到西伯利亚，鸽子也会暖暖和和地活下来的。但现在它们的确冻死了，死前啄过很多次木板小门，临死时把嘴插进了翅膀的羽毛里。

"你听见他们起夜没？"我问慧聪。

"我喝多了，睡得跟死了一样。"

我也是。我担保行健和米箩也睡死了，他们俩的酒量在那儿。那只能说这四只鸽子命短。扔了可惜，米箩建议卖给我们煮了吃。我赶紧摆手，那几只鸽子我都认识，如果它们有名字，我一定能随口叫出来，哪吃得下。慧聪更吃不下，他把鸽子递给行健和米箩，说，随你们，别让我看见。然后走到院子里，蹲在鸽子房前，伸头看看，再抬头望望天。

拖拖拉拉吃完了早饭，已经十点半，慧聪驮着他的两笼鸽子去西直门。行健对米箩斜了一下眼，两人把死鸽子装进塑料袋，拎着出了门。我远远地跟上去。我知道西郊很大，我自以为跑过了很多街巷，但跟着他们俩，我才知道我所知道的西郊只是西郊极小的一部分。北京有多大，北京的西郊就有多大。

拐了很多弯，在一条陌生的巷子里，行健敲响了一扇临街的小门。这是破旧的四合院正门边上的一个小门，一个年轻的女人侧着半个身子探出门来，头发蓬乱，垂下来的鬓发遮住了半张白脸。她那件太阳红的贴身毛衣把两个乳房鼓鼓囊囊地举在胸前。她接过塑料袋放到地上，左胳膊揽着行健，右胳膊揽着米箩，把他们搵到自己的胸前，搵完了，拍拍他们的脸，冷得搓了两下胳膊，关上了门。我躲到公共厕所的墙后面，等行健和米箩走过去才出来。他们俩在争论，然后相互对击了一下掌。

我对他们俩送鸽子的地方的印象是，墙高，门窄小，墙后的平房露出一部分房顶，黑色的瓦楞里两丛枯草抱着身子在风里摇摆。听不见自然界之外的任何声音。就这些。

谁也不知道鸽子是怎么少的。早上出门前过数，晚上睡觉前也过数，在两次过数之间，鸽子一只接一只地失踪了。我挑不出行健和米箩什么毛病，鸽子的失踪看上去与他们没有丝毫关系，他们甚至把弹弓摆在谁都看得见的地方。宝来在的时候他们就不爱带我们俩玩，现在基本上也这样，他们俩一起出门，一起谈理想、发财、女人等宏大的话题。我在屋顶上偶尔会看见他们俩从一条巷子拐到另外一条巷子,曲曲折折地走到很远的地方。当然,他们是否敲响那扇小门,我看不见。看不见的事不能乱猜。

鸽子的失踪慧聪无计可施。"要是能揣进口袋里就好了,"他坐在屋顶上跟我说,"走到哪儿我都知道它们在。"不怕贼偷就怕贼惦记,越来越少是必然的,这让他满怀焦虑。他二叔已经知道了这情况,拉下一张公事公办的脸,警告他就算把鸽子交回去,也得有个差不多的数。什么叫个差不多的数呢?就眼下的鸽子数量,慧聪觉得已经相当接近那个危险而又精确的概数了。"我的要求不高,"慧聪说,"能让我来得及看见一场大雪就行。"当时我们头顶上天是蓝的,云是白的,西伯利亚的寒流把所有脏东西都带走了,新的污染还没来得及重新布满天空。

天气预报为什么就不能说说大雪的事呢。一次说不准,多说几次总可以吧。

可是鸽子继续丢,大雪迟迟不来。这在北京的历史上比较稀罕,至今一场像样的雪都没下。慧聪为了保护鸽子几近寝食难安,白天鸽子放出去,常邀我一起跟着跑,一直跟到它飞回来。夜间他通常醒两次,凌晨一点半一次,五点一次,到院子里看鸽子们是否安全。就算这样,鸽子还是在丢。与危险的数目如此接近，行健和米箩都看不下去了，夜里起来撒尿也会帮他留一下心。他们劝慧聪想开点儿，不就几只鸽子嘛，让你二叔收回去吧，没路走跟我们混，哪里黄土不埋人。只要在北京，机会迟早会撞到你怀里。

慧聪说："你们不是我，我也不是你们；我从南方以南来。"

终于，一月将尽的某个上午，我跑完步刚进屋，行健戴着收音机的耳塞对我大声说："告诉那个林慧聪，要来大雪，傍晚就到。"

"真的假的，气象台这么说的？"

"国家气象台、北京气象台还有一堆气象专家，都这么说。"

我出门立马觉得天阴下来，铅灰色的云在发酵，看什么都觉得是大雪的前兆。我在当代商城门前找到慧聪时，他二叔也在。林家老二挺着啤酒肚，大衣的领子上围着一圈动物的毛。"不能干就回家！"林家老二两手插在大衣兜里，说话像个乡镇干部，"首都跟咱老家不一样，这里讲究适者生存、优胜劣汰。"慧聪低着脑袋，因为早上起来没来得及梳理头发,又像雷震子一样一丛丛站着。他都快哭了。

"专家说了,有大雪。"我凑到他跟前,"绝对可靠。两袋鸽粮。"

慧聪看看天,对他二叔说:"再给我两天。就两天。"

回去的路上我买了二锅头和鸭脖子。一定要坐着看雪如何从北京的天空上落下来。我们喝到十二点,慧聪跑出去五趟,一粒雪星子都没看见。夜空看上去极度的忧伤和沉郁,然后我们就睡了。醒来已经上午十点,什么东西抓门的声音把我们惊醒。我推了一下门,没推动,再推,还不行,猛用了一下劲儿,天地全白,门前的积雪到了膝盖。我对他们三个喊:

"快,快,大雪封门!"

慧聪穿着裤衩从被窝里跳出来,赤脚踏入积雪。他用变了调的方言嗷嗷乱叫。鸽子在院子里和屋顶上翻飞。这样的天,麻雀和鸽子都该待在窝里哪儿也不去的。这群鸽子不,一刻也不闲着,能落的地方都落,能挠的地方都挠,就是它们把我们的房门抓得刺刺啦啦直响。

两只鸽子歪着脑袋靠在窝边，大雪盖住了木盒子。它们俩死了，不像冻死，也不像饿死，更不像窒息死。行健说，这两只鸽子归他，晚上的酒菜也归他。我们要庆祝一下北京三十年来最大的一场雪。收音机里就这么说的，这一夜飘飘洒洒、纷纷扬扬，落下了三十年来最大的一场雪。

简单地垫了肚子，我和慧聪爬到屋顶上。大雪之后的北京和我想象的有不小的差距，因为雪没法将所有东西都盖住。高楼上的玻璃依然闪着含混的光。但慧聪对此十分满意，他觉得积雪覆盖的北京更加庄严，有一种黑白分明的肃穆，这让他想起黑色的石头和海边连绵的雪浪花。他团起一颗雪球一点点咬，一边吃一边说：

"这就是雪。这就是雪。"

行健和米箩从院子里出来，在积雪中曲折地往远处走。鸽子在我们头顶上转着圈子飞，我替慧聪数过了，现在还勉强可以交给他叔叔，再少就说不过去了。我们俩在屋顶上走来走去，脚下的新雪蓬松温暖。我告诉慧聪，宝来一直说要在屋顶上打牌打到雪落满一地。他没等到下雪，不知道他以后是否还有机会打牌。

我也搞不清在屋顶上待了多久，反正肚子饿得咕噜咕噜叫。那会儿行健和米箩刚走进院子。我们从屋顶上下来,看见行健拎着那个装着死鸽子的塑料袋。

"妈的,她回老家了。"他说,脚对着墙根儿一阵猛踹,塑料袋哗啦啦直响,"他妈的回老家等死了!"

米箩从他手里接过塑料袋,摸出根烟点上,说:"我找个地方把鸽子埋了。"

2011 年 12 月 17 日,知春里

祁家庄

父亲是个浑蛋,好在他已经死了。我把他的骨灰装进棺材,埋到地下;他给我留下一屁股债。两万三千零二十四块三毛,这个赌棍。我也是个浑蛋,父亲在电话里就这样骂我,因为我没有及时给他寄钱,他也不认为我现在有多大出息。自我打号子里出来,整个人像只瘟鸡头低毛耷开始,他就骂我是浑蛋。

但是我带了钱回来,办完父亲的丧事我还有钱。我是决定替父亲还债的。父债子还,我是亲儿子。父亲死在九月底,天刚刚开始有点凉意。他和一群人躲在一间烟雾弥漫的小屋里打麻将,他用左手摸牌。自摸,那一局赢得相当漂亮。当他动用最后的智力，在最快的时间里算出这一次他能把半个月里输的钱都赢回来时，全身的血液都蹿到了他脑门上，心脏的反应有点跟不上。这时候有人喊了一声，警察！除了我父亲，其他的人抓了自己的钱就跑。父亲没跑，毫无内容地大叫两声，趴在了麻将桌上。他们说父亲一定是被吓死的，因为警察的确出现了。我觉得他是高兴死的，至少八个月他没赢得这么利索了。他的最后一赢没人认账。但他认的账我得替他还。

村里人只加了一件小外套，我却穿了一件休闲西装式的黑皮夹克，里面是白衬衫。热是热了点，这让父亲的葬礼显得相当体面。我把葬礼弄得很简单，不请鼓乐班子，不大宴宾客，这让父亲也与众不同。我借了一台音响，一天到晚用两台大音箱播放哀乐。哀乐播放时，我把父亲弄上车，拉到火葬场，然后抱着一个木质的骨灰盒回来。我把骨灰盒放在父亲的遗像下面，一个人守了一天。到晚上，我觉得应该有个人为父亲哭几声，就听从堂兄的建议，花一百六十块钱请鼓乐班子里的一个女孩在父亲灵前唱了一曲《哭灵》。那姑娘唱得泪流满面，让我好几次都以为死的是她父亲。她的悲恸让我也掉了眼泪。

棺材很小。又不是胳膊腿完整的一个人，我跟木匠说，你就做一口你这辈子见过的最小的棺材，两三个骨灰盒大就行。我抱着棺材去了墓地，白衬衫，黑皮西装夹克，因为这两种颜色，我的孝衣也省了。培完坟上的最后一锨土，我把铁锨扔掉，掏出手机给祁顺风打电话。我说顺风哥，我爸的债可以还了。祁顺风声音里充满了中华烟的味道。

"一小时后到村委会找我。"祁顺风说，"别空着手就行。"

我左肩上扛着铁锨往村委会走，一路上有人围观。外地嫁来的年轻媳妇和十岁以下的小孩，都在向别人打听我是谁。他们知道我是祁老三的儿子，但不知道我是谁。你肯定明白我的意思。十二年前我出门，中间回来的时间加起来也不超过半个月。

"这一路你肯定走得风光。"我进了村委会的小会议室，祁顺风贴着我的耳朵说。当然，从明成祖时建村以来，祁家庄没人敢像我这样办丧事。"有能耐有身份的人就是不一样。"祁顺风对围坐在桌边的十来个人说，"要不先欢迎一下我的兄弟祁进步？"大家心不在焉地鼓起掌。

"我是替我爸还债的。"我左手往兜里插。

祁顺风按住我的手："自家兄弟，不急。开完会再说。"

狗日的真能装。借父亲高利贷时他可没这么轻描淡写，一次次催父亲还债时他也没这么亲热。"我借你还不放心？哪有什么高利贷？"他对我父亲说，"我是副村长，你是我三叔。"父亲觉得有道理，胳膊肘哪能往外拐呢，人家还是村副。"贤侄，借我八千就行。多？三叔还得喝点酒哩。"

输输赢赢，经父亲手上的钱基本上保持了动态平衡，但八千块钱不知怎么就变成了两万三千零二十四块三毛。父亲找来借款合同认真研究了一遍，曲曲折折的条款里面竟有那么多小机关。签字画押摁过手印的。

"我只表一个态，我本人对咱们祁家村的建设很有信心，"祁顺风说，拆开一包新的软盒中华烟，用左手撒出一排，"我十分希望更好地为乡亲们服务。能不能选上这个村长倒不是最重要。当然了，为了给老少爷们谋到更大的福利，我得有这个平台。"

那群人相互看，然后相互借火点烟。

"进步兄弟是支持我的，"祁顺风说，"我兄弟大家肯定都知道，我三叔的好儿子，现在外面都叫他祁总，固定资产上千万，做海产品加工有限公司，是吧进步老弟？看我兄弟这身行头！爷们儿肯定记得进步兄弟小时候很白，小鸡鸡都是白的；现在这皮肤，古铜色。电视里的有钱人才去晒成这色儿，叫日光浴。男的穿着三角裤衩，女的兜着两把大奶子，往沙滩上那么一躺，黄金海岸，晒太阳，接受紫外线照射，光合作用。就是这样的。进步兄弟，你来了就是支持我。"

我慢慢地把左手往口袋里插。"我来替我爸还债的。"我等着他再次摁住我的手。

狗日的没摁，我心里又没底了。我的钱不够。即便只办了一个无比简陋的丧事，我剩下的钱也很不够了。祁顺风是个狠角色，不是一天两天。他知道我爸是个浑蛋，所以主动借给他钱；他知道我爸是个浑蛋，所以弯弯绕绕地把利息弄得那么高。你别从本家的角度来看这家伙，他对自己亲爹亲妈也下狠手。但他就是有一帮势力，打小就是孩子王，五年级没念完，就开始带一群小喽啰去村东头的松树林边打劫，每人手里握一把小斧头。他说我小鸡鸡白，真事，不过现在黑了。他带着一帮小恶棍拦住我，非脱下裤子让他们瞅瞅不可，要不他会挥起斧头，咔嚓，管他黑白，把我裆里的东西去了。那时候我都十二岁了。想想看，过路还有好几个我的女同学。问题是，我当时真他妈的脱了。他们笑得要趴到地上啃狗屎。他让我一辈子都认为长一个很白的小鸡鸡是个耻辱。这个狗日的祁顺风，这些年发了，带着当年跟在屁股后头拎着小斧头的那群走狗，把周围几个村里的粮食买卖全拿下了。他到你家，不跟你讨价还价，他只负责告诉你一个价，然后站他身后的某个狗腿子的咽炎及时发作了，咳嗽两声。就两声。你就得说，这个价，公道，成交。现在种地的人少了，年轻人都在出门找钱，他开始买地。反正你们也种不了那么多，卖几亩给我，我看就这个价吧。他把左手伸出来，晃几个手指头要看他当时的心情。他用这些地种粮食、栽水果、养鸡，更多的高价转手给做大棚培育的外地人。他一声不吭就成了镇上有名的致富带头人。据说镇长开会时点了他的名，在咱们祁家庄，祁顺风同志是致富带头人。你站在祁家庄的任何角落往天上看，最高的那幢小楼就是祁顺风家。这他妈个浑蛋。

　　我也是个浑蛋。从号子里出来我的确萎靡不振。尽管只在里面待了两年。两年不是人过的日子。我其实就干了三趟,加起来不过六辆现代轿车,还是个副手。渔船离韩国和日本近了,你心里也会痒痒,走私一辆车就能拿到好几万。结拜的兄弟问我:"老二,咱俩来两手?"我说好。他是船老大,我听大哥的。那段时间我真的挺有钱,大哥没亏待我。从我在那个渔港第一次见到他开始,他就没亏待过我。那时候到渔船上谋生,我学会了开船。第三个雇主是我大哥。然后我们一起进去了。第六辆现代车从船舱里往外出的时候,一伙条子围上来,就跟说好了来迎接我们似的。"进去过"是个忌讳,相当于"翻船",一般人不愿雇。我只能重新从普通水手干起,出苦力的那种。海风把我彻底吹黑了,连同小鸡鸡。

我把钱掏出来,说:"这是五千。"我还想到另一个兜里去掏,祁顺风用左手摁住我。他像香港赌片里亚洲赌王一样哗地把五十张人民币摊成一个红色的扇面,然后一抄手,又把它们合到一块儿。整齐得像我刚给他时一模一样。他把钱捏起来,用钱的侧面对着会议桌剁两下,推到他右手边的祝千万面前。"叔,耽误你和各位老少爷们的时间了,顺风很是过意不去。"他说,"饭点儿也到了,大家拿去买瓶酒喝吧,想吃荤的买半斤猪头肉。先散了吧,靠各位爷们啦。"

他不看他们装模作样的推让,带我出了会议室。

我把左手伸进另一个兜里,祁顺风摁住我。

"还有。"我说。

"我的钱我还不清楚?"他说,"你坐这儿抽根烟。十五分钟后给我电话。"

祁顺风一路向西走,拐个弯往南不见了。十五分钟后我拨通了他手机。

"杜胜利家。"他在电话里说,一股中华烟的味儿,"杜胜利。来吧。"

杜胜利家新建了大房子,如果不是他下地干活都要探头探脑的老婆站在门楼前,我真想不到杜胜利这辈子能住上大房子。他和我爸一样,天生是个赌棍。九个人占据了床沿、椅子和三条腿的板凳,就这样也显出堂屋十分空旷。别的家具都被杜胜利输完了。五十年来,他从来就没把自家的屋子里赢满过。

我向街坊邻居们点头致意。

"找我有事,进步老弟?"祁顺风递给我一根烟。

"替我爸还钱。"

"三叔借的钱呀，嗨，我都忘了这码事。"他说，"多少来着？算了，多少钱也不管了，还一半就行。那一半当我孝敬三叔了。"他用防风打火机给自己点上一根烟，打火机从右手换到左手。"在座的多少都欠了我一点钱。钱这东西，生不带来死不带走。我祁顺风其实不打算坐地要价，就是想在各位手头紧时帮上一把。不兜圈子了，进步兄弟就是榜样，凡支持我祁顺风的，一概减半。"

"顺风哥雅量，"我及时地把手伸向剩下的四千块钱，临掏出之前，手指头松了松，七八张钱留在了兜里。我把三十多张票子递过去。"代我爸谢谢你了。"

祁顺风用鼻子笑了两声，说："应该的。"

杜胜利说："我欠九千二。"

一个说："我欠六千七。"

一个说："我欠一万三。"

祁顺风摆摆手。"明天投过票再报数。进步兄弟回来一趟不容易，咱哥俩得好好整两杯。祝各位发财啊。"

出了杜胜利家，我问："还有几个会？反正我明天才走。"

"两个。"

"可我只有这么多钱了。"

祁顺风停下来看着我,一个嘴角吊起来笑。"进步你狗日的脑子好使了,敲诈到我头上了?"

"帮着哥哥做事嘛。"我说,从口袋外面感受那剩下来的几张钞票。我不能连坐车离开祁家庄的钱都没有。这些钱我打算给父亲办个像样的葬礼的,进了村看见祁顺风我就知道,这钱无论如何得还,还多少都得还。他跟我说,从古至今的故事里,和尚死了都不能把庙带走。这话有深意,他电话通知我父亲死了时没忘叮嘱我,欠的钱一块带过来。我继续往家里走,在房前左右看看。我爷爷没能生出一个好儿子,但他有个好眼力,他把房子建在了村庄中央,没有比这更好的位置了。父亲骂我浑蛋的时候,顺便安慰了自己:"幸好我还有两间好房子,要不养了你这么个儿子还有什么指望。"你用膝盖都能想到,这房子,其实是这位置,会越来越值钱。但你要让祁顺风不高兴了,房子可能会从一天少一块砖一片瓦开始,直到变成一块平地,最后可能连平地都不见了。我临时决定办一个谁都没见过的葬礼。父亲是个浑蛋,我也得说,爸,只能委屈您了。

"要不是弄清楚了一个月你只有两三天能把脚踩在岸上，还真给你这人模狗样的唬住了。三叔整天颠三倒四地跟人磨叨，你混得多么风光，我就是不信。他那点小胆量，你给他点钱，他敢不还我？"

狗日的说着了。有时候海上饭不好吃，比如我现在这情况，但我还是坚信日子会好起来的。我还相信，那个一听说我得在里面蹲两年，立马把我的存折和银行卡卷走的臭婊子，早晚有一天会回来给我系鞋带的。我只要她系，别的女人再好，也靠一边站。我就不信这个邪了。这也是父亲骂我的理由之一，被个女人给玩了。从号子里出来我剁了右手小拇指的最后一节，为了要记住这一点。就像当初被迫脱下裤子露出小鸡鸡后，我立志离开祁家庄一样。因为缺了半截手指，我慢慢习惯了用左手，活生生把自己弄成了一个左撇子。父亲也是个左撇子，他迷信左手摸牌才会有好运气。

现在，口袋里的几百块钱，地处村庄中央的房子，还有后天养成的左撇子，是我的全部家当。

"真可以对半还？"

"兄弟我扶正后,一切都好说。"

我决定陪着祁顺风把戏演下去。我们去祁家庄西北角的一户人家,那里聚了一屋子准备听取候选村长施政纲领的正经村民。我穿着西装式皮夹克和白衬衫,我有被海风吹黑的时髦肤色,我还有一场空前的葬礼。没几个人知道这些年我都干了什么。我可以是祁总,就可以是打算造福桑梓的祁总。进门之前,祁顺风把那三千多块钱塞回我口袋。

"为了表示我为祁家庄服务的诚意和建设祁家庄的能力,我真诚地邀来了我兄弟祁进步。望三叔在天之灵安息。"祁顺风说,"进步兄弟是大老板、总经理、董事长,正在筹划为村里建一座康乐中心。进步兄弟只愿意跟我合作,打虎亲兄弟,上阵父子兵,老少爷们都懂的,进步兄弟,你来说几句?"

"我支持顺风哥。我们需要顺风哥这样有激情、有想法的实干家。这次回来太过仓促,家乡变化很大,好。康乐中心也只是个初步想法,还需要与顺风哥进一步磋商。"我在口袋里摸索,手指头又松了松,这次顶多三十张钞票被我放到了那户人家的饭桌上,"抱歉,随身没带那么多现金，只表示一下诚意。给康乐中心征集个好名字，谁取出大家喜闻乐见的好名字，这钱归谁。"

房间里骚动起来。没什么比钱更好使。对这一屋子人来说，谁能给村子里找来钱，谁能让大家过上好日子，谁就是在为人民服务。这效果祁顺风很满意。

接下来我又陪着祁顺风跑了两场。其实是三场，晚上那顿饭是最重大的一场。前两场，一场扮演代表死去的父亲接受借款减免仪式的孝子，一场装作哭着喊着要跟祁副村长合作的有钱人，这世界除了祁顺风，谁我都信不过。第三场是我争取来的，跑了大半天，天都跑黑了，饿得不行。剩下的那四千块钱在我兜里进进出出好几趟，让祁顺风这狗日的看出了门道。他没事就用左手朝我口袋上蹭。可我饿得不行，我想喝两杯，应得的。祁顺风一拍脑瓜，没问题，一会儿有场酒，你再辛苦一下。

在酒桌上，我把先前的所有身份都用上了。不用祁顺风引导。照祁顺风的意思，明天的选举是无记名投票，今晚必须让那几棵重要的墙头草吃上定心丸。我的表演相当成功。即便我少说几句话，这身行头和特立独行的葬礼已经说明了问题。重量级人物做事都极端，比如葬礼，可以铺张到大俗，也可以至简到大雅。

我说："为了表示对顺风哥的鼎力支持，我决定推迟行程，明天作为祁家庄的一个村民，亲自为顺风哥投上庄严的一票。这些年，叔叔大爷兄弟姐妹和顺风哥对我爹多有关照，为了表示感谢，我要多敬大家几杯，一醉方休。"

真就喝醉了，回家的路上摔了三跤。有两次躺在地上，感受着身底下尖利的石头，满天的星星像刚洗过一样，让人难过，我哭了。接到父亲死亡的消息，同船的兄弟说："穿上你最好的衣服，装也装得体面点。"

过日子不容易，他们是对的。回到家我躺到床上就睡着了，空荡荡的家，我连鞋子都没脱。第二天我被喇叭声吵醒，村委会的广播在宣布投票仪式即将开始。我洗了把脸，把头发梳理整齐，掸了掸裤脚和鞋面上的灰尘去了村委会。今天比昨天凉快。

十八岁以上的村民零散地站在村前的空地上。主席台上铺着红布，镇长亲自到场监督。祁顺风人五人六地坐在台上，跟过两分钟就嘬一次牙花子的谢顶镇长隔一个位置。镇长微笑着对我点头，那是因为祁顺风正指手画脚地向他介绍我，衣锦还乡的兄弟祁进步。有了镇长对我的远距离青睐,村民们在我身后指指点点。我向镇长和祁顺风沉着地挥挥手。

投票开始,每个人把打过钩的纸片往镇长面前的投票箱里塞。我投票的时候,听见镇长笑出了声。镇长笑了,主席台上的人就笑了;主席台上的人笑了,下面的村民也跟着笑了。不知道他们为什么笑。我看看祁顺风,狗日的铁青着脸,没笑。

当场唱票。有人拿麦克风念名字,有人往一块大黑板上写"正"字,唱票员和计票员每人左右都站一个监票员。祁家庄是个大村,计票是个漫长的过程。镇长去村委会休息了。祁顺风板着一脸的横肉走到我跟前,拖着我就往没人的地方去,站住后,他先给了我一拳。"你狗日的来拆我台是不是?"

"天地良心,我投的是你。"

"看你这身狗皮!"他抓着我肩膀,扳了一下,我原地转了两圈。我揪住衣服下摆,尽最大努力往身后看,娘的,衣服啥时候被划破了,皮衣张开一张大嘴,旁边有很多没擦干净的泥点子。人造革就是赶不上真的皮草。

祁顺风把手伸到我装钱的口袋,我立马用手摁住。我们先是盯住对方的手,然后看对方的眼。重叠在一起的是两只左手。

"狗日的,"我说,"你也是左撇子。"

2014 年 1 月 29 日,东海

养蜂场旅馆

1

摇摇曾对我说过,火车穿过镇子,左山的黑夜就要来了。我看见车窗外的黑暗从大地上升起,初秋的天气,要下雨的样子,黑暗也显得格外清凉。第一间房子和第一盏灯出现时,火车已经开始减速,随后在镇子的边缘停了下来。我突然决定下车,手忙脚乱地把背包刚拎下车,火车就开了。一个可以忽略不计的小站,停车一分钟。只有我一个人下车,没有人上车,简陋的小车站空空荡荡。我走在落满煤渣的水泥路上,一抬头看到了左边一座昏暗模糊的小山。这就是左山了。

"其实，左山是个很好玩的地方，"摇摇曾对我说，"山不高也不大，但是站在山顶能把平原看得清清楚楚。山后是一条快要被荒弃的运河，在白天还可以找到打鱼的小船。如果在养蜂场旅馆住下，出门就可以看到蜜蜂。"

那是八年前摇摇对我说的。现在我是一个人来到左山。我在坑坑洼洼的路上走走停停，真的要下雨了，风从旷野上刮过来，越刮越大，撞到山上又拐回头，就更大了。在灰暗的风里摇晃的是山脚下稀落的房屋，灯光也在风里摇摆。从一处墙基的拐角冒出来一个小个子男人，一脸慌张地笑迎上来。

"住店吧，"他有点气喘，"天都黑了。"

"养蜂场旅馆还在吗？"

"在，当然在。"小个子男人说，指着山脚下的房子中的某处，"那儿，就那儿。我就是旅馆的老板。你住过？"

"听说过。"

老板很高兴，在前头给我带路。说话有点短舌头，他说旅馆是自家的，开了十几年了，到过左山镇的人都知道，价格便宜，服务又好，还安全。我随着他走进一个院子，迎面是一栋装饰有点俗气的二层小楼，很小，上下各有三四个房间。旁边是两间瓦房，老板直接把我领进瓦房。

"先洗洗吃晚饭，"他说着帮我把背包放在一张高腿凳子上。然后冲着冒出炊烟香味的隔壁房间喊，"来了一个，是个男的，多下两碗面条。"

一个女声答应着："来了！"却从厨房里钻出一个小男孩，七八岁的脸，抱着门框不敢进来，睁大两眼看我。我也看着他，看得他害怕了又跑回厨房。

"我儿子，客生。"老板说，帮我泼了洗脸水，"我老婆瞎取的名字。真让她说对了，见到客人就怕生。"

旅馆里只有我一个客人。我和老板刚坐下，老板娘一路说着来了，端上了一大白瓷碗的手擀面条。后面跟着他们的儿子，谨慎地端着碗，站在门槛外边不敢进来。

"进来呀，小家伙。"我向他招手。

老板娘的碗没端结实，过早地落到了饭桌上，汤水溅到了我的衬衫上。她慌忙用毛巾给我揩，手有点抖，对不起，她说。她抬起头，灯光下的脸十分秀气，和身材一样，恰到好处的饱满。我觉得有点眼熟，笑一下就说，我自己来。

她在围裙上搓着两只手看看老板，说："那，我去端饭了。"到了门前接过儿子的碗放到桌上，离开房间时差点被门槛绊倒。

客生一直怕见生人，吃饭时老板娘叫了好几次他才从门外进来。面条吃得我很舒服，很久没能吃上这么有味道的手擀面了。我一个劲儿地夸赞老板娘的手艺，老板娘不好意思，只顾低头吃饭。老板倒是很高兴，不住地劝我多吃，坐了一天的车了。他说来旅馆的外地人都喜欢老板娘的手擀面，只有客人来时她才做面条。今天又做了面条，可能有客人来了，果然我就来了。我对老板娘笑笑表示感谢，她看了我一眼就低下头，一根一根地数着面条吃。老板是个面色苍黄的小男人，一张瘦小的脸，鼻子底下生着两撇小胡子。如果不是他一口一个我老婆我儿子叫着，我都没法把他们俩看成一对夫妻。

吃过饭，老板安排我到楼下靠右边的房间去住。老板娘说还是楼上靠右的房间好，站在窗户边上就能看到左山的一道坡，也安静，看书什么的方便。

"那间屋里很久没人住了，也没有电视。"老板说。

"下午我刚收拾过。电视抱上去不就是了？"老板娘说，"你不是想找个安静的房间看书吗？"

"对，对。房间越安静越好，能看到山坡就更好了。"

她竟然知道我喜欢在安静的地方看书。我随着老板娘上楼，楼梯里昏暗，我们的影子在外面灯光的映照下越发巨大，塞满了整个楼道。

2

房间显得陈旧，但是干净朴素，不像很久不住人的样子。一张老式雕花木床，一张红漆剥落的写字台，写字台上甚至还有一座铜做的烛台，插着半截红蜡烛。一把和写字台配套的旧椅子。墙上是很多年前流行的简单的年画，粉红的胖娃娃早已被时光涮得苍白。只有头顶的日光灯多少有点现代气息，也是昏黄的，在天花板上映出一环一环黄中泛红的光圈。这几年我去了很多省份和地区的小地方，即使在十分落后的乡下，也很难再见到这么古朴陈旧的旅店摆设了。

外边下起了雨，透过玻璃只能看到漆黑的一片大雨。我倚着被子躺到床上，两脚垂在床下。有点累，每到一处停下来我都感到累。这两年才有的感觉，过了三十五岁就不一样了，身体动不动给你一点颜色看看，提醒你已经不再是可以无限轻狂的少年了，而坐车又的确是件劳神又劳力的事。响起了敲门声，是老板娘，拎着一桶热水和一个盆，让我烫一下脚，洗洗再睡。

"赶长路烫个脚睡得才稳。"她说，帮我把床铺理好，"喜欢这房间吗？"

"很不错，"我说，"看起来似曾相识。"

我对这个房间充满好感，有那么一会儿我觉得好像在哪里见过，然后想起来，多年前祖母的房间大约就是这种模样。

"八年前养蜂场旅馆最好的房间就是这样，我把它原封不动地从旧屋里移到了这里。"

"老板娘真是个有心人。"

老板娘笑笑，说："你来过左山吗？"

"记不清了。好像来过，又好像没来过。这些年跑的地方太多了，混在一块儿连我自己都搞不清哪儿是哪儿了。"

老板娘不再问，说有事就到楼下找他们，临走前帮我点上了蚊香。我简单洗了洗，重点烫了一下脚，然后从背包里抽出一本书就上了床。因为下雨和靠近山石，房间里温度不是很高，我躺在被窝里散漫地翻着手里的书，然后就稀里糊涂地睡了过去。

又梦见了摇摇。她在梦里再一次哭喊不止，说我竟然背着她和别的女人乱来，面对她的指责我两手空空地摇摆，说不出话来，脑袋里也空荡荡一片，我无法让她相信我什么事都没干过，她说她亲眼看到了。摇摇曾经是我的女朋友，八年前嫁给了别人。我常常做这个一成不变的梦。也许不是梦，我睡前常会想起这个做了无数次的梦，尤其是一个人在外面的世界游荡时。所以，我怀疑我并没有睡着，只是昏昏沉沉地又想起多年前。那时候摇摇热衷旅游，一有机会就拖上我到处跑。我们工作时间都不是很长，所有的积蓄几乎都花在了路上。跑了多少地方她也说不清楚。其实花费最多的不在车上，而是住宿的费用。我们只是恋爱，不是夫妻，没法住在一起。即使旅馆老板睁一只眼闭一只眼也不行，摇摇对男女之间的形式十分看重，每到一处坚决和我分开住，这样我们每次都要开两个房间。

八年前，大约就是这时候，从一次长途旅行中归来，她突然对我大吵大闹，说我竟然背着她和别的女人干坏事，被她当场撞见。这些天来，她一直在等着我向她道歉，可是我居然若无其事，好像什么坏事都没干过，太过分了。原来还准备留点希望给我的，现在彻底寒心了。要命的是我仍然不承认，我不记得什么时候和别的女人有染，和她在一起时，我几乎很少盯着别的女孩看。摇摇认为我在抵赖，越发激起了她的愤怒，无论我怎么解释都无济于事，她咬牙跺脚地离开了我。

这些年来我都觉得莫名其妙，我什么时候和别的女人乱来了？我们还是分开了，半年之后她嫁给了别人。我们还在同一座城市里生活，偶尔还能在马路上遇到。见面各自勉强地打个招呼，成了不冷不热的点头之交的朋友。见了面很少深入地聊聊，谁都不再提那些已经无法弥补的旧事。她已经不再热衷旅游了，一年难得出门几次，兴趣几乎消失殆尽。而我却喜欢上了旅游，这些年来一个人跑遍了我所能跑的几乎所有地方。我的工作，我挣的钱，只有一个去向，就是花在旅游的路上。有一天我在马路上遇到了摇摇，她问起了我最近的行程路线，我简要地介绍了一下。她说左山就在这条线上，有时间可以去一下。

"应该去看看，"她说，"八年前的老地方了。"

3

第二天我起得很迟。房间在山后,阳光进不来,拉上了窗帘的房间好像永远停在了凌晨时分,我的生物钟在这样的上午突然瘫痪了。老板娘敲开了我的门,我蓬乱的头发没有让她吃惊。

"太阳很好。该起来吃饭了。想吃点什么?"她径直走进房间,拉开了窗帘,然后自然地坐到了椅子上。她看起来比昨天晚上要漂亮得多,头发鲜亮,衣服的样式有点陈旧但是十分合体,怎么看都不像是小镇上七八岁男孩的母亲,倒像一个风韵正满的美丽少妇。"昨天又看了一夜的书吧?半夜我看到你的灯还亮着。"

"不好意思,我忘了关了。"我从床上坐起来,把枕头边的书整理好放到桌子上。

"这么多年还看同一本书?"她看了看封面,说了这句很让我吃惊的话,"八年还读不完一本书吗?"

"你怎么知道这本书我看了很多年了?"

她没有回答,而是盯着我的眼睛说:"你记得这张床吗？"

我惊讶地摇摇头，不知道她在说什么。

"你还认识我吗？"她又说，脸涨得通红。

"有点眼熟，"我勉强把微笑挂在脸上，她的目光让我无端地心虚，"对不起，我们见过吗？"

"你，不记得了？"她扶着椅背站起来，眼里充满泪水，"那天晚上，养蜂场旅馆，你把我……"

我还是不明白，不知道她在说什么。她直直地看着我，疑惑和怨恨随着眼泪一起涌出来。楼下响起了自行车的铃声，然后是老板的声音："老婆，老婆，我回来了。"

老板娘擦干眼泪答应了一声，开始向外走。出了门又回头，眼里再度充满泪水。"你该吃点东西了。"然后是一串盘旋而下的脚步声。

下楼时我顺便看了其他房间，门窗都大敞着，让阳光和风进来。那些房间的摆设和装潢与我的房间完全不一样，一律的乡气的都市化，典型的小镇上的旅店。正如老板娘所说的，那个房间的确是最好的，至少是我最喜欢的。

老板买了很多菜，说足够我和他们一家三天吃的。我告诉他，我只是到这儿看看，听说左山的风光不错，待上一两天就离开。老板解释说，一两天大概是走不了的，因为隔三天才有一班火车。没办法，小地方就是这点要命，想出个门都要等前伺后的。既然这样，着急是没用的，三天就三天，就怕左山真的没什么看头。已经上午十点半了，我和老板瞎聊了一会儿，老板说左山虽然穷了点，还是有点东西可看的，来过左山的人都这样说。可以看山，看水，还可以到下面的一些小村庄里转转，不少村庄都曾是当年打日本鬼子的战场，留下很多与战争相关的遗迹和史料。有这些就好了，最近一两年我正在搜集这方面的资料。我们正聊着，老板娘端着一碗面条从厨房出来，面条上堆着两个荷包蛋。

"先垫垫肚子，一会儿就做午饭了。"老板娘说。

"对，先垫垫，"老板说，"午饭包你满意。"

我真感到饿了，狼吞虎咽地吃掉了面条，汤汤水水的全倒下了肚。吃过后精神好多了，想出去走走。老板让我不要走远，差不多了就回来吃饭。我答应着，看了一眼老板娘就出了门。她也在看我，那种不经意的一瞥。我又看到了一些说不清楚的熟悉的东西来。

4

左山不高，半山腰上偶尔有几户人家，出其不意地散点各处。我从旅馆后面的小路上了山。昨天一夜大雨清洗，左山上颜色分明，黑绿的树木，青翠的灌木，长满铁锈红的石头和暗绿的青苔，阳光照耀下发出清明的光泽。沿曲折不定的小路进山，一路上树影斑驳，像踩在水上。林子里蝉鸣稀疏，偶尔从某处传来几声鸟鸣。刚开始有点热，渐渐深入林中以后，山上风大了起来，清凉宜人，后悔没带本书上来，否则找一块阴凉的石头坐下，翻上几页一定是件惬意的事。在路边的岩石上，不时还能见到名人的题字，仔细辨识之后，竟然发现还有苏轼、米芾的墨迹刻石，不知是真的假的。

如果说左山和其他地方的小山相比并没有什么显著的特色，那么爬到山顶就会发现别有洞天。我花了大约一个小时到了山顶，站在最高的那块大石头上，心胸陡然阔大。万里晴明长风浩荡，凌乱的头发和衣服让我产生一种类似烈士的悲壮感。大平原在脚下像布匹一样连绵地展开，绸缎似的原野，蘑菇一样的村庄，目光有鸟一般滑翔的快意。最让我觉得不虚此行的是流经山后的运河。河道不是很宽，但河水清净，在阳光下如同一条汤汤不绝的玉带，水面上波光闪耀，不远处还有两条小渔船，一个人摇橹，一个人蹲在船头撒网，要么是收网。

我坐在山顶上，倚着大石头，尽管多年来跑了不少地方，但却很少能够安静地坐在高处向远方长久地眺望。三十多岁的人了，也许需要常常做这样的眺望。那么高又那么远，让我想起倏忽已过的岁月，一晃就三十多了，马不停蹄，两手空空，还是个孤家寡人。我看着远处两眼发呆。风声过耳，周围一片喧哗。记不清过了多长时间，山上稍稍安静了一些，山下平原的深处升腾起氤氲的烟雾。我转身的时候看到老板娘站在大石头边上，我没听到她什么时候来到这里。

"老板娘，你怎么来了？"

"找你回去吃饭呀，都三点了。"老板娘说，"我就知道你在这里，八年前我过来找过你。你还记得吗？"

从昨天晚上开始，老板娘就一直在暗示和提醒我，她的意思是我们见过，好像关系还非同一般。这就怪了，我实在想不起我们之间曾经发生过什么，我甚至都不记得在哪里见过她，只是觉得眼熟。世界这么大，眼熟的人多呢，而且漂亮的女人总让人觉得眼熟。

"你认错人了吧，老板娘？"

"不可能认错，就是你。你的声音这辈子我都忘不掉。"老板娘说，目光坚定，"八年前你和我好过一次，然后一走了之，我以为再也见不到你了。"

"你确信没有认错人？说不定那个人的声音和我差不多。你记得他长得也和我一样？"

"昨天晚上我一听到声音就知道是你了，但是这些年来我已经记不清楚你的脸了。昨晚看到你，我就全记起来了，国字脸，浓黑的眉毛，还有右耳朵上的那颗痣。"她的两手十指交叉，不停地蠕动和颤抖，显然比较激动，"不会有错的。客生长得和你一模一样，你看他的脸形和眉毛。他是你的儿子。"

我立马从石头上跳起来，我竟然连儿子都有了，荒诞。我从不记得和哪个女人有染，现在连儿子都凭空冒出来了。不过那个孩子的确是国字脸浓眉毛，可是这又能说明什么问题呢？我们在哪里见的面？儿子又是在哪里出生的？

"就在这里，左山，养蜂场旅馆。"她说，言辞凿凿，"你不记得了？八年前你和一个女孩来这里，你们在养蜂场旅馆住了一个星期。那时候养蜂场旅馆门外还有大片大片的蜜蜂，那时候火车一周才经过左山一次，所以你们只能在这里住了七天。那时候旅馆老板和老板娘都没死，他们只有一个娶不上媳妇的儿子，我在旅馆里当服务员。你不记得了？你说你喜欢我，说我长得很漂亮，我也喜欢你，你的声音是我听过的最好听的声音。那天晚上下大雨，你把我留在房间里不让出去，我们就……就那个了。"

不可能。我在脑袋里找了半天，丝毫找不到那天晚上的记忆，甚至连有关左山的记忆都找不到。我只记得摇摇八年前曾对我说过，左山是个不错的地方，有时间了我们就去玩一玩。

老板娘默默地哭了："你竟然忘得一干二净。因为你，我嫁给了这个小男人，原来我看都不看他一眼的。可是我发现我有了你的孩子，我想把他留下来，这是我们的孩子。肚子一天天大起来，没办法，我只好嫁给他了。这些年我一直盼着你回来，我想你一定会回来的，你的儿子在这里，我给他取名叫客生，一个客人的儿子。我不知道你的名字。"

她说得很伤心，为了证明我们的确曾有过一段缠绵的往事，她向我详细地讲述了那七天里发生的事情。随着她的讲述，我仿佛看到了八年前的初秋的某个傍晚，我和一个女孩在大雨来临之前来到养蜂场旅馆，身上还带着火车和煤渣的气味。老板打发一个年轻美丽的姑娘把我们带到各自的房间，那个姑娘淳朴羞涩，像一朵待放的菊花。她给我们做饭、打水，还带我们到左山附近游玩，一路小声地介绍左山和运河。那时候还有养蜂人住在山脚下，她领着我们去看蜂巢。同行的女孩喜欢到处乱跑，我却喜欢待在一个山顶的石头上看书，看一会儿书再看一会儿山下辽阔的平原。她常常在老板和老板娘的差遣下到山上来找我们回去吃饭，然后她知道我喜欢看书，知道我喜欢她。于是在大雨滂沱的夜晚，她送水时被我留在了房间，在那个古朴的房间，她说我一看到那个房间就喜欢上了，在那张雕花的老式木床上，我这个来路不明的远方客人，把她从姑娘变成了女人。若干天以后，她发现，她不仅被我改造成了女人，同时还改造成了一个孩子的母亲。

5

她的回忆如此逼真和深情,让我无法坚决否认,事实上在她的讲述中我似乎感受到了多年前的往事,但我还是不愿轻易相信,我无法接受突如其来的旧日情人和陌生的儿子,我不相信他们都是我的。因此在下山的路上,我们心里都明白,谁都没有说服谁。她已经不哭了,她说她又喜又悲,如同做了一场大梦。

回到旅馆已经五点多了,老板等得困倦,躺到床上睡着了。听见我们回来就起来了,他问我们怎么现在才回来。我说,不好意思,我给玩忘了。老板娘说,她几乎围着左山转了一圈,才在一个旮旯里找到我,要不是她把我带回来,我大概早就迷路了。我向老板点头,表示事实就是这样。他们已经吃过午饭,给我留了一份饭菜。老板让我先凑合着吃点,晚上再陪我好好地吃上一顿,他叫老板娘把那些饭菜放进锅里再热一遍。

我找不到饥饿的感觉,草草地吃了一点就上楼回到自己的房间。有点累,也有点困,我躺到床上,头脑里交替出现摇摇和老板娘的脸。我觉得这次的左山之行不免怪异，仿佛一下子坠入了巨大的不确定性之中；其实八年来，乃至三十多年来何尝又不是如此。怪异，不确定，甚至是懵懵懂懂地活到了现在，想把一生清醒明白地说出来是多么的不容易，尽管只是三十几年。正如老板娘说的，像做了一场大梦。山风从窗户里吹进来，晃晃悠悠的凉爽，很快我就睡着了。

孩子的哭声惊醒了我。我听到那个叫客生的男孩在楼下哭着叫妈妈，他爸爸要打他，因为他放了学和一群小孩在铁路边上打闹，回家太迟了。我听到老板娘说：

"不许你打客生！"

"我打我自己的儿子都不行？"老板挑起嗓子叫着，"反了天了！"

"谁的儿子都不能打！"老板娘的声音，"要打你打我好了。"

我从房间里出来，站在二楼的过道向下探出头。老板仰脸看见了我，不好意思地放下了笤帚。"让你见笑了，这孩子不听话，"他说，"下来洗把脸吧，准备吃晚饭了。"

看来时间不早了，我一觉睡到了黄昏之后。院子里上了黑影，老板娘和客生一起抬头向楼上看，在朦胧的光线里我看到了客生的脸，他的长相和我小时候的确有几分相像。

晚饭十分丰盛，各样的小菜摆满了一桌子。老板要陪我多喝几杯，他说我这样的客人不多，不像有些经过左山的外地男人那样小气巴拉的，住进旅馆像进了贼窝似的，时刻提防着他们。而且我脾气也好，能够随遇而安，对住宿和伙食也不挑剔，大城市里来的人，不容易啊。

"我和老婆可是把你当成家常的客人来对待，你不要太客气，"老板说，端起酒杯，"来，我们再干一个。"

我和老板干掉了一个又干掉了一个，一杯一杯地往肚子里送。酒杯很小，喝了一串也没什么感觉。这几年在外跑惯了，常在包里装一瓶老酒，一个人寂寞了就喝上几口，没想到酒量也跟着大有长进。老板娘坐在我右边，一直看着我喝，不时替我和客生夹菜。她让客生坐在我对面，抬头就能看见，他的国字脸，他的浓黑的眉毛，他在我看他的时候腼腆地低下头去。老板娘大声说着客生的名字，还让他向我这个叔叔学习，好好读书，将来想到哪儿玩就到哪儿玩。我从她的声音里听出了兴奋和苦涩的味道来。

老板娘的做菜手艺不错,可惜她和客生吃得不多,我们还在喝酒他们娘儿俩就离开了。客生要睡觉,她也说有点疲倦,让我们继续喝,她想歇一会儿。

老板说:"你们娘儿俩先睡吧,吃完了我来收拾。这位老兄好酒量,我陪他好好喝上一回。"

我们继续喝,一边喝一边瞎聊。十点半钟那会儿我还清醒,去了趟厕所回来接着喝。酒一喝多就管不住自己的舌头了,哥俩好的意气似乎也上来了。老板问我老婆孩子情况,我说哪有那么多累赘,现在是一人吃饱全家不饿,所以才能到处乱跑,图个轻松自在。

"这话就不对了,老弟,"老板舌头开始打结,摸着小胡子说,"老婆还是个好东西,就像你老哥我,这辈子最得意的事不是从爹妈手里继承了这家旅馆,而是有了这么个看着就让人心疼的老婆。有老婆好啊,没老婆的光棍日子不好过。你就不馋女人?"

我说:"还行。一个人过惯了也就没什么了。"

"不一样的,老弟,当年我光杆一条时也这么想,可还是觉得不对劲儿。我的一个修理电器的朋友给我出了个馊主意,在旅馆的床下放了一台录音机,他捣鼓了一阵说能用了。只要床上有两个人，床垫中间的地方就要下陷一部分，恰好接触到录音机的录音键，床上什么事都录得清清楚楚明明白白，那段时间可真是让两只耳朵过足了瘾。对，就是你现在睡的那张床。我录了好多盘带子哪，后来出了问题，我去打开录音机时发现磁带不见了。我吓坏了，心想一定是被我爹妈发现了，就等着挨骂吧。他们竟然没再提这事，我也不敢了，赶快把那些磁带都给销毁了，也不需要了，那时候我老婆终于同意嫁给我了。嘿嘿，你老哥我终于熬出头了，床上有个水灵灵的漂亮媳妇啦。"

老板提到老板娘就眉开眼笑，一脸为人夫的幸福的皱纹。我说："老板祝贺你呀，兄弟我还得继续熬，熬个像老板娘这样的媳妇守在身边，也过上个他妈的幸福的后半辈子。"

我喝高了，舌头都大了。两个人又断断续续地喝了半瓶，胡说了一通，回楼上睡觉的时候已经听见左山的公鸡叫了。上楼时我看了一眼老板娘的房间，灯还亮着。进了房间我就倒在床上，有那么一会儿清醒了一下，从床上探出脑袋向床底看，什么也看不见，没有录音机。熄了灯，连脚都没洗就呼呼睡了。

6

第二天又是上午十点左右醒来,后脑勺有点疼,精神倒是很好,神清气爽。窗外又下雨了,噼噼啪啪的大雨点落到左山上,敲出了一个含混的左山的轮廓。我听到老板娘的脚步声越走越近,敲了两下门她就推门进来了。

"昨天晚上没喝醉吧?"她说,把一碗冒着热气的蛋汤放到写字台上。

"还好。老板怎么样?他喝了不少。"

"他呀,酒鬼一个,睡一觉什么事都没了。去他姐姐家了,说好了今天给他姐姐送药的。你喝点蛋汤。"

"谢谢老板娘,先放着,饿了我再喝。"

"别叫我老板娘,叫我小艾,"她坐到了我的床上,神情立刻黯淡下来,眼里又充满了泪水,"八年前你就是叫我小艾的。你怎么什么都忘了?昨天晚上我一直在听你的声音,我不会认错的,不信你听。"

她从口袋里拿出一个廉价的小随身听,摁了一个键,我听到了一片嘈杂的声音。雨声,床铺声,男人和女人的声音。像来自遥远的地方，穿过风沙之后的声音，落满了尘土的陈旧之声。

男声说："不要走，小艾。留下来不要走。小艾我喜欢你。嗯，嗯，不要走。"

女声说："别这样，不行。我害怕，我连你的名字都不知道。别，嗯，嗯，我、我也喜欢你。"

接着一阵床铺的嘈杂声，女声低声地叫了一下，然后是床铺和雨声的底子上来回重复的男人和女人的压抑的喘息声。

那声音旧了，残缺了，听起来总不饱满，尽管男声里还存着类似生铁一样的质地，有点像我的，但说实话，我不能肯定那就是我的声音。按老板娘的意思，那女声是她，那时候她叫小艾。但声音显然和现在有所区别，区别在哪儿，我也说不好。就像一件事众口相传之后，多少变了样，变在哪儿，也说不清。可此刻，老板娘涨红了脸，泪水经过鼻翼流到嘴里。而我却满脸疑惑。

"这盘磁带这些年我一直珍藏着，过几天我就要听听这个声音。这些年我不停地翻录，防止它坏掉，声音已经变化了不少，可我还是能听出你来。就是这个声音把我的一生都改变了,还给我留下了一个孩子。"老板娘幽幽地说,"可你还是不承认。我等了八年了,常常盯着停下的火车门看,希望你能从那些打开的某一扇门里走下来。现在你来了,却装作是个陌生人。"

"这就是他当年偷偷录下的磁带?"

"是的。你和那女孩走后,我来到那个房间,想找到一点你留下的东西,就在床底发现了录音机,取走了这盘磁带。"

"不可能!"我大叫着,抢过随身听,"我要再听一遍。"

我仔细地又听了一次,不放过每一个细节。和刚才听到的一样,生铁一样的男人的声音和老板娘的声音,那时她叫小艾。男声和她的声音的所有者激情四溢的男女之事。此外是八年前的风声、雨声、床铺声。在录音结尾时,突然出现了一个异声,是我刚才所忽略的:混杂的声音之外一道清晰的开门声,然后是一个女声叫了半截的"啊",后半声被捂在了嘴里。那短促的半个声音让我出了一身的冷汗,有点像摇摇的声音。我把磁带倒回去重听,又不像了。来来回回听了五遍,还是不能肯定。可是,有几个人惊恐地喊叫时发出的还能是自己正常的声音。

我茫然地看着泪流满面的老板娘,她像一个小学生在等候老师的正确答案。我放下随身听,缓慢地抱住了她,录音里的多年前的一个颤抖的好身子。

她抱着我说:"我等了你这么多年了!"

我们抱成一团。时光在这个雨天的上午缓慢地流逝。我在她的身上看到了八年前的那个夜晚,如同在想象里一般,在古朴的客房里,我和一个名叫小艾的女孩身心凝结一处,我叫着她的名字,呼吸此起彼伏,然后是陈旧的风声雨声一起涌来,床铺欢腾。左山静静地矗立,河水在窗外流淌。突然,一声清醒的开门声,吱呀,一个人叫了起来:

"啊——"

我惊怵地回过头,打开的门前站着旅馆的老板,那个干瘦的小个子男人,两眼圆睁,嘴巴洞开,右手放在他的胡子上。

2003 年 4 月 11 日,北大万柳

我们的老海

胡小鱼让我五天后到她家去,我就五天后去了她家。夏天的鲨鱼镇是个好地方,中巴车还没正式进入镇子,我就闻到了海风清凉的咸味。整个车子里都是宽阔的大海的味道。我旁边几个戴草帽的渔民说,又有几艘船回来了,各个装得满满的,这趟发了。我就想起革命歌曲里唱的,清早船儿去呀去撒网,晚上回来鱼满舱。当然他们不是,他们是大船,出远海,要十天半个月才能满载而归。这地方是个海边渔镇,很多人都靠出海捕鱼为生,听小鱼说,有的船胆子大,都跑到韩国日本去了,私下里跟外国人做生意。有鱼卖,有生意做,所以日子过得很不错。

我在镇子中心下了车，靠着不锈钢的大鲨鱼雕塑给小鱼打电话。一个男声接的电话，用的是气呼呼的方言，谁？

"我找胡小鱼。"

电话传递过去的声音，然后是小鱼。我说我来了，在大鲨鱼的阴影里躲太阳。

"等一下，我去接你。"

关掉手机，我掏出一根烟。整个镇子被两条交叉的水泥路分成四块，路面宽阔，不比城里的马路差。我总觉得路面上有星星点点的小东西在闪着银光，盯着一个跑上去看，是落在路上的鱼鳞。两边的房子也不错，很多粉红色和海蓝色的小楼房。一根烟刚抽完，一个黑红脸膛的年轻人骑摩托车过来了，摘下墨镜问我是不是小鱼的朋友，我点点头，他就咧开大嘴呵呵地笑，用力地和我握手。

"我叫海生，"他帮我把旅行包拎到车上，让我上车，"小鱼是我老婆。"

"哦，"我说，"我在别的地方做了个社会调查，顺便过来玩玩。打扰你们了。"

我不知道我为什么要迫不及待地告诉他，我是做了个社会调查之后路过他们家的。这是小鱼教我说的，见了她丈夫就说，我只是调查之后顺道经过这里。她让我到他们家看看。我答应了，我想看看这里的海。

如小鱼所说，海生是个沉默寡言的人。除了刚才的那句话，摩托车发动之后他就一声不吭，车速很快，在我看来有点野。太阳明晃晃地挂在头顶上，我们的影子连成一体在路上跑。我觉得得找点话说。

"最近没出海？"我问他，"听小鱼说，你是镇子里最年轻的船老大。"

"呵呵，就是个打鱼的。刚回来，过几天再出去。"他的嗓门很大，火热的风在耳边像大水一样哗哗地流，声音小了听不清楚。

"哦。打鱼好玩吗？"

"就打鱼呗。出海，拉网，再回来。"

"哦。"我好像找不出问题要问了。他不是一个能激起别人问问题欲望的人。

车子又跑了一会儿，他主动开口了，声音低了下来，不过我还是听得很清楚。"我们在吵架，她还说要离婚。"停了一下他又说，"你是她朋友，你帮我劝劝。"

"你不想离？"

"当然不想。"

"哦。"

太阳真晒,我摸了一把脖子,全是汗。到家了,是一栋六层的海蓝色住宅楼,他们家在二楼。看来渔民的确很有钱。他锁上车,坚持要帮我拎包,不让拎都不行。上楼之前,他又红着脸让我帮他劝劝小鱼。我点点头,说,哦。

小鱼显然是刚刚才化了妆,我想海生一定看得出来,隔着防盗门我就闻到她身上散发出来的新鲜的脂粉和香水味。我觉得小鱼做得太明显了,有点过。

"你来了,"她在自己家里反而有些羞涩和生分了,开了门就把手放到身后去,看上去完全是个城里的女孩子,"调查做得还顺利?"

"还行,但是整理起来恐怕很麻烦。"我拍了拍旅行包,"记了很多草稿,还有录音带,够我忙上半个月的。"

我到卫生间洗了个脸,站到电风扇底下正对着吹,舒服多了。小鱼说,等一下她给我切西瓜。她刚说完,海生就去拉冰箱的门,西瓜吃完了。"西瓜吃完了,"他歉疚地对我笑笑,"等一下,我下楼去买。"我说就不麻烦了,喝点水就行了。海生还是出去了。

小鱼说:"让他去。"

海生盘旋而下的脚步声越来越小。小鱼侧着耳朵听,突然迎上来抱住了我,电扇吹乱了她的长头发,把我的整个脑袋都包在了乱发里。我的耳朵也竖起来,门外静悄悄的,我们找到了对方的嘴。在她家里接吻让我觉得时间过得太慢,我不得不推开她来喘口气。

"回来了就开始吵架。"她一边整理头发一边对我说。

我没说话,走到镜子前看嘴上有没有口红,然后闻到自己脸上蹭到的香味,只好又去卫生间洗了一次脸。

"你不希望我同他吵架?"

"这是你们俩的事。你有吵架的自由。"

我把电扇转了一个方向,像什么事都没发生一样坐到沙发椅上。沙发椅不错,看起来像是红木的。小鱼穿一件我最喜欢的连衣裙,她特地带回来的。风鼓起裙子,一个有点热的女人站在我面前,有那么一会儿,我想抱住这个身体,把额头放在她的小腹上。可是她的丈夫回来了,抱着两个大西瓜噔噔噔跑上了楼。

因为我的到来,他们两人至少表面上不再吵了。我跟小鱼说了，我不是来听他们俩吵架的。

"那你是来干什么的？"她问我。

"看海。"

"真的？"

"真的。"

我一本正经地说。我真的想来看看海。

这么多年我只看过一次海，很小的时候，父亲带着我去一个海滨城市看病，顺便去了一趟海边。那时候甚至连"海"和"江"的区别都不懂。我只看到了一片起伏的大水，无边无际，远处有轮船，水面上有白色和灰色的大鸟飞来飞去。耳朵里是水波涌动的声音，身上是病痛。那次看海只是一瞥而过，我连海水都没能用手摸上一下。小鱼说，她家的旁边就是海，从小在海边长大，她父亲当年是镇子上最威风的船老大，现在老了，把船老大的位子给了她丈夫，海生成了鲨鱼镇最年轻的船老大。她这近三十年里，看得最多的就是海，任何时候的海都见过。原始的海，人工经营之后的海，都看了个够。镇上在海边开辟了一部分休闲旅游区，供游人和附近的居民游泳消夏，还取了个响亮的名字——"小北戴河"。

"我带你去看老海。"听说我对海感兴趣,小鱼对我许诺不下二十次。

她把身边的海叫"老海",他们都这么叫,充满了敬畏和家常,他们的食物和生活都从那里面来。老海。

"老海有什么好看的?"海生刚进卫生间,小鱼就凑过来,抱着我的头,把我的额头放到她平坦的小腹上。她知道我喜欢这样深情的动作。她说:"人不比海好?"

我歪着脑袋看看关上的卫生间门,里面传来她丈夫水流的声音。在水箱响起之前,我推开了小鱼。我总感觉不对劲儿,在她的家里和她在一起,我放松不下来。这里是她的家,旁边不时地总要坐着她的丈夫。我对这一切感到陌生,对小鱼也觉得陌生,似乎她已经不是那个出现在我的生活里的胡小鱼了,而是一个渔镇上的年轻的女人,一个船老大的老婆。

晚饭理所当然要吃海鲜。本来海生要下厨的,他对海鲜太在行了,但是小鱼说她来做,要让我这个朋友尝尝她的手艺。我说好,吃上正儿八经的海鲜机会不多。小鱼进了厨房,我就和海生隔着茶几聊天。

"冰箱里的海鲜已经少多了,你要是早几天过来就好了，那会儿出海刚回来，什么样稀奇的东西都有。"

"对我这个过路的食客来说，有的吃就已经很感激了。"

"不行，你是小鱼的朋友，一定要招待好。我们这穷地方别的没有，海鲜不缺。明后天就有几艘船回来，我们请你吃最新鲜的海货。"

他的笑还是有点腼腆，端茶杯的时候都能看到胳膊上大块大块黧褐色的肌肉，这是一个被海风吹透的汉子。他一个劲儿地让我喝茶，除了这个他好像就不知道说什么了。憨厚的沉默让我不安。

"海上的生活还好吗？"

"怎么说呢，还行吧。老海就像个人似的，你能说一个人好还是坏？打鱼的总得出海。"

他总是让我无话可说。我们端着茶，看着电视上有人在蹦蹦跳跳地唱歌。时间过得真慢，但我们得等下去，直到小鱼把晚饭做好。我们得把这些空白的时间打发掉。

"听说老海很好玩。"连喝了三口茶，我重新挑起了话题。

"他们说是'小北戴河'，呵呵。"

"这个名字好啊。"

"噢,小鱼说了,你是来看海的。"

"对,我很喜欢大海。"

"看老海方便,吃完饭我们就去,还能游泳呢。"

"好。"我说,把第三杯茶喝完了。小鱼从厨房里出来,对我们挥挥手里的铲子,晚饭终于做好了。

喝了一点酒。海生喝了不少,他能喝,出海的人都能喝,口袋里经常装着老烧和二锅头。他没让我多喝,也没让我多吃海鲜,他说这些东西不少都生长在深海里,性寒,乍吃海鲜的人扛不住,吃多了要拉肚子。小鱼开始还打算让我多吃点,也不敢勉强了。那顿饭我吃得多少有点矜持。

晚饭后已经七点了,我们决定去海边。步行到海边大约要二十分钟,摩托车不用五分钟就到了。我建议步行,小鱼说太远了,我坐了一天的车,还是省省吧。海生就去楼下车库里推摩托车。我坐在海生身后,小鱼坐我身后,抓住我的衣服。傍晚的海边小镇很凉快,风从空旷的大海上吹过来,清凉宜人,伸出舌头到空气里都能尝到咸味。车子沿海滨大道向前跑,一边走,小鱼一边向我介绍路边的景致,比如哪家小店铺不错,她在里面买了什么东西;

哪家服装店还可以,她看中了其中的某一款。然后就是一条河道,这次是海生介绍了。他指着河道里的一艘大船说:

"那就是我的船。"

那艘船让他成了意气风发的船老大。海生说,那条河道是人工开凿出来的,引的是老海的水,归来的渔船都停在河道里。河道里有好多艘船,大大小小的不同,水很浅,所以每次要出海,必须在老海涨潮的时候,海水漫进来,河道里的水不断上涨,这时候把船驶出河道。他把车速放慢,指指点点向我介绍他的渔船,在一群渔船里,他的船俊朗雄壮,威风八面。正说着,他突然停住了,车子猛地颠簸了一下,差点翻倒在路边。我本能地抓住了小鱼的手,不知道什么时候她不再是抓着我的衣服,而是抱着我的腰,我分明感觉到她的胸部挤压在我后背的力量,她的呼吸在我的脖子边上。我看了一眼后视镜,在镜子里我的目光和海生的撞到了一块儿,他在盯着后视镜,显然看见了小鱼抱着我的腰。我赶紧用胳膊肘碰碰小鱼,让她把手臂松开。

现在该说说老海了。

我终于又一次看见大海了。不是我少见多怪,实在是壮怀激烈，波涛浩荡一直连到天边。很多人在海边乘凉，一部分人在水里游泳。更多当地的人源源不断地穿过度假村的大门来到海边。度假村就是一个大院，有宾馆和饭店，更多的是兜售纪念品的小商贩，他们在贝壳海螺上拴了一条红线就挂在遮阳伞下卖。现在老海正退潮，退得慢慢腾腾，尽管在退，看起来依然是前进升腾。一个个浪涌上来，掀起来，落下像拍打，浪花碎得如雪。满世界都是涛声，喧嚣的人声都被掩盖了。只有老海，从脚底下开始，直至无穷到天边。我想着海生光着上身站在甲板上的风里，指挥一条大船在浪里走，天苍苍，水茫茫，背影都觉得是个大男人的样子。这样一来，我对海生的感觉莫名其妙地就好多了。我希望能听他即兴地说说海上的生活，但他沉默不语，一个人远远地坐在沙滩上，低着头用手指在沙上画。

　　我和小鱼只是在沙滩上走了走，没有游泳，小鱼说现在海水凉，下了水很可能会感冒。我喊海生一起散散步，他不去，说哪天不看海，然后索性躺在了沙滩上。天渐渐暗下来，摄影师抓住最后的一点天光要给我们照相。我不想照，小鱼坚持要照，咔嚓一下，照片慢慢从机子里吐出来，我看到我们俩像情人那样紧密地挨在一起，我们都在笑，背后是幽暗的老海。我把照片藏在口袋里，回去后塞到了旅行包里。

照完了相，我想早点回去，小鱼说早呢，你看人家都在，再走走。我们继续走。很快就走过了"小北戴河"划定的区域，到了一道坝子另一边的野海滩上。那里的人不多，都是两个两个走在一起，或者抱在一起，一看就是情侣。海风吹着还有点冷，小鱼挎上我的胳膊，整个人朝我怀里靠。我们赤着脚，踩到一个个干枯的小贝壳上。

走不远就看到水中三所方方正正的石屋子，各有一尺多的石壁淹没在海水里。我们走上去，伸头往空屋子里看，黑洞洞的，海水拍击墙壁发出沉闷的轰鸣。

我问小鱼："这房子是干什么用的？"

"我还没出生就在了。是碉堡，海防用的，当年为了防止日本鬼子再打过来，整天有人待在小屋里站岗放哨。"

"怎么成了这样？"

"后来就废弃了。就是真打过来，这东西也派不上用场。原来是在海岸上的，被海水冲刷，一点一点地往下滑，几十年了，就陷进水里了。我小时候经常在里面玩，那时候海水还进不去。"

哦。物是人非，老海也会变。

"进去看看？"小鱼说。

"算了，"我看看表，八点多了，天差不多要黑了，"你老公要等急了。"

小鱼咕哝了一声，生气地甩下我的手，一个人跑在我前面往回走。海生躺在那里睡着了，至少看上去是睡着了，听见我们叫他，大梦方醒地坐起来，问小鱼现在几点了，说他不小心睡着了。

回到家，都不太说话，轮着去卫生间冲了个澡。洗完了我就进了小鱼给我收拾好的房间，打开电视看了一会儿无聊的节目，十一点的时候就打算躺下了。我听到他们的房间里两人在争论什么，听不清楚，好像又吵架了。过了一会儿，小鱼推门进来，穿一件肥大的睡衣，胸罩都没戴。她坐在我床边，散发出身体的暖香。

"又吵架了？你这样过来不太好吧？"

"没吵，"她说，"他说你好不容易来一次，想带你到船上去玩。我说你恐怕受不了，就在海边看一看，游个泳就差不多了。他觉得不好，你是客人呢。"

"不会吧？他知道了不想掐死我才是怪事。"

"他实心眼，当你是我朋友。"

但愿如此，也许我神经过敏了。我的手从她的睡衣里伸进去，闭上眼，微微沁出汗的皮肤，有一瞬间我都觉得这就是我的女人的身体。海生的咳嗽声传过来，我缩回了手。

"快回去吧。"

第二天上午起得都很迟，随便吃了点东西垫垫肚子就中午了。等着小鱼做午饭。吃饭，海生陪我喝了点酒。一喝就多，喝过了就想睡觉。午觉。醒来已经下午三点半了。太阳很好，海生说这会儿海水的温度正适宜游泳，建议我们去游泳。我当然乐意，我从没在海水里游过泳。找到了泳衣下楼，摩托车后轮有点瘪，撑不住三个人的重量，我说我就骑自行车吧。小鱼不同意，说天太热，骑自行车又慢，还不给烤成乳猪，她让海生去修理铺充点气。我们在楼下的阴凉里等。一根烟的工夫海生回来了，后轮还是有点瘪。

"三个修理铺我都跑了，一个都没开。"

我笑笑说："没事，我就骑自行车。"

"还是我来吧。"海生说。

"我来。我没玩过摩托车。"

大太阳底下蹬自行车不是件好玩的事,好在路不远。很多人在游泳。涨潮快结束了,昨天走过的那些沙滩大部分都淹没在水里,老海里满满当当,岸边堆满了泡沫。我们换好了衣服刚打算下水,海生突然说他得回去,过两天就要出海了,他得把准备的任务吩咐下去,让手下的人分头去采买必要的食物、冰块,还得提前把渔具准备好,该修的修,该换的换,该补充的补充。

"实在不好意思,不能陪你了。"海生说。

"该我不好意思,耽误你正事了。你忙你的。"

小鱼说:"你去吧。游完了泳他骑自行车带我回去。"

海生拍了拍我的肩膀,说:"那好,就辛苦你了。"他的力气可真不小。

就剩下我和小鱼,这大概是我们两个人都希望的。海生骑上摩托车回去了,看不见人影了我们才下水。在岸边游。我不敢往深水里走,奔上岸来的一个个海浪让我心里没底。我们不约而同地往人少的地方去,除了脑袋,身子都藏在水里,手逐渐钻进了对方的泳衣里。

"这就是海,"在远离人群的地方我抱住了小鱼,对她说,"我们在海里。"

小鱼闭着眼迷迷糊糊地说:"老海。"

在海水里泡了一阵我们就上岸歇一歇,躺在沙滩上晒晒太阳。有人离开老海,有人加入进来,总体上人数开始减少。夕阳将尽的时候我们终于翻过了大坝,到了另一边的野海滩。只有屈指可数的几个人,一两对情侣,几个捡刚落潮留下的贝壳的孩子。我们的身体已经被海水泡白了,手上起了皱。石屋有一小半淹没在水里。

终于,太阳消失了,西半天的云霞落进老海,一半是海水,一半是火焰。我们都不说话,装作捡贝壳的样子来到中间一个石屋前,低着头钻了进去。进了石屋,海水到我们膝盖以上。我们就像一对盼望已久的野兽抱住了对方,石屋里光线暗淡,我们相互寻找,剥落,相互呼唤对方的名字。海水涌进石屋,前赴后继,波浪与石壁相击之声巨大,我们如同置身在一座大钟里面,无边无际回旋的海的声音,仿佛整个老海都涌进了石屋子里。然后小鱼的声音在我耳边响起,越来越大,直到盖住了大海的声音。

从石屋子里出来,天已经上了黑影,野海滩这边空无一人。隔着大坝,有人在尖叫,有人在大笑,纳凉的人玩得很热闹。我们翻过大坝,"小北戴河"又聚集了很多人。没有人知道我们从哪里来。

回到家海生正在做晚饭,听见门响,一身大汗地从厨房里出来。"怎么回来这么迟?"

"遇到一个老同学,拉住了就不放手,我都给聊烦了。"

"快洗个澡冲一下海水,晚饭快做好了。"

女人撒起谎来眼皮都不眨一下,海生却这么好客,他们都让我愧疚。

晚饭是一次丰盛的海鲜大餐。海生刚从海上回来的朋友那里拿来的,最新鲜的,品种繁多,他说要请我尝尝他烧海鲜的手艺。

"今晚一定要好好吃一顿,"海生说,"没时间再做这么多菜了。这几天我都忙,得把出海前的准备做好,他们几个张罗我还是不放心。"

那是我有生以来海鲜吃得最多的一次,也是喝酒喝得最多的一次。小鱼的丈夫在那次饭桌上热情得不得了。他说我来一趟不容易,他不能陪我好好玩玩,很对不住,那就多吃点,多喝点。他一个劲儿地给我倒酒和夹菜,我只能领受,这是男人好客的方式,尽管不太能喝,我还是很喜欢。海鲜吃得更多，的确是新鲜的，海生做得又好，味道完全胜过小鱼的手艺。

小鱼说："海鲜他吃多了会受不了的。"

海生说："这两天都在吃，应该习惯了。再说，喝酒不吃海货怎么行，是不是？"

我说："是。要吃。"

我和海生推杯换盏，大口喝啤酒，大块吃海鲜，直吃了个肚子鼓鼓。实在是痛快。到了睡觉时，还觉得酒肉依然堆在嗓子眼那里。一夜无事。凌晨五点钟左右，觉得肚子有点胀痛，去了一趟卫生间，蹲了一次觉得好多了，我想可能是消化不太好。回房间继续睡，再次起床去卫生间已经七点半了，他们都出门了。小鱼在客厅的桌上留了个条，说海生一早就到县城买渔具去了，她出门买菜，一会儿回来，如果我起得早就等她回来做早饭。

我开始拉肚子，一趟一趟往卫生间跑。小鱼上午九点钟回到家，我已经跑了七趟，每次都是迫不及待地奔向马桶，倾泻完毕觉得神清气爽，可一提上裤子不到三分钟又不行了，肚子里像涨潮一样叫唤，还疼，换着地方疼。小鱼开门进来时，我刚从卫生间里出来，那时候已经没法神

338

清气爽了,两腿发软,身体发虚,浑身冒着莫名其妙的冷汗。

我大病将死的样子把小鱼吓坏了,她赶紧扶着我坐下,"怎么回事?哪儿不舒服?"

我觉得我一定是在惨笑,"腹泻。我用光了两卷手纸。"

小鱼扑哧笑了,心疼地说:"让你逞能,这下好了。"她扶着我躺倒在沙发椅上,到橱子里给我拿药。她倒了两粒药丸让我服下,"这药效果特别好,吃完了就没事了。"

吃了药躺着,我一动也不想动。小鱼抱着我的脑袋,抱怨我这肚子拉得不是时候,刚有机会单独在一起了,我就成了个软绵绵的病秧子。她要做早饭,我说算了,就是龙肉和圣水我也没兴趣了。我连抱一抱她的力气都没了。可是我还得坚持起来上厕所。又得去了。事实上那两粒药丸一点作用都没见着,反而更厉害了,三五分钟就得去一次,到了十点多钟,我觉得我连提裤子的力气都没了,真想干脆坐马桶上算了。小鱼很气愤,这药的效果她是知道的,很多亲戚来她家,吃多了海鲜拉肚子,一吃就停,偏偏对我不管用。她觉得我们不能再待在家里了,必须去医院。幸好医院不远,我还坚持得了。

医生先给我开了药,让我服下,接着让我挂水,跑了这么多次厕所，我已经脱水了。拿到药小鱼就叫开了，说那药不行，在家就吃这个，不但不行，反而加重了。医生不信，说那是治疗暴食海鲜导致腹泻的特效药，怎么可能没效果。小鱼把药打开，才发现医生开的药和她家里的药根本不是一回事，形状都不同。我吃了药，开始挂水。小鱼让我等一下，她回去把家里的那瓶药拿回来检验，医生说，那不是止泻药，而是清肠败火的，跟泻药差不多。听得我头皮一阵阵发麻。

吃了两次药，挂了两瓶水，感觉总算是活过来了，腹泻止住了。

傍晚时分海生从县城回来，见到我有气无力地躺在床上，问我怎么回事。

"还说呢，"小鱼抱怨，"你差点把他害死，非让吃那么多海货，拉肚子。还有，那止泻药怎么成了泻药？"

海生愣了一下，说："什么泻药？我不知道啊。我从不生病，那些装药的瓶瓶罐罐我都多少年没碰过了。"

小鱼说："怪了，没人动，药还会自己变？"

"这事就不管了，反正病也好差不多了，"我说，"海生兄太好客了，本来打算玩上两三天就回去的，现在看来不行了，一点力气都没有，哪儿也去不了了。"

海生说："没事，没事。养好了身体再走。"然后去了客厅，从冰箱拿出一瓶冰镇的啤酒，对着瓶嘴一口气喝光了，喝完了对自己说，"渴死我了"。

接下来的两天我什么事都没干，就歇着。吃饭、睡觉，看看电视，和小鱼聊聊天。想干点什么也干不了，身体发虚，胳膊腿都使不上力气。海生还是到外面跑，为他即将出海做准备。不同的是，他回家的次数多了，一会儿工夫就回来一次，而且没有任何规律可循，有时候刚下楼又折回来，说这个忘记拿了，那个丢在家里了，或者买了什么东西送回来，或者回家查一个电话号码，给某人打个电话。刚开始，他出门以后小鱼还关上门，后来我让小鱼别关了，省得来回开门麻烦，越关门他回来得就越勤。小鱼很生气，说：

"你说我怎么能不和他吵架？"

我说："你这样，他怎么能不翻来覆去地往家跑？"

"我怎么啦？还不是因为你！"

"关我什么事？我可是来看海的。"

"你再说！"她不高兴了，上来掐我的脖子，"你想看海到别的地方看去。"

"那不行，这地方的海不是胡小鱼老家的海嘛。"

她又高兴了，往我身上蹭。我指指大门，推开她，"跑了一天的厕所，我都快成了废人了。"我说。我担心海生说不准什么时候又杀回来一个回马枪。我知道他怀疑上了，也猜到了。昨天晚上我到旅行包里找剃须刀，发现行李的位置和原来不同了，我从来不会把剃须刀放在背包的最底下。我又看了看背包的夹层，钱包、卡和笔记本都在，夹在笔记本里的照片不见了，就是我和小鱼在海滩上的那张合影。我把包翻了个遍也没找到。这事我没告诉小鱼，也没问海生，说了出来他们又会吵，大概我连休养生息的机会都没了。

第三天总算恢复过来了，觉得胳膊腿又成了自己的了，我想看看涨潮，看完了就该收拾一下离开了。早上在饭桌上，我提出了我的愿望。

"没问题，"海生说，"午饭后我们就去，正好开始涨潮，是个大汛。再陪你游个泳，明天我也要出海了。"

午饭后简单睡了个午觉，一起到老海去。摩托车后轮还是瘪的，我骑自行车。海滩上聚集了不少人，一些人是来游泳的，更多的是来看涨潮的。老海正涨潮，一浪浪缓缓地涌上来，海滩上的水位逐渐升高，整个大海像一块蔚蓝色的陆地被一点点抬升起来，孩子们光着屁股跑在最前头的浪花里，追逐着叫喊。这就是海涨潮，世界开始动荡不安。

换好衣服，我们准备下水。小鱼说："要不要租个救生圈？"

海生说："哪有大男人抱着个救生圈的！你不会游泳吗？"

"还行，"我说，"就在海边游游，要救生圈也没用。"

小鱼租了一个救生圈，我们下了水。慢慢往前走，太浅了游起来别扭。真正涨潮的时候我才发现，实际上海浪不是孤立简短地一浪一浪冲上岸来的，而是一排一排地向前推，前面一排刚过去，后面一排就跟上来，波峰、波谷，又是波峰、波谷，连绵以至不绝。我们继续往前走，游游走走。对着这些陌生的排浪，我多少有些恐惧，但是脚还能踩着底，旁边有小鱼，前面有海生，他如鱼得水，远远地游在我们前边，所以还是敢于继续向前。为了不给海浪冲上岸去，小鱼把救生圈举起来，一直到了海水升上了我们脖子处才停下。

"不能再往前了。"小鱼说。然后她用手围成喇叭形喊海生，让他回来。海生在远处游，那里的海水一定能够没过头顶。

一会儿海生就游回来了，他在我和小鱼身边换着花样游。尽管不是特别标准漂亮的泳姿，但实用，一看就知道是和海水玩熟了的人才具备的。他不太说话，懒洋洋地从这边漂到那边，那些浪没法把他推到哪一边去。小鱼和所有女人一样，大一点的海浪涌过来就高声地叫，显得很开心，有时候我们的脚在水底下会勾连到一起。叫完了她就向我讲小时候的事，捉螃蟹，捡贝壳，划小船，游泳，当然还有几次历险，就是她有两次在老海里游泳，差点被淹死掉。

太阳被云层遮住，有一块巨大的乌云从东北方向飘移过来。露在海面上的脑袋此刻也凉快了，是那种让人振奋、催人奋进的凉快。

"往里游游吧，脚够不着底，上上下下全裹着水游着才舒服。"海生建议我们再往里走。

"算了吧，就在这里玩也挺好的。"小鱼不赞成我们过去。

"怕了？"海生笑着说。

我想了想，说："走。"

小鱼改变不了两个男人相同的意愿。她抱着救生圈，我和海生一人拉着一边，把她往深水里拉。脚踩不到底了，周围全是水，海生游得比我快，他不停下我也不能停下。我们被浪托举起来，又被抛下去，缓慢地，曲折地，感觉有点像在梦里。游泳的人群离我们已经很远了，这里只有我们三个。小鱼让我们放下她，她抱着救生圈自己玩。我和海生自由地漂游。

天陡然变了，刚才不过是乌云遮住了太阳，现在云层急剧增厚，黑沉沉的，像墨汁泼到了宣纸上，迅速蔓延了大半个天空。我们的头顶一片蓝黑。涨潮的速度明显快起来，浪开始变大，海浪高高地卷起来，如果不躲开，完全会劈头盖脸地砸下来。我开始害怕了。

"回去吧。"我对游在我旁边的海生说。

"这会儿刚有点意思，潮开始上得猛了。"

我觉得划水和踩水都有些费力了，可是海生还是不愿意回去，他在海水里如履平地。小鱼被海浪慢慢地往岸上推，在浪头落下的时候向我们摆手。她也不害怕，她和海生一样，是在老海里长大的。

我被一个浪头呛了一口，咳嗽半天才说出话来，我对海生说："说实话，我挺喜欢你这样的性格和生活的。"

海生抹掉脸上的水："说实话，我不喜欢你。"

我只能笑笑，我怀疑他都看不见我的笑，又一个浪头砸下来。我觉得累了，手脚一旦停下来我就会沉下去，或者被水冲走。我想撒尿，但是离岸还那么远，只好调整一下泳裤撒进了老海里。不知道是那泡尿惹怒了老海，还是我心理出了问题，撒完尿立刻觉得周围不对劲儿了。天上开始打雷，远处还有闪电，光和电沉沉地压下来，就在头顶上不远的地方。浪也跟着大起来，身后涌起的浪头巨大，像一排排并列奔跑的马群，昂首嘶叫。我的恐惧立刻填满了嗓子眼，心跳如鼓，我从来没有那么恐慌过。无处立足的恐慌，整个世界动荡不安的恐慌，泱泱大水漫到鼻子底下艰于呼吸视听的恐慌，它从头到脚在瞬间贯穿了我。

我知道我输了。我不想再和海生耗下去了，开始往岸上游。

我好像还听见了小鱼在声嘶力竭地喊我们的名字。雨点和海浪一起砸下来。我被埋进了沸腾的海水里,当我想从水里钻出来的时候,觉得一只脚被什么抓住了,拖着我往水下拽,我惊慌地转过脸,只有海水,海生不见了,我用一只脚去蹬,那只脚也被抓住了,整个人失去了平衡。我的脑袋嗡的一声,我想我要完蛋了。我被拖着往下沉,张开嘴想喊,大海进入了我的嘴里,然后是食道和胃,最后进入了整个身体。双脚被抓得那么紧,挣扎一点儿用都没有,火辣辣的海水不停地往鼻子和嘴里灌。世界开始变暗,我觉得心跳在某一瞬间突然停滞了,眼前一下子漆黑一团。

有雨声,有海声,有人的哭声和叫喊声。这些声音由远而近,终于把我惊醒了。我咳嗽着醒来,发现自己躺在海滩上,头顶是一个蓝色的遮阳伞,正在遮雨。小鱼看到我醒了,抱住我的上身摇晃不止,她在大哭,满脸都是水。

"你醒了?你醒了!海生没了!海生没了!"

我愣愣地看着她,旁边围着很多人,一个医生模样的人向我举着他的听诊器。我想起那双手抓住了我的两只脚,身子不由自主地又哆嗦了一下。像是很多年前的事。

"他不见了！"

我费力地转动双眼，海上一片喧嚣，还在涨潮。一艘巡逻艇和一艘救生艇在海面上跑来跑去，发出刺耳的尖叫。

"他把你推上救生圈，就被一个浪头打下去了。"

我看看小鱼，她哭得很悲伤，我的上身和脑袋在她怀里颠簸不止，我歪了歪头，吐出一口海水。

"你们为什么不早点往回游？为什么要往里去？"

"海生？你说海生？"

"他没了！找不到了！"

她说海生不见了。海生怎么可能会不见了？他在老海里活了一辈子，走在水里如履平地，老海就像他的家，他怎么可能在家里把自己丢了呢？又有海水从身体里泛上来，我侧了一下身子，哇地吐起来。好像有源源不断的海水从肚子里流出来，我不停地吐，一直吐到满脸都是眼泪还不能停下来。

2004年7月8日，北大万柳

露天电影

1

车子正跑着，顿了一下，又憋熄火了。司机爹啊娘啊地骂一通，让想方便的赶快下车。每次出故障他都让大家下车撒尿。男人在车左边，女人到车右边。水声相闻，但谁都不说。司机说得好，出门在外，穷讲究个屁啊。

下车的人很少，半个小时前他们刚撒过。下车的几个男女缩着脖子，毫无意义地往左右看，天上落下雨，不大不小，远看过去有些迷蒙，周围没有人。男人站着，女人蹲下。秦山原撑把伞一个人小心翼翼地往远处走，他担心紧走一步就会把膀胱胀破。站在车边他尿不出来，都忍了四次了。一百米外有个村庄，房屋、树和草垛站在雨里。他得找个能遮挡住自己的地方。

还没走到村边的第一个草垛，车就发动起来了。司机大喊，快点！快点！秦山原觉得裆部急剧收缩一下，汗就下来了。草垛周围一个人没有，真好。他缓慢地拉开裤子，世界此刻应该是慢下来，平静而漫长。一泡尿是足以改变一个人的世界观的。秦山原打算把这个伟大的想法写进自己的著作里。司机一直在喊，快点，要走了！完了没有！还走不走啊！秦山原恨不能给那家伙两个耳光，可他结束不了，他觉得这是这辈子最长的一泡尿，没完没了，而且几乎是难以知觉的慢。

司机还在喊，不走我们走了！秦山原愤恨地转过脸，转回来的时候突然眼睛一亮，又转回去，他看见了草垛旁立着的界碑，上面刻着两个毛笔字：扎下。那两个字他认识，尤其是字里的飞白。

回到中巴车上，一车人的表情都诡异。司机对他嘿嘿地笑。秦山原拎着旅行包下了车，司机不笑了，说："你干吗？"

"下车。"

"还早呢。"

2

要去的地方叫海陵,一个挺大的镇子。但秦山原决定在这个叫扎下的村子停下来。

他一路甩着鞋子上的泥,来到界碑下,蹲下来用手指在泥地上写"扎下"两个字,然后和碑上的字比较,已经不像了。他扳着指头算了算,十五年。如此漫长,足够把头发一根根地熬白。秦山原掏出一根烟,打火机怎么也找不到,口袋和包都翻过了,可能丢在车上了。他叼着没点上的烟往村庄里面看,先看见一只鸡沉重地穿过空街面,羽毛被雨打湿。然后是一个挺着肚子的小孩,他看见了秦山原的花伞,接着才看见伞下的人。秦山原对他招招手,小孩慢腾腾地往这边走,赤着脚,裤子斜吊在圆鼓鼓的肚子上。他也打着伞,走到五步开外停下了。看起来有七八岁,大脚趾在泥水里钻来钻去。一直到秦山原站起来,小孩也没吭一声,就对着他看。秦山原只好开了一个滥俗的头:

"小朋友，你叫什么名字？"

"你是谁？"小孩说，"我不认识你。"

"我是谁？"秦山原笑起来，"回家问你爷爷你爸爸去。你爸是谁？"

"不告诉你！"小孩转身就跑，甩起来的泥水落了秦山原一身。

小狗日的。秦山原忽然想起，很多年前他总用这四个字骂小孩。他对着小孩喊："你看过露天电影吗？"

"没有！"小孩头都没回。

"小狗日的，"秦山原说，"这个都没看过。"

小孩回了一下头，消失在某扇临街的门里。

秦山原背着包走过去，临街的人家和过去一样，门挨门，门对门。他分不清那小孩进了哪个门。街面的宽度大概都没怎么变，不过各家的门楼都翻新了，高大了，黑的黑，白的白，脚底下也换成了青石板路面。秦山原满意地笑了，多少年前他就想象过这样一种黑白潮湿和温润的生活。那个时候他骑着一辆破自行车经过这条街，干涸的车辙总让他胆战心惊，担心一不小心就被摔下来。摔伤人无所谓，摔坏了机器麻烦就大了。他摔过，不是在这个地方就是在其他哪个村子，胳膊肘上现存的一块明亮的疤痕就是证据。那次机器倒没出问题，他倒在地上，机器砸到一只倒霉的鹅身上，鹅死了，大队部代他赔了主人三块钱。

问题是没有一个人。秦山原看着发亮的石板路，努力回想这些门楼后面都住着谁，一个都想不起来。头脑真是不好使了，他想，一口气在这里跑了四年呢，都他妈忘了。他响亮地吐了一口痰。雨就停了，伞上一点声音没有，然后身后的一扇门嘎吱打开了。他回过头，看见一个老头扛着铁锨走出门楼。

"大爷，"秦山原收起伞，迈开步子就开始掏烟，"还认识我吗？"

老头把烟举在手里，歪着头看。秦山原抱着雨伞做了一个冲锋的姿势，"嗒嗒嗒！"他说。

老头眼睛变大，小心地说："你是，秦放映员？"

秦山原咧开嘴大笑，说："您老人家还认识我！"

老头也跟着大笑，放下铁锨就回头推门，"快，进屋进屋！"然后对院子里喊，"三里，三里，水！"

老头的儿子三十岁左右，端开水上来时，看着秦山原直发愣，老头说："秦放映员，秦老师！"

三里腼腆地笑了,说:"我说眼熟呢,秦老师!我那会儿整天跟在你车后跑。"

"不光你,"秦山原笑起来,"你们一帮小屁孩都跟着追,问放什么电影。哎呀,一晃你们也都老婆孩子一大堆了。"

进来三里的老婆,也热情恭敬地叫秦老师。她是从下河嫁过来的,秦山原当年在周围的村庄里轮流跑,她报了一串秦老师放过的电影。搞得秦山原更高兴,笑声一波高过一波。多少年了,他们还记得。

"村里都说呢,"老头给秦山原点上烟,"秦老师是大知识分子,哪是我们海陵这小地方能留住的。你看看不是,一下子就去了省城。"

"没办法,上面让去,不能不去啊。"

"秦老师在那边干什么?还放电影?"三里问。

"瞎说!"老头白了儿子一眼,"秦老师什么人,还放电影!"

秦山原说:"在大学里教教书,闲了也写几本。都一样,挣口饭吃嘛呵呵。"

"那就是教授了!"三里说,"电视里天天说教授学问大，日子过得好。"

"还不是一回事，一天三顿饭。"

大门开了，三里的老婆领了一堆人挤进院子。很多人一起开始说话。他们说电影、放映员、秦老师，还有人对他本人是否真的来到这里表示怀疑。三里的老婆在院子里就说：

"秦老师，大伙儿都来看你了！"

秦山原立在门前，看见二十多号人聚在院子里，男男女女，老人孩子，如果不是咧开嘴害羞似的笑，就是好奇地看着他。他们静下来，然后七嘴八舌地说：

"秦放映员。""秦老师。"《少林寺》。""《南征北战》。"

老头说："他们都认识你，都看过你放的电影。"

可是秦山原不认识他们，一个都不认识。在他们脸上他几乎看不到一点十五年前的痕迹。他得意而又感激地扫过二十多张脸，还有人从门外继续往院子里进。感觉很好，是那种受尊崇和拥戴的感觉，有点像在大学的课堂里，他们像年轻的学生一样仰视他。当年他在海陵镇的所有村子里大体也如此，他总能说出别人没听过的东西，国内外的，天文地理的；他会说，一件旧事经过他的嘴，也像重新发生过一遍一样，他能替他们发现被忽略了多少年的细部和关节点。也就是说，他骑着一辆破载重车到处放电影时，很多人就已经这么看着他，老人尊敬地叫他秦放映员，让自己的孩子和孩子的孩子叫他秦老师。那个时候秦山原也有不错的感觉，黑漆漆的夜里，所有的人散落在黑暗里，他掌控一台他们弄不明白的机器，然后从他面前开始放出光明，一个个陌生的世界跳到一块巨大的白帆布上。

十五年前他就常常产生错觉，觉得那道光柱和一个个人物都是从他的身体里跑出去的。他觉得他是唯一知道的人，他给予他们多少个花花绿绿的世界和美好的事情啊。为此他常常陶醉在放映机咔嗒咔嗒转胶片的声音里。

在一圈人之外，秦山原看到两个四十多岁的女人分站在两边。她们没笑，也没说话，微微地晃动身体。四十多岁的身体早就变形了，胸不是胸，腰也不是腰，皱纹也谨慎地上了脸；但仍能看出来她们还是好看过的，在一群乡村女人里，如果认真仔细地看，也能把她们挑出来。她们皱着眉，脸有点红。

一个说:"是你吗?"

另一个几乎同时说:"真是你?"

然后两个人警惕地相互看看,都把眼光移到别处去。她们在对方脸上看见了自己。

秦山原说:"是啊,我是秦山原。"他在她们脸上什么都没看见,除了年老和色衰,而这些和他没有关系。也可能不是没关系,他觉得某几下心跳幅度大了点,但他不敢肯定。没法肯定,最短也十五年了。所以他对她们和其他人一起说:"谢谢乡亲们还记着我。这些年一直想回来看看,今天这事,明天那事,忙忙叨叨就给耽搁掉了。谢谢你们来看我!"

最后一句是对她们俩说的,也可能人群里还有,只是没像她们那样单独站出来。然后老村长来了,秦山原还是认识的,每次他来扎下放电影,村长都陪他吃晚饭。他们握手,寒暄,说再见太晚。老村长说,幸亏去年大病不死,要不今天就吃不上十几年前的那些饭了。他对老头招手,"老方,还记着当年吃的啥饭吗?今晚咱原样再来一顿!"

"做梦也记着哪,"老头说,"这就去,就怕秦老师已经看不上我的手艺了。"

秦山原这才想起这老头就是老方,当年大队部里的厨子,四年里吃了不知道多少顿他做的饭菜。好像那时候老方不太爱露面,总是提前就把一桌酒菜摆放好了。

天放晴了,但是已经黄昏,院子里暗下来。秦山原去找刚才的那两个女人,不见了,他在人群里迅速地看一遍,也没发现。她们什么时候突然消失了。

3

晚饭盛大。菜之外,人多,热情,所有人都向他敬酒。村子里头头脑脑的官都到了。还有一个白皙丰满的妇女主任,酒风泼辣,她向他敬酒,说:"秦老师,喝!"

秦山原说:"喝!"连着两杯,头开始有点转。微醺时想,当年有这么好的女人吗?

老方宝刀不老,菜做得还是那么好,秦山原记得那会儿最愿来的村子就是扎下,老方的菜是原因之一。他们一边喝酒一边"想当年"。他们说起秦山原当年满腹才情:如何给大队部和粮食加工厂撰写春联,如何在新婚的庆典上即兴朗诵祝词,如何喝了一斤粮食白酒然后用秃毛笔写下"扎下"的界碑，如何在领导面前据理力争给扎下送来了乡亲们都爱看的电影，以及如何帮着老村长写了一份小边的鉴定。这最后一件事在扎下已经流传成一个段子，这段子使得秦山原在从没见过他的扎下人耳朵里也不陌生。

有个叫小边的小伙子要去镇上的扎花厂做临时工，扎花厂要村委会出一份小边的品行鉴定。老村长为难了，能出去当然好，小边人也不错，就是手脚有点不干净，偷过几只鸡，摸过几只狗，不算大问题，但在鉴定里不表现出来又不合适，那是要盖公章的。老村长就请教秦放映员。秦山原说这简单，就写："该同志手脚灵活。"搞不清是夸还是骂，老村长大喜。就这么写了。小边在扎花厂干了半年，被开除了，他没事喜欢顺手牵羊捎点东西。厂领导很不高兴，抱怨老村长举人不当。老村长说，我们可是一点没隐瞒，不是说了嘛，"该同志手脚灵活"。厂领导哭笑不得。

这段子再说出来，依然博了个满堂彩。秦山原想，当年还真有两把刷子啊。

前村长孙伯让最后一个敬酒。孙伯让举着酒杯说："秦老师，听过孙伯让的名字吗？"

秦山原摇摇头，说："不好意思。"

"秦老师贵人多忘事。"孙伯让说，"我帮你看过放映机。那年你三十我二十六。"

秦山原笑笑说："谢谢伯让兄。那时候我喜欢熬夜看书，放电影时常犯困，所以总劳兄弟们帮忙。谢谢啦。"

"别谢，秦老师。我跟秦老师学了不少东西，电影都会放了。"

大家都有了兴趣，伯让竟会放电影，头一回听说，真的假的啊。

孙伯让说："会放也放给秦老师看。秦老师，我敬你！"

秦山原又喝了两杯。

从饭桌站起来时，秦山原两脚底开始发飘。喝大了。很多人都喝大了。妇女主任跟秦山原握手告别，无比遗憾地说："可惜没机会再看秦老师放的电影了。"

"露天电影还有吗？"

"早没了。有钱的在家看影碟机，穷点的就看电视。"

然后大家又感叹一番露天电影的消失才各自散去。按照饭桌上的商定，秦山原今晚到孙伯让家住。大家都希望秦山原住到自己家，孙伯让说，谁都别和他争，他跟秦老师学会了放电影，算半个学生，家里也宽敞，就一个人，到处都是地方。

秦山原说:"你家人不在?"

周围一下子静下来。孙伯让倒是笑了,说:"老婆跟个放电影的跑了,十几年了。"

秦山原看看别人,好在不是所有人都盯着自己。

"跟秦老师没关系,"孙伯让说,"你之后的放映员,姓丁,那狗日的。"

秦山原松了口气,哦。

4

出了老方家的门,从黑暗里冒出一个更黑的小影子,吓秦山原一跳。小黑影说:"我爸叫顾大年。"

孙伯让揪了一把小黑影的耳朵:"回家睡觉去。"

"我想看露天电影。"小黑影又说。

秦山原听出他就是下午见到的那小孩,故意问他:"你是谁?"

"我叫臭蛋。我爸叫顾大年。"

"儿子,回家睡觉去!"孙伯让又要揪他耳朵。

秦山原说："你儿子？"

"干儿子。大年你一定也不记得了，当年也帮你看过放映机。"

秦山原又说，哦。

臭蛋不回家，一直跟着他们，孙伯让怎么赶他都不走。孙伯让说，那好，过来背包。臭蛋就背起秦山原的旅行包，像条不吭声的小尾巴。路面油亮亮的黑。孙伯让建议到处看看，秦山原说好，这一趟来海陵就为了到战斗过的地方怀怀旧。

他们经过当年的大队部和放电影的小广场，都成了遗址，遗址上是新的房屋、街道和白杨树。孙伯让指着一家窗户里泻在地上的一块灯光说，这儿是放映机的位置。"你坐在椅子上，"孙伯让比画着，"光从这里出来。"秦山原就想起那时候整个扎下都围在他身边，那些鲜嫩美好的女人也凑过来，他闻到她们身上温暖的香味，她们一次次把眼光从银幕移到他身上，他看见她们的眼睛里闪闪发亮。他知道她们想和他说话，或者干点别的。有时候他也会向其中一个招招手，动作很小她也能看得见，然后他们前后脚离开电影场。

"你困了我就帮你守着放映机，"孙伯让说，"有时候也会是大年、文化和江东他们。如果你一个晚上都不在，我们就帮你换片子。我就是那时候学会的放电影。"

"是吗？"秦山原怎么也想不起当时那些女人的样子。她们变得相当抽象，只是新鲜、羞怯、紧张、虔诚、热烈、丰满、光滑和弹性等一系列形容词。他把她们带到一个个没人的地方，四年里的大部分时间他是在这些形容词里度过的。那么美妙的好日子怎么就忘了细节呢。"年轻时就缺觉，安静下来三分钟就瞌睡。多亏兄弟们了。"

孙伯让说："再走走。"

他们经过一块平地，孙伯让说："秦老师，有印象吗？当年这儿是片小树林，有槐树、杨树还有合欢树。"

秦山原摇摇头。

当然他记得，他经常把她们带到林子里，到了夏天，乱作一团的时候他还会腾出一只手抓爬到树上的知了猴。那个总喜欢在合欢树底下的女人叫什么来着？好像不是很瘦。也可能挺瘦。

他们在一大块黑影前停下，旁边人家的灯光映照到那里，才看见是堵半截的土墙，高不足一米。"秦老师在那会儿，这墙该有两米多高吧？"孙伯让说，"多少年了，男男女女就喜欢到这里干坏事，把墙磨蹭得越来越矮。现在藏两个人就不太保险了。"

秦山原说："这里还有堵断墙？一点印象都没了。"

"到夏天就长拉拉秧，"孙伯让指着墙上垂下来的一条条细藤和叶子，"就那样。拉拉秧你应该记得吧？"

秦山原实在无法再说不记得了。那个女人拼命地把他往墙上推，他就是靠着墙把事做完的。那一次他好多年来还经常想起，当时后背被拉拉秧剌了一道道血绺子，做完了汗一湿才感到疼。秦山原说："好像那时候到处生有这东西。"

"秦老师好记性。"孙伯让笑笑说，"断墙这里最多。"

扎下的夜晚安静，冷不丁一个女人叫起来："臭蛋！臭蛋！回家睡觉啦！"

孙伯让说："臭蛋，回去，你妈叫你睡觉了。"

臭蛋把旅行包移到怀里紧紧抱住，说："不回！我要看露天电影！"

"看你娘的腿，"孙伯让说，"哪来的露天电影！"

"他有！"臭蛋用下巴指指秦山原，"他们都说他有。"

秦山原觉得这小子有点意思,就逗他:"我要有,它在哪儿?"

臭蛋理直气壮地说:"不知道!"

"别跟着瞎捣乱,臭蛋,"孙伯让要接过他的包,"明天到干爸家看。"

臭蛋不松手:"我今晚就要看!"

他妈还在喊。孙伯让火了,一把抢过包:"你要不回家,明天你也别想看!"

臭蛋慢慢松开包,一个劲儿地在裤子上擦手,半天终于磨磨蹭蹭回家了。秦山原看着臭蛋的小影子打了个哈欠。"回去吧。"他说。

5

孙伯让的一面白墙让秦山原吃惊,毫无必要的又大又白。猜猜做什么用?孙伯让问。秦山原说,银幕。孙伯让放声大笑,到底是秦老师,整个扎下没人往这上头想,都说他头脑坏了,涂一面空荡荡的白墙。孙伯让顺手拉上了窗帘,两层,外面是红色的,里面黑色。

秦山原说:"你有放映机?"

孙伯让没说话,打开一个立柜的锁,拉开门的时候秦山原看到一台依然崭新的老式放映机。孙伯让把放映机抱出来,放好,装上胶片,把台灯的光拧到最小。咔嗒咔嗒声响起,一个光圈打到白墙上。胶片开始转动时,秦山原忍不住凑上去,十五年没摸了,心痒手也痒。孙伯让按住他的肩膀,说:

"坐下。他们都奇怪,为什么我村长也不干了,都整这玩意儿了,这东西多有意思啊。"

递给秦山原一根烟。那电影秦山原没看过,也没听过,翻译过来的名字叫《夜歌》。电影放到一半,节奏慢下来。之前是一个女人红杏出墙,接着是漫长的复仇,丈夫把情敌捆在床上,用尽方式折磨他的神经,不让他休息,一个昼夜后,情敌疯了。

"好玩吗?"孙伯让问,又递给他一根烟。

"抽不动了,"秦山原说,"睡吧。"

孙伯让坚持把火送到他嘴边。烟点上了,孙伯让开始重放《夜歌》。"林秀秀这名字听说过吗?"孙伯让摆弄放映机时漫不经心地问。

"没听过。"

"我老婆你认识吧?"孙伯让把电影的声音关掉,像在看一部默片。

"她不是跟姓丁的私奔了吗?跟我没关系。"秦山原站起来。

"有关系,"孙伯让把他按到椅子上,"关系相当大。记得我老婆不?"

秦山原又要站起来,他说不记得。孙伯让突然从口袋里掏出一把刀,抵到他肋骨上,"最好别乱动!"孙伯让说,另一只手又摸出一根绳子。秦山原没敢乱动,对方早就准备好了。孙伯让又说:"我老婆可记得你。"

"我们真的没关系,我也不知道谁姓丁。"

"可我老婆当初不是这么说的,她说你带着她到过小树林里,去过墙根底下和草垛里,有时看见路边的一棵树也要靠上去。她可是说你无数的好啊,世界上最好的男人了。你走了,她才和那个狗日的姓丁的好,她把他当成你,就卷了个小包跑了。"

"她是诬蔑!没有的事!"秦山原激动得带着椅子乱颤。

"是吗？"孙伯让若无其事地给了他一耳光，"我找了三年，才在一百里外的大秦镇找到她。已经是两个孩子的娘，她不跟我回来，死活要跟放电影的过。"孙伯让一边说一边换片子，直接跳到了电影的后半段。那个倒霉的情敌直挺挺地躺在白墙上，张大嘴喊就是出不了声。

秦山原的脸在电影的光亮里一点点变白。

"听她口气，你那本事还不小啊。"孙伯让揪着秦山原的一撮头发，"毛都白了，五十多了吧？"

"五十一。"

"是不是在城里也没闲着？"孙伯让把椅子搬到他身边，点上烟，和秦山原并排看起电影，"我老婆脸上那颗痣，我让她点掉，不干，你随便一句，她就屁颠屁颠去弄掉了。那痣长左脸还是右脸你还记得不？"

秦山原摇摇头："放开我！"

孙伯让把正抽的烟塞到他嘴里。"我老婆那块胎记在哪边屁股上，你总该记得吧？"

秦山原还是不记得。他当时似乎并不详细地区分女人，只从乳房和屁股的形状上去判断，他喜欢结实饱满形如寿桃的乳房，次之是水泡梨，那些松松垮垮的大鸭梨他只碰一次，最多两次。在晚上，他从不刻板地把脸蛋和乳房、屁股等同起来。他更在乎后面两个。所以他想不起来。

"什么都不记得了？"

"真不记得了。"

孙伯让笑起来，声音像哭："她说你对她有多好，就是去天上也不会忘了她，恨不能大白天都把她拴在裤腰带上。这女人，简直是个木瓜！她能说出你身上有多少个伤疤，哪一块是为什么落下的。她甚至数过你脸上的瘊子上一共有几根毛。你记得她什么！"

秦山原觉得再不说点，他很可能会像电影里的那个倒霉蛋一样，在这张椅子上疯掉。"想起来了，"他说，"她总爱咬住我的舌头不放。"

"继续说。"

"她喜欢站着。"

"还有呢？"

"她，"秦山原觉得绳子要嵌进手腕里去，"她喜欢在合欢树底下。"

孙伯让转过脸来，毫无预兆地又一个耳光："她闻到合欢树的味就过敏，浑身痒。"

"那就记错了。到底你想让我怎么样？"秦山原觉得脑子不转了，"我说不记得你又不相信。"

"我不敢信。她要死要活地闹，姓丁的那样她都跟，就因为是个放电影的。她根本就不知道，你连她半点印象都没留下。我一直觉得自己当个男人挺可怜，老婆都跟别人跑，没想到她更可怜。你说她什么都拿出去了，图个什么？"

"女人嘛，不带脑子你也没办法，值不得难过。"秦山原趁机说，"老弟，给我松开，咱哥俩喝两杯。女人嘛，喝两杯就过去了。"

"你他妈的住嘴！"孙伯让从椅子上跳下来，"十五年，我活生生等了十五年！那些人影一走到墙上，我就想，我不能让你有好日子过。你凭什么？拍拍屁股把我们都甩掉了。我一直等着，我以为你不会来了，可你来了。好，来了好！"

"你想干什么？"

"就这样！"孙伯让指指白墙上的人影。

秦山原明白那个倒霉蛋的厄运马上降临了，他开始后悔看到界碑，继而后悔躲到草垛后撒尿。撒什么尿啊。哪壶不开提哪壶，他陡然发现膀胱已经胀了。他对孙伯让说：

"能不能让我小个便?"

"小个便?撒尿啊,你先憋着吧。"

"这不行啊老弟,前列腺跟不上。"

"秦老师,这是报应。跟不上就随便撒吧。"

"这玩意儿更不行啊,当人面要能撒出来,我就不来你们扎下了。"

孙伯让看看他,他就把进村前后说了一遍,希望孙伯让能同情一下。一泡尿能改变世界观,一定也会要人命。

"那正好,我就不用像电影那样亲自动手了。不让你睡觉就行,开始憋吧。"

秦山原快哭了,他越发觉得那地方像气泡一样胀起来,然后开始疼。"现在几点了?"他问。

"几点跟你没关系,你只要清醒就行。"

孙伯让踢了一下腿,秦山原两腿之间疼得一抽,再轻微的动静都是地震。他听到一声鸡叫,接着两声、三声,好多只鸡都叫了一声。应该凌晨两点左右。

"再不放开我就喊人了!"秦山原说。

"喊吧,"孙伯让把刀在手心里蹭来蹭去,"电影你白看了。"

秦山原立马住嘴了。电影里的倒霉蛋刚开始喊，一把刀就从他大腿皮下三厘米处经过。如果最后不疯掉，他可能会坚持只在自己的喉咙里喊叫和祈祷。

"可我真要小便。"秦山原的脑门上开始冒汗。这正是孙伯让现在需要的，好吧，怕尿裤子我就帮你脱。"千万别，再等等。"秦山原觉得自己做不来。那继续忍。

孙伯让再一次开始《夜歌》的放映，他喜欢听胶片转动时的咔嗒咔嗒声。他示意秦山原再看一遍。他要陪着秦山原清醒。他看到秦老师坐在椅子上一直哆嗦，打摆子，椅腿咯噔咯噔敲着地面。秦山原很快大汗淋漓。"放开我，"他说，"我要小便。"

"随便小。"孙伯让去了一趟厕所，回来兴致勃勃地看着秦山原继续流汗。秦山原的声音越来越小，大一点就疼一下，他觉得从原始社会进化到社会主义初级阶段所花的时间也比现在快。时间让他痛不欲生。

又有一批鸡开始打鸣。孙伯让有点犯困，找了一瓶酒，吃熟肉抹辣椒酱，咝咝啦啦也是一头的汗。秦山原不抖了，像雕塑一样瞪大眼，唯一活动的就是眼里的东西，一滴一滴往下掉，想一下"眼泪"这两个字也会加剧膀胱的胀痛。

他慢慢闭上眼，让自己飘起来，一点不费力气地随风飘荡。他看见自己穿过像幻景一样透明的十五年，然后是黑色的、灰色的、白色的海陵镇。一辆永久牌载重自行车大撒把，他驮着电影和放映机来到扎下，雪白的帆布银幕拉起来，女人如香气从四面八方飘飞而至。她们有美好的乳房和屁股，她们喜欢跟他摸黑走进小树林，或者土墙下，路边上大树旁也行。他看见一个赤裸的女人窈窕地侧身对他，他知道她脸上某个地方必有一颗痣，某一边的屁股上必生有胎记，但在他的位置都看不见，而她不回头也不转身。她为什么不让他认出来？风一吹就走。

孙伯让喝了半瓶五十六度白酒，吃饱了肉，打完嗝，对自己说不能睡不能睡，还是睡着了。闭上眼之前，电影还在放，他对秦山原的坐姿很不满意。

6

好像有人敲院门，孙伯让好像也清醒了两秒钟，接着又睡了。再次醒来是因为听到咕咚一声，他撑着椅背爬起来去开门，一个小人倒进来，赶紧扶住，是臭蛋。臭蛋站着睡着了,那咕咚一声就是脑袋碰到门上。他天不亮过来敲孙伯让的门楼,没人理,就爬墙翻进院子,站在门口睡着了。孙伯让拍拍臭蛋的脸,天早已大亮,太阳从扎下东边升起来。

臭蛋说:"我要看露天电影!"

孙伯让说:"好,干儿子,咱们看露天电影。"

他把臭蛋领进屋里。电影早就停了,孙伯让重新开始放映,放映机咔嗒咔嗒响,白墙上就是不出人影。臭蛋说:"看不见!"跑过去拉开窗帘,阳光像水一样漫进屋里,白墙上刚出现的人影又不见了。臭蛋说:"电影在哪儿?露天电影在哪儿?"然后他看见了歪头坐在椅子上的秦山原。

秦山原闭着眼一声不吭,腰杆直直地被捆在椅背上。臭蛋说:"露天电影在哪儿?"秦山原不回答,臭蛋就用脚去碰他的脚,这时候臭蛋看见秦山原的脚底下汪着一摊水,还有水断断续续顺着秦山原的裤脚往下滴。

臭蛋看看秦山原,又看看孙伯让,突然大喊一声:

"他尿裤子啦!"

2006年7月11日,芙蓉里

这些年我一直在路上

1

车到南京,咳嗽终于开始猛烈发作,捂都捂不住,嗓子里总像卡着两根鸡毛。他间隔两三分钟钻到被子里用力咳一次,想把鸡毛弄出来,可是刚清爽几秒钟鸡毛又长出来,只好再钻进被子里。现在凌晨刚过十分钟,车慢下来,南京站的灯光越来越明亮地渗入车厢里。其余五张硬卧上的乘客都在睡觉,他在左边的中铺上坐起来,谨慎地伸手去够茶几上的保温杯。喝点热水润一润会管点用,这是慢性支气管炎患者的日常经验。中铺低矮的空间让他不得不折叠起上半身，嗓子眼里的鸡毛随之至少被折断了一根，现在成了三根，或者更多，痒得他不由自主猛咳起来，一口水喷了满床。下床和侧上床同时翻了个身，各自用方言嘀咕了一句，听不懂他也知道两人在表达同一个意思。他很惭愧。也许此刻所有人都没睡着，他几乎不间断地咳嗽和清嗓了，还有擦鼻涕，该死的感冒。他捏着嗓子慢慢滑进被子里，忍住，他跟自己说，忍住，一定要他妈的忍住，直到平躺下来然后咳嗽神奇地消失。他忍出了一身的汗。

但是躺下来后他绝望地发现鸡毛在长大，像蒲公英一样蓬松地开放，像热带雨林里的榕树见缝扎根，从气管往下，整个胸腔乱糟糟地灼辣。胸闷，通常的症状之一，他想象那些根须正在布满胸腔。他想从肋骨中间把自己扒开，有一扇门很重要，让大把大把的氧气清爽地吹进来。是啊，上半身很重，像炉膛里烧了半黑半红的一块大铁砣。他后悔出门时没带常备药，后悔昨天晚上洗的那个忽冷忽热的淋浴。为什么价格便宜的旅馆里的热水器从来都不能他妈的正常工作呢？他简直要哭出来。

车子抖动一下，缓缓开动，窗外南京站午夜的小喧闹沉寂下来。一忍再忍他还是咳出来，堪称大爆发，动静之大让他的头和脚同时翘起来，身体在床板上颠动了一下。这声咳嗽几乎要把喉咙撕破。斜下床的男人用标准的普通话骂了一句。他哑着嗓子说对不起，趁机又连咳了两声。上铺的脚后跟磕一下床板，一个五十开外的女教师，她知道烦躁也可以文明一点。

他捂着胸口侧身向外，南京站的灯光越来越淡。他看见对面中铺的床头闪着两个黑亮的点，然后那两个亮点升起来，是中铺的眼。那个十二个小时里没出过声的女人，右胳膊肘支撑着欠起身，用手机照亮床头的包，拿出两个小瓶子，晃动一下，哗啦哗啦微小的响。她压低声音说：

"药。"

治感冒和咳嗽。因为长久没说话，她的声音空洞虚飘，像一声叹息。

吞下三粒胶囊，还药瓶时他难为情地说："这趟路有点长。"

跟路途长短没关系，再长远的路他都走过。躺下时他对幽暗的上铺床板歉意地笑了笑，除了感谢之外，他一直没学会怎样才能和一个陌生的年轻女人多说上几句话。这个女人三十岁左右,披肩烫发,染成淡黄褐色,眉形很好,白天一直坐在窗边支着下巴向外看,面部侧影像某个他叫不上名字的电影明星。整个白天她都保持那个姿势,右腿叠在左腿上。他认为那是发呆。他对她的印象就这么多。那个女人不爱说话,他也不爱说话,沉默的人在喧嚣的车厢里总是形同虚设。

十分钟后药效出来了。从嗓子眼往下,一寸一寸开始轻松,如同浓雾从身体里缓缓散去,身体一点点变轻。火车的颠簸让他以为自己漂浮在水上。他闭着眼看见火车穿过茫茫黑夜,如果黑暗不是水,如果忽略床板的托举,他觉得用"悬浮"这个词更合适。悬浮在黑夜里,疾速向前,感觉很好。他把脑袋歪向车厢隔板,睡着之前他想,这些年我一直在路上。

2

这些年我一直在路上,之前多少年几乎一动不动。静止不是个好习惯,会让别人生厌。静止能有什么乐趣呢?当初前妻说,在一个后现代的大城市,安静地生活就是犯法。前妻的逻辑他理解起来一直有困难，难道在北京和上海这种地方，每天都得跳着脚过日子？他每天从床上下来的那一刻起，几乎都是双脚同时着地，然后吃早饭，坐地铁10号线上班。单位恰好也在十四站之后的地铁口旁边，他为此感谢很多人，设计地铁的，修地铁的，给单位选址的若干任前的领导，以及设计施工建造单位大楼的所有人，他连马路都不要过。过一次马路你知道多麻烦吗，你不知道，那么多行人和车辆，红灯停绿灯行，这个世界上的红灯永远比绿灯多。中午在单位食堂吃，只要下楼走五十米，服务员把饭菜都放进你的托盘里，继续上班。他双脚垂地坐在办公桌前，偶尔一只脚着地那是因为为了更舒服一点跷起了二郎腿，但是医学研究证明，跷二郎腿对身体其实有害，他就把那只脚放下来；除了去洗手间、会议室和同事们的办公室，在单位他几乎都找不到走路的机会。然后下班，坐10号线回家，路上看报纸、杂志或者字帖；他好书法，小时候在私塾出身的祖父的指点下练了点童子功，这些年一直没放弃，拿起毛笔他觉得自己丰富安宁，仿佛需要对生活感恩。但是，老婆说，咱们的生活乏味成这个样子，你就不能动一动吗？

那时候还不是前妻，等出了民政局的门，刚成了前妻的她说：

"爱动不动吧。"

前妻爱动，有点时间就折腾，逛街、美食、美容、旅游、看演出，反正只要不在家里就高兴。开始还动员他一起去，他也去，但明显动起来很不在状态，她也就意兴阑珊了。你就在家待着养老吧，她一个人出门，咔咔咔到这儿，嚓嚓嚓又到那儿，忙着在网络上搜集能让她出门的理由，或者找一帮驴友，背包、登山鞋、拐杖、野外帐篷，满地球乱跑。他不反对她像吃了兴奋剂一样到处跑，只要你觉得开心，我尊重你多动症似的自由，愿意上月球我能帮的一定也帮你。但是她对他不爱出门看不习惯，一会儿说，你才有病呢，明天我带你去医院看看？一会儿说，我怎么一开门就觉得家里坐着个爹啊，说我爹还夸你年轻了，应该是我爷爷。

出门还是待在家，就此问题他们争论过无数次，离婚前的一个夏天晚上吵得最烈。正吃晚饭，电视开着，一个烂得不成样子的电视剧里，一对年轻夫妇在收拾家伙，准备去西藏旅游。他们兴致很好，连三岁的儿子都对着镜头做出冲锋陷阵状，奶声奶气地喊：看牦牛去，耶！老婆嘟起嘴用下巴指电视，说："看看人家，孩子都那么大了。"

她的意思是，人家孩子都三岁了，还见缝插针往西藏跑。这不是最好的榜样，最好的榜样是八十岁的老两口还相约环游世界，而他们结婚只有三年。

窗外就是大马路，二十四小时里每一分钟都闹闹哄哄，为了阻挡喧嚣，装修时他在阳台装了双层隔音玻璃窗。他懒得出门，见到人声鼎沸他就烦，更懒得出远门来更大的折腾。他也不愿意吵架，所以就笑笑，推开饭碗去书房练字。老婆定了规矩，饭后半小时不能坐，便于消化，不长肉。他正好用来站着练字。刚把纸摊开，老婆跟进来。

"忘了告诉你，"她说，"名报了，两个人。"

"不是说好我不去的吗？请不出假。"

她的单位组织去海拉尔，每人可以带一个家属。大部分都带，同事们就怂恿她，老公都搞不定，要不我们借你一个？她有点火。

"请过了。你们副总说没问题。"

他扭过头看她，真行，我的领导你都能搞定。"可我不想跑。"

"这一回,是个死尸我也要把你抬上车。"

他坐下来。

"站起来!饭后半小时别坐着。"

"能不能别让我按你的规划过日子?"

"一次也不行?"

"真不想去。想到出门我就头晕犯恶心。"

老婆的火苗就在这时蹿了上来,猛一拉毡子,毡子带着砚台飞起来,墨汁泼了他一头脸,圆领白T恤前胸染了一摊黑。这衬衫是她去年参加三亚旅游团送的,后背上印着蓝色手写体:想来想去,明年夏天还得来三亚。

他抖着滴滴答答往下掉墨汁的T恤,血往头上升。"跟你怎么就说不清楚呢!我不想折腾!"

"那是你有病!你怕出门撞见鬼吗你?"

"哪儿跟哪儿呀这是?你才有病!除了睡觉吃饭,一天你在家待几分钟?过两天安静日子会死啊?"

"安静?可笑!就是个缩头乌龟,还蹲家里冒充作家!"

你跟她永远说不清楚。他当时想,我平心戒躁,这也错了?他想跟她讲道理,但是这道理结婚以来每年要讲三百六十六次，他们还要为此吵第三百六十七次。他突然觉得无话可说，转身去卫生间对着水龙头冲了头脸，湿漉漉地出了门。他想不通一年有如此多的架要吵，为同一件莫名其妙的事。他听见老婆在身后喊：

"整天缩家里，谁知道脑子里出了什么猫腻！"

越简单的事情越难办，所以这个问题他们翻来覆去地吵。从她的单位旅游通知下来开始，半个多月几乎每天都要为此辩论，越扯越多，已经上升到精神疾病和世界观、人生观的高度。他不想争论并非惧怕老婆对他头脑和什么观的指责，而是惧怕吵架本身。每次吵架都让他陡生对婚姻和生活的虚无和幻灭感，刚刚积累出来的过日子的热情被一阵大风全刮走了。究竟是什么东西让一对发誓要在一起生活一辈子的人没事就翻脸，只是动和静的问题？或者热爱喧哗还是安静的问题？这些问题足以摧毁连一生都不惜拿出来献给对方的婚姻和家庭？他难以理解。吵架时他觉得两个人连陌生人都不如。他希望和而不同，而不是吵架、吵架、吵架和吵架。

如他所料，即使在晚上七点钟马路上也堵车，很多车在红灯底下摁喇叭。骑电动车和自行车的人，公然在斑马线上闯红灯，步行者因此得到鼓励，向已经被迫慢下来的车做停止手势，停。司机愤怒地拍着喇叭骂娘。喝醉酒的两个男人一路骂骂咧咧。母亲在扇小儿子的耳光。拾荒的老太太跟在喝康师傅绿茶的小伙子身后，等他喝完最后一口以便捡到空瓶子。理发店的音响开到最大，循环唱《月亮之上》。遛弯的小狗长得像只老鼠，盯着一个穿红色高跟凉鞋的女孩一直叫。

还有很多。噪声在城市夜幕垂帘时终于聚到了一起，多余的精力必须在当天耗尽。如此之乱。这正是他不能忍受的地方。他待在家里，关上双层隔音玻璃窗，世界才能静下来。出小区门向右拐，再向右拐，一大群人从一个门里涌出来。他竟然习惯性地要往地铁里去，似乎出了家门只有这一条路可走。他茫然地站在路边，头顶的路灯蚊虫缭绕，他在路边坐下来，马路牙子现在依然滚烫。抽了一根烟，想到另外一个小区旁边的小公园，那里会清静点。他一路抖着被染黑的湿T恤，像个行为艺术家，墨汁溅出了一只大写意的翅膀。

公园里人也不少，好在花木多，曲径回廊，明暗闪烁，如果坐下来你还是能感觉到这地方可以一直坐下去。

喷泉开了，他过去想看看水。周围的花园墙上坐着家长，好几个孩子在不断变换形状的喷泉里钻来钻去。水柱淋透他们全身，孩子们很高兴，在这个城市，如果不进游泳馆，你能看到水的地方只有自己家里细长的水龙头。他小时候在农村，屋后就是一条长河，夏天总要发一场大水，他喜欢用脚摸着被漫过的石桥走到对岸，然后再走回来。而这是没见过大水的一代。他们见到一个喷泉就如此开心，不管父母的责骂，一不留神就钻到水柱底下，一个个喷嘴踩过去，在水中相互追赶。水花清凉，浇在身上会比淋浴舒服一千倍，他们开心地嗷嗷叫。

他在穿拖鞋的家长们旁边坐下，一个大肚子的男人说："你那衣服，洗洗？"他笑笑。

又一个男人说："要是我，就洗。"

一个短头发的女人说："不洗穿着多难受。"

另一个女人附和。

城市迫使他们学会了矜持。一个成年人不能随便在众目睽睽之下淋湿自己，这是身份和教养，顺其自然将被认为是矫情；虽然他们可以当着陌生人偶尔抠一下酸腐的脚丫子，喜欢在沙滩短裤里面不穿内裤，但是此刻他们希望有个人能代替他们冲进水柱中间。如果没有更多人取笑，他们将会因为他的献身而感同身受。我们知道，水的确是个好东西，尤其在这个闷热的夏夜里；如果超过半数的人因他的行为感到难为情，那么我们有充分的理由认为他就是一个傻子。一个超过三十岁的傻子，他与小孩为伍，而且胸前正往下流黑水。

水柱穿过Ｔ恤变成黑色，他踩着最黑的乌云在喷泉里走。遥远的地方传来雷声，天气预报说，今天夜间到明天，城市西北部有阵雨。他真就钻进了喷泉里，跟他们怂恿无关，而是因为怀念家后面的那条河。他把Ｔ恤张开，姿势像撩起衣襟讨饭的乡下人。白Ｔ恤开始变白，曹素功牌墨汁也经不住坚硬的水流冲洗。水打到皮肤上感觉好极了，他把脑袋放到一根水柱上。有人对他指指点点，他听不见是褒还是贬，此时水声巨大，仿佛长河里在涨水。

3

早上醒来第一件事是咳嗽，药效过了。那个女人坐在窗口往外看，杨树和柳树一棵棵往后闪，她的姿势没变。

听见他咳嗽，她站起来到床头打开包，递给他昨天夜里的那两个小药瓶。就算只为了这陌生的药，他也坚持请她去餐车吃早饭。

他们面对面坐在餐桌前，她说："别客气，出门在外。说会儿话吧。"

"我以为你不爱说话。"

"我是不爱说话，"她在牛奶杯子里转动汤匙，"可我有一肚子想说。"

"那你说，我听着。"他转过脸咳嗽一声。

"你先说。"

"一受凉就带起支气管炎，"他说，"说咳嗽你不介意吧？"

她的汤匙敲三下杯子。什么都行。

他就说，一天晚上我从公园里回来，躺在楼下的凉椅上睡着了。我在公园的喷泉里把T恤洗干净了，和从三亚带回来时一样白。我把自己淋了个透，像小时候我爸给我理完头发，我穿着衣服一个猛子扎进夏天的长河里，露出脑袋时我就觉得水把我浸透了。

她的汤匙又敲三下杯子，请继续。

因为刚和老婆吵过架,他下意识地盯着过往行人的脸,那些晚归的人步行、骑车乃至小跑,他在他们脸上无一例外看到归心似箭的表情。他们往家赶,而他不想回,风穿过湿衣服,他有点累。小区楼下有一溜凉椅,明亮处坐着乘凉的老头老太太,靠近树丛的阴暗处坐着年轻的男女。情侣的坐姿总是不端正,一个躺在另一个的怀里,相互咬着耳朵说话。他在靠近小区门的椅子上躺下,连绵不绝的车辆从十米之外的马路上跑过。

"他们一定家庭和睦、生活幸福。"他像她一样敲了三下汤匙,"当时我想,美好的生活来之不易,如果她下楼来找我,哪怕她一声不吭地站在凉椅前,我一定和她回去,跟过去一样就当结婚三年一次脸都没红过。过去吵架我出门透气,一个小时后她会打我手机,只响三声。三生万物,代表无穷多。但那晚我湿漉漉地出门,忘了带手机。"

"她找你了?"她问。

他摇摇头说,我在凉椅上睡着了。

向来入睡艰难,在凉椅上睡得却很快,而且突然没了眠浅的毛病。雷声滚过来他没听见,所有人都走光了他也不知道。他睡啊睡,梦见大河漫过身体,他如鱼得水。一个鲜红的球状闪电落下来，半条河剧烈晃动一下，吓得他呛了两口水，他在水里开始咳嗽。因为咳嗽他醒过来，还躺在凉椅上。雨下得那么大我竟然一点感觉都没有，这很奇怪。你不相信？那闪电是真的，第二天我去坐地铁，看见地铁站旁边那棵连抱的老槐树被劈成两半，一小半倒在地上。老槐树的肚子里已经空了，站着的主体部分像一个人被扒开了胸腔。没错，我咳嗽了。那场大雨把我浇出了感冒，支气管炎跟着发作，在地铁里我咳嗽了一路。

"你回家时她在干吗？"

"开着电视睡着了。"他咳嗽两声，"我冲了个热水澡，在书房沙发上睡了一夜。要早点吃药就好了，我断断续续咳了三个月。婚离完了还没好利索。"

"海拉尔呢？"

"没去。先生，我们可以在餐车多待一会儿吗？"

服务员挥挥手，没问题。

"我去抽根烟。该你了。"

他从餐车顶头抽完烟回来，她在敲空杯子。"真不知道从哪里开始好，"她看着窗外，火车正穿过一个小镇，"就说为什么我坐在这车上吧。"

一个月一次，这是第七次。她去看她老公，他被关在一座陌生城市的看守所里。看守所在城郊，高墙上架着铁丝网，当兵的怀抱钢枪在半空里巡逻。他们不让她进，量刑之前嫌疑人不得与任何人见面。她不太懂监狱里的规矩，执意要进，她说我就看看我老公，你看我带了他最爱吃的捆蹄，用的是最好的肉，还有烟，除了"白沙"他什么烟都不抽。门卫说不行。她就央求，泪流满面，门卫还说不行。到后来门卫说，大姐，求你了，你这么哭我难受，我真帮不了你，你再哭我也要哭了。那小伙子二十出头，离家没几年，晒得跟铁蛋一样黑。她没理由让人家跟着她哭，就把捆蹄和白沙烟放在大门口，一个人离开了。门卫让她带走，她没回头，一直走到很远的一块荒地上，一屁股坐下来放声大哭。在野草地里哭，谁都听不见。

哭完了，人空掉一半，她在城郊的一家小旅馆住下来。只住两天，她没办法跟单位请更长时间的假。每天一大早来到看守所门口，不让进，她就像个特务似的在看守所周围转悠。她听见里面很多人在喊号子，她努力在众多声音里分辨丈夫的声音。他的声音饱满，上好的男中音，不过现在可能已经因为不自由变得沙哑。她觉得她听出了众多声音里的那个声音发生的变化，即使沙哑，它在所有声音里也最为明亮，像天上唯一的一道闪电。

前三次他们都不让她进，晒得一般黑的小伙子们口径一致，她的哭喊和央求没有意义。他们说，你得再等等，判过就可以了。她宁可不判，她也不想等，她对他们说，我老公是冤枉的。他们板着脸不说话，冤不冤枉谁说了都不算。她只能等。你不必每个月都来，有结果自然会通知你，打你的电话。但她还是来了，第四次。不再哭诉，而是围着看守所转了一圈后，步行进入了这座陌生城市的内部。她像一个观光客，决定把这里的每一个地方都走遍。

第五次。第六次。第七次。这当然不是旅游的好地方。

"对这个城市，"她说，"跟我对自己家一样熟悉。我有白沙烟，你抽吗？不往下咽就不会咳嗽。"

他们来到餐车顶头，倚着车厢斜对面一起抽白沙烟。火车咣当咣当，节奏平稳，可以地老天荒地响下去。

"见不到人，你去那里意义何在？"

"到那里，我才会觉得他还好好的，心里才踏实。"她吸烟时手指和嘴唇的动作不是很舒展，是个新手，"夫妻有心灵感应，你不信？他在里头一定也能感觉到，我在等他出来。你真不信?"

他狠吸了两口烟,火走得疾,烫到了食指和中指。他用鼻子笑了一声:"怎么感?"

"如果你爱她,你就感觉得到。对不起,我是说,我。"

"没事,我努力感应自己吧。我和自己相依为命。"他笑笑,掐掉烟,"希望他早点出来。"

"我老公是被冤枉的,我说了!他什么都不知道,他只是个司机!我必须跟你说清楚,我老公是清白的。他只是个司机,每天勤勤恳恳地坐在驾驶座上,反光镜拨到一边,局长在后面做任何事他都看不见。他开车时喜欢在脑子里唱歌,他的实现不了的理想是到乐团唱男中音,所以局长对着手机说什么他一句都听不见。我们生活很好,两个人的工资足够我们养活好一个五岁的女孩,可以送她进一个不错的幼儿园,请教声乐的大学老师每个星期辅导一次,我们甚至打算给她买一架好一点的钢琴。我们没有途径腐败,也不会去腐败,局长的案子和他一点关系都没有!你不信?哦,对不起,我有点激动,五个月了我从来没和别人说过这么多话。不管是陌生人还是我爸妈。他们永远都不会相信一个清白的人也会进监狱。他们从开始就不赞同我和他在一起。"

"你们的感情很好,"他说,"可以再给我一根白沙吗?"

"很好。"她把烟盒递过来,顺便也给自己点上一根新的。"二十三岁嫁给他,工作第一年。爸妈不同意,把我反锁在家。半夜里我跳了窗户跑到他宿舍,只带了三件换洗衣服。我说我来了,这辈子你都不能赶我走。他说好,就算山洪暴发冲到屋里,我也抱着你一起死。"她开始掉眼泪,没哭的时候她难过,眼泪出来时她很幸福。"我知道他,比知道自己还知道。他是冤枉的。"

"没准下个月他就出来了,"他安慰说,"一清二白,和过去一样,星期天你们可以带孩子去学唱歌。"

她把眼泪流完,用湿纸巾擦过后补了一点妆,为了不让第三个人看见她的悲伤。"我要下车了,"她说,"谢谢你听我哭诉。"他连着咳嗽了一串子。她从包里拿出小药瓶:"你还要赶路,这个带上。"

"谢谢。能否给我个电话?下次我来看你。"

"不必了,我们只是碰巧在一节车厢。"

"别误会,我只是想,我们可以在电话里说说话。希望你老公一切都好。"

她在餐巾纸上写下名字和手机号。

4

那座山城有个好听的名字,城市环山而建,长江从城市脚下流过。火车重新开动,他坐在窗前她一直坐的位置,用她的眼光看见城市缓慢后退。他喜欢这个陌生的城市,山很高,楼很低,层叠而上,所有坐在房间里的人都能在晴天照到阳光。他想象那个女人拎着箱子走到家门口,打开,进去,女儿也许在家,也许不在家;即便只有一个人,这也是个美满的幸福家庭,因为另外两个人分别都被装在心里。

这是前年十月的事。他咳嗽好了以后依然常在路上,但已经养成了随身带药的习惯,为了在陌生人需要时能够及时地施以援手。他俨然成了资深驴友,当然是一个人,拉帮结伙的事他不干。有时候一个人躺在车上他会觉得荒唐,离婚之前让他出门毋宁死,现在只要有超过两天闲着,他就会给自己选择一个陌生的去处。为了能经常出差，他甚至跟领导要求换了一个工作。过去认为只有深居简出才能躲开喧嚣；现在发现，离原来的生活越远内心就越安宁，城市、人流、噪声、情感纠葛、玻璃反光和大气污染等等所有莫名其妙的东西，都像盔甲一样随着火车远去一片片剥落，走得越远身心越轻。朋友说，你该到火星上过，在那儿你会如愿以偿成为尘埃。他说，最好是空气。

开始他只想知道前妻为什么像不死鸟一样热衷于满天下跑，离了婚就一个人去了海拉尔。他强迫自己把这里的每一个地方都走遍。漫长的海拉尔一周。回家的那晚，火车穿行在夜间的大草原上，这节车厢里只有他一个人，他把窗户打开，大风长驱直入，两秒钟之内把他吹了个透。关上窗户坐下来把凉气一点点呼出来，他有身心透明之感，如同换了个人。他的压抑、积虑和负担突然间没了，层层叠叠淤积在他身体里的生活荡然无存。在路上如此美妙。

他怀疑错怪了前妻，在火车上给她打电话："如果你还想去海拉尔，我陪你。"

"跟你这种无趣的人？"前妻听不到火车声，"拉倒吧。

我还不如去蹦迪呢。"

他明白了，她要的是热闹，是对繁华和绚烂的轰轰烈烈的进入，而他想从里面抽身而出。在认识之前，他们就已经是一对敌人了。谁也不能未卜先知，那时候他们对所有差异、怪癖和困难都抱以乐观，以为那是生活不凡的表征。好了，差异如果不能在相互理解中互补，那它只能是尖刀和匕首，一不小心就自己出鞘。

两年里再次经过这座城市，他想下车看看送他咳嗽药的人。去年他也经过一次，广播里说，一个半小时后到达那里。在这一个半小时里他给她打了五个电话，快到站时她才接电话：出门送孩子了，刚回来。她说她很忙，见面就免了吧。

"喝个茶的时间总有吧？"那时候他在电话里说。

"真没有，家里一团糟。"

"出事了？你老公呢？"

"没事，他很好。我是说，家里乱糟糟的。"

她把"一团糟"置换成"乱糟糟"。她的态度没有前两次好。两年里通过两次话，时间都不长，身体一不舒服他就想起这个送咳嗽药的女人。他不擅长东拉西扯，对方对东拉西扯似乎也没兴趣,只能寒暄几句,他坚持说感谢的话。通话中他了解到,她老公在第八个月就从看守所里出来了,案子跟他无关。他把衣服撩起来给老婆和亲戚朋友看,老子清清白白,还是弄了一身的伤,这他妈什么世道啊!但凭这一身伤他升了,从司机变成了副主任。那时候她的情绪不错,在电话里学老公如何炫耀伤口。

"半小时也不行?我顺道。"

"下午忙。我老公一会儿就回来。再见。"

"我没别的意思——"

她已经把电话挂了。车也到了站,他犹豫一下,还是没下车。

这一次他决定先下了车再说。车站不大,古旧的建筑和石头地面,实实在在的方块石头,踩着摸着让他觉得天下太平。长江在斜下方像一面曲折流淌的镜子,青山绿水千万人家。拨她的手机,被叫号码已停机。他愣了,在这个想象过很多次的山城里,突然发现自己与这个世界失去了联系,你是个陌生人。这些年旅行都散漫随意,来到这个城市却不是,所以有点不知所措。他在车站广场的石头台阶上坐下来,抽了两根烟才定下神,然后拖着行李箱去找旅馆和饭店。

午觉半小时，在梦里想起她曾说过工作比较清闲，因为买书的人不多。他就去了新华书店。这个城市有三家像样的书店，问到第二家，果然她是在那里做会计，不过已经是一年前的事了。

"你说她呀？"财务室里的一个五十岁左右的阿姨清冷地说，"早走了，航运处。谁愿意待这鬼单位。"

那阿姨对书店的前景很悲观，没几个人看书了。幸亏教材教辅还有学生买，要不就得下水喝长江了。她对她的调动充满艳羡，所以冷嘲热讽怎么都克制不住。航运处多好啊，谁让人家嫁了个好男人呢。

对，她嫁了个好男人。老公从司机变成领导，副主任也是个顶用的官，把她弄走啦。

5

航运处在隔两条街的一座小楼上。作为会计，当时她不在班上。财务重地，闲人免进。他只能在走廊里等，抽烟要去公用洗手间。坐在马桶盖上他努力想象两年后她会是什么模样，夹着烟的手指因此有点抖。也许应该早一点就来看她。山上的时间走得慢，即使这也是在城市里，他甚至感到了煎熬，每一口下得都很猛，烟吸得比过去快。从洗手间出来，他看见一个年轻时髦的女人从走廊拐角处走过来，拎着一个小坤包和一个时装袋，满楼道都是高跟皮鞋击打水磨石地面的声音。她的时髦近于妖娆，头发盘在脑后，因为浓妆和清瘦，脸显得极不真实。他不能肯定她是否瞥过自己一眼就进了财务室，很快她又出来，站在门口看他，拎纸袋的右手向上抬了抬：

"是——你？"

他盯着她的脸看，终于从两只眼里找到两年前的那个女人。"是我。"他没来由地感到了悲伤，"路过，想来看看你。"

最后半小时的班可以不上。她带他去了十字路口处的水雾茶坊，在靠窗的位置，要了一壶明前的雀舌。

"为什么老盯着我看？"她问。

香水、粉底、口红。雕了花的指甲，那图案他后来咨询了女同事，叫踏雪寻梅。"有点不一样了。"他尽量让自己放松。

"怎么不一样？"

"看装束，你过得更好了。"

"看人呢？"

"说不好。"

"有什么说不好？"她笑笑，打开包要找东西。他及时地递上白沙烟。"我抽这个。"她拿出的是五毫克的中南海女士烟。

"你老公换牌子了？"

"他换牌子关我什么事？我只抽我喜欢的。"

"你们——算了，不多嘴了。"

"没什么。"她的表情很有点孤绝，眼神不经意间闪的光和两年前一样，"我们关系不好。"

怎么会呢？但他说："偶尔会闹别扭，别放心上。"

她看着窗外抽烟，动作娴熟优雅。"还咳嗽？"

"偶尔。走到哪儿我都带药。"

有半分钟两人都不说话。他觉得男人应该主动打破僵局，刚想问孩子的情况，她的手机响了。她对着手机说："有局？好，我也有。"一共六个字。

"你老公？"

"这一周他第七天不在家吃晚饭。"

"做领导应酬多。男人不容易。"

"屁个不容易,"她说,"鬼混的借口!对不起。"她为自己的粗口道歉,她的嘴鼓起来,眼睛往虚空的深处看。这是女人要哭的前兆。眼泪终于没有掉下来。然后她突然就笑了,问:"觉得我变老了没有?"

她的笑轻佻而又悲凉。他不再有疑问,安慰她:"比两年前更年轻。"

"去年二十今年十八,也没用。男人变得永远比你快。"

她情绪开始激动,他知道她倾诉的欲望启动了。果然,生活出了问题。这是她没有料到的,丈夫从看守所里出来,整个人都变了。职务变了,成了个小领导,这是好事。变得爱说话,也不是大毛病,顶多是多念几次他在看守所的苦难经,多撩几次衣服让别人看看淤血和伤口。最大的问题是,他总在想:他妈的,凭什么?他没往口袋里捞一分,没睡过任何一个别的女人,局长赴宴他都只能在旁边的小房间里随便吃几口。如此清白还是蹲了八个月,三天两头接受拷问,那些人高兴了抬手打,不高兴了用脚踢,他妈的凭什么?老子生下来不是为了看人脸色给人打的。凭什么啊？他想不通。他跟劝他的亲友说，要是你整天平白无故鼻青脸肿的，你也想不通。幸好我出来了，要是被冤到底，这辈子没准就耗在里面了。局长死刑，副局长死缓，随便拣出一条过硬的证据，他就不会有好日子过。所以他出了看守所大门就想，从今以后的每一天都是赚来的，咱得好好过。可着劲儿折腾，你们不是都说享受生活吗，老子也来，能风光不风光我凭什么啊？人生苦短，鬼门关我都转了一圈。

作为八个月的补偿，他升了，副主任看上去不大，但管的部门要紧，正主任一年病休要达十个月，他算个实权人物，干什么都便利。先把老婆从书店弄到航运处，她挺高兴，高兴劲儿没过脸就拉下来了。副主任吃喝是小节，关键是裤带松了，外头开始有人，比她年轻漂亮。被发现后，他供认不讳，玩玩而已，他不会当真，希望老婆也别当真，就当自己老公下半身临时借别人用一下。他改。这也是诡异的逻辑，她不能理解。副主任就解释，一是工作需要，二是八个月的补偿，一想到曾经命悬一线，他就忍不住每天都当世界末日来过。一说起八个月，他就声嘶力竭苦大仇深，摔杯子时眼里都能淌出泪来。你不知道我是怎么熬过来的,一日长于百年。你永远都不会知道。

改了两三次也没改好。再发现,他居然理直气壮,不就玩玩嘛,又不是跟她们结婚生孩子,着什么急。

"后来呢?"

"他竟然说,我是嫉妒那些女人年轻。你说,我很老吗?"

她不老,不过洗尽脂粉后脸会显得空,因为已经六神无主。他能理解副主任人生观的巨变。这种事很通俗,甚至很恶俗,但巨大的幻灭感的确会让人穷凶极恶;他不喜欢的是,副主任的自恋过了头,她可是每个月都在看守所外面转圈子的。"难道他当时就没感应到?"

她的笑已经接近哭了。"那又怎么样?此一时彼一时。"

"他还,在乎你吗?"

"也许吧。他说他在乎,他只是想用这些填满八个月的恐惧。"

她的善解人意让他吃惊。三年前在餐车里她就说过,二十三岁嫁给那个男人,就算山洪暴发,他们也会抱在一起死。她坚持着二十三岁的信念,现在城市坚固,风调雨顺山洪永不可能发作,副主任有了现在的世界末日般的别样的信念。他只好帮她点上一根烟，说："我也不知道你该怎么办。"

从水雾茶坊往外看，马路宽阔，行人和车辆稀疏，植物丰肥茂盛，这里一定是个过安宁日子的好地方。然后他们在茶坊隔壁的饭馆一起吃了晚饭，主菜是当地特色的长江鱼，味道之好，只有他回忆中的故乡长河里的鱼才能媲美。喝了当地的白酒，牌子一般，口感很好，他只想尝尝，喝着喝着就多了。她也喝，像两年前抽烟一样生硬，她把喝酒当成了复仇。因为喝酒出了汗，妆有点散，但酒上了脸，把散掉的妆又补上了，比之前更好看。如果再丰满一点，她就跟餐车上的女人一模一样了。只是她自己并不清楚，她以为自己已经老了，需要各种时髦的衣物、昂贵的化妆品和加倍的风情借以回到过去，回到爱情完满的幸福生活里去。长江鱼和酒让他难受，心里比寻而不遇还要空荡，空空荡荡。他只好继续喝酒吃鱼。

她送他回旅馆，晚上十点马路上已经空寂多时。他要自己回去，她坚持要送，难得有人还惦记自己，反正孩子在姥姥家，回去也是一个人。她挽着他，两个人摇摇晃晃贴着路左边走。她说我给你唱个歌吧。词曲他都陌生，唱完了她说，那时候他们晚上散步常唱这歌，男女二重唱。他就说，多好听的歌，可惜只能你一个人唱。然后迷迷糊糊听见她的哭声。

她以为他喝多了，让他躺下歇着，他坚持要坐着。"见一面不容易，"他说，"我要多看看你。"

"你喝高了。我有那么好看吗？"

"没高。你比好看还好看。"

她在对面床上坐下来，表情如同致哀。她从纸袋里拿出一个精致的纸盒子，说："猜猜这是什么。"

"不知道。"

"仙黛尔内衣。要不要穿给你看看？"

他看着她站起来，打开包装，先把内衣按部位和比例摆在床上，形如一个女人。摆完后，开始解盘在脑后的长头发，披肩，褐黄，转身时呈现侧面的轮廓，颧骨高出来，弧度有了变化。他觉得面前站着的是另外一个陌生女人。

"男人都喜欢看女人穿性感内衣吗？"她问，开始脱外套。

他制止了她脱外套的手。"你喝高了。"

"没高。"

"高了。"

她甩开他的手，说："你来难道不是为了这个？"

他不说话，站起来把仙黛尔内衣装进纸盒再放进纸袋。他想，我他妈不是圣人，可是我现在很难过。仙黛尔让他倍感哀伤，所有的事情都不是他想象的样子，此刻他们的生活如此复杂。他又重复一遍："真高了。"

她一屁股坐在床上，仿佛真喝高了。"你来就是为了说我喝高了？"

"我来是顺道看看你，"他说，"明天一早就走。习惯了，这些年我一直在路上。"

2009 年 8 月 26 日，知春里

古斯特城堡

1

等我从新奥尔良旅行回来,河边的公寓已经被淹过了。两天前,我从报纸上看到暴雨的消息,说穿城而过的河流像一锅煮沸的水,一夜之间溢出了河床。报纸上没说,住在河边的人一觉醒来发现大水漫到床头,鞋子被一群小鱼推着满屋子跑。据说这是该城一百年来最大的一场水。校方帮我租的公寓半截在水里,当然现在水已经下去了,房间里留下一层厚厚的淤泥和几条没来得及撤退的死鱼,墙上至今还爬着蜗牛。他们把我的行李转移到艺术中心,一回来就让我去拿，同时商量接下来的住处问题。

因为大水毁坏的房屋很多，整个城市的租房突然紧俏起来。我回来得迟，学校说，挑选的余地已经不大了。根本不是余地不大，就没有余地，像样的房子全被租完了，只在30街有两家住户愿意分出一间给我。一户是正儿八经的人家，家里就有一个老头，户主；一户本来就是出租房，一楼的租户刚搬走，二楼住着一户缅甸来的四口之家。工作人员和一个教授朋友开车带我去看，先进了缅甸人租住的那栋，因为房子靠路边。两分钟后出来，我说：

"另一家吧。"

他们说："要不看看那家再决定？"

"不必了，"我说，往十米外的那栋房子看时，先看见旁边的一个石头城堡，四四方方，在一角伸出一个棱锥形尖角。米黄色的石头正在发黑，越发显得古老。"回去拿行李吧。"

教授朋友问："靠着古斯特城堡你不怕？"

我笑笑："怕什么？多好看的一堆石头。"

教授说："好吧。"

一个小时后，我拎着两个箱子进了30街266号。美国老头站在门口乐呵呵地迎接我，说，啊作家，欢迎欢迎。我一下子没听懂，但在那个语境里瞬间我就明白了。他的发音有点怪。他叫约翰，约翰·安格尔，很高兴能够和我一起生活。他的发音的确有点怪，喉咙里一定装了面哈哈镜，声音经过的时候必须变一下形才能出来。约翰六十岁，或者更大，这要取决于他的头发、胡子和皱纹是否说了实情。头发灰白，占了脸部一大半面积的络腮胡子却全白了，所以整个人显得很慈祥；皱纹很多，这个年龄的美国男人皱纹都很多，可能是整天笑的缘故，他们为什么总能那么乐观呢？

老约翰把我带到二楼，放下行李后为我一一指点家具和日常生活设施。还有狗，一条金毛犬，浑身金色的长毛，大得像只马驹子，三岁半。这是他的命根子，他给它取了个美国前总统的名字，小布什，原因是他不喜欢这位总统。真要命，我的听力本来就赖赖巴巴，偏赶上他这口齿不清的房东，我只好一遍遍地请他重复。为此我感到不好意思。他也有些尴尬，这辈子他都是这么说话的。我相信即使这里的美国人也未必全能听懂他的发音，因为大学里的工作人员先前就跟我说过，房东说话有点绕。她土生土长在这里，我当时以为她说的"绕"是指抓不住重点，原来彼绕非此绕。

站在窗口可以看见城堡,多么漂亮的石头。无数块发黑的石头摞在一起,雄壮威严,历史的质感就出来了。我猜它有两百年。我问约翰,谁有这么好的福气住在城堡里?

"你说鬼堡?现在没人住。"

"鬼堡?"

"对不起,是古斯特城堡。"他把"古斯特"的字母一个个拼出来,"城堡过去的主人姓古斯特。"

哦。他把"古斯特"的音发得更像鬼和幽灵的发音"够斯特"(ghost)。"为什么现在没人住了?古斯特家族的人呢?"

"捐给市政府了。老古斯特的重孙子去了法国。"

这两句话他说了很长时间,每一个关键词至少重复两遍。要么一个个字母拼给我听,要么提前调整好舌头的位置,把被喉咙变形过的声音再变回来。这个一米七的小个子老头,两句话说得一头的汗。

2

三个月前我受邀来到这座城市,在坐落于该市的一所大学做驻校作家,为期半年。他们给我在河边租了一间公寓，枕河而居，坐在阳台的摇椅上可以看见河水日夜流淌，平缓得如同一条宽阔的淡绿色绸缎无始无终。除了偶尔与文学系的教授和学生交流，所有的时间都是我自己的，可以读书、写作、交朋友，或者旅行。我把大部分时间都用在路上，坐灰狗长途巴士从南走到北，从东走到西，我想一点点横穿美国。从新奥尔良回来是为了写一个新东西，坐在灰狗巴士上，一路上头脑里还在响着爵士乐，回来却赶上了搬家。搬家倒无所谓，可惜了河边的好风景，每天我至少能看见四十只水鸟在河上翻飞，看见二十只松鼠从草坪里钻出来爬到树上，看见八十个人从跨河的钢铁桥上经过。顶多八十个人，这个城市没那么大。

不过现在也挺好，离开河流看见城堡，那感觉是由自然转而人文，都可以休养身心。所以当天晚饭后我就去了城堡散步。

天还没有黑尽，古斯特城堡在傍晚灰红色的光线里颇见神秘。30街处在高地上，城堡在更高的高地上，自成一个世界；周围是一片十亩左右的绿草地，草地中间有个很小的人工池塘，池塘上有座石头拱桥。草地边缘围了铁栅栏，看上去就是一座开放式的小公园。这是饭后散步的好时间，但城堡附近没一个人。汽车从铁栅栏边开过，遛狗的美国人牵着宠物与城堡擦肩而过，我独享整座城堡。

在石桥边有块黑色大理石，市政府二〇〇一年立，上面刻了此堡的来历：一八八〇年大商人伊恩·古斯特先生自苏格兰移民至此。他无比喜欢苏格兰的一处古堡，遂于一八八一年重返苏格兰买下该古堡，给每块石头和木料编上号，拆掉，海运至此，再按相同的结构和设计重建，一八八四年落成，每一块石头都在它该在的位置上。本地人称"古斯特城堡"，流传至今。二〇〇一年，伊恩·古斯特先生三世孙乔治·古斯特先生移居法国，此堡捐献给市政府，为公共建筑。

市政府立此碑表示感谢，也声明此为文物，请市民善为守护。有点像我们说的市级文物保护单位。

作为古斯特城堡已经一百二十多年，遗憾的是碑上没注明它从苏格兰搬来时年纪有多大。一百年？两百年？或者三百年？反正现在看上去古老沧桑。城堡上下两层，每层都有巨大的玻璃窗，可以肯定，这么好的玻璃只能是乔治·古斯特装上去的。圆拱形的黑色厚铁门紧闭，每间屋子里都是黑的，我透过底层的玻璃窗往里看，什么也看不到，但见黏稠浓重的黑暗和阴森。建筑虽然方正，隐隐也有了些哥特式的幽深的恐怖。城堡旁边还有一个马房，也是奢侈的古老石头建筑，原封不动地从苏格兰跨海越洋而来。

连着几天晚上我都来古堡散步。安静的环境适宜构思，我喜欢在散步时想小说里接下去的情节。从黄昏一直散步到夜幕深沉，城堡公园有两盏路灯，一盏立在入口处，一盏在路边，加上城堡外几条街上的路灯，城堡并不显得黑暗，我通常要绕着绿地和城堡边缘转五十圈。至少这个数。堡里黑灯瞎火，有天晚上我从城堡边走过，背对它时，感觉有光从身后像水一样铺过来，转身去看，又没了，城堡里还是黑的。我继续转圈。

回到住处，正赶上老约翰牵着小布什从纪念碑公园回来。那公园离这里步行要半小时，市政府为纪念二战中死难的本地将士在公园里立了一座半圆形纪念碑，矗立在公园最高的一个坡顶上，雄伟高大。那是个法定遛狗的公园，小布什到了那里可以解开项圈自由活动。遛狗高峰时段，公园里能聚上三四十条造型各异的狗。

"回来了？"我说。

"回来了。"老约翰说，"你去哪儿了？"

"去城堡里散步了。"

"古斯特城堡?"他的发音依然是"鬼城堡"。

我点点头,问他为什么舍近求远不去城堡的公园里遛狗。

"有古斯特。"

"一个人没有,"我说,"乔治·古斯特都搬走了。"

"我是说,有鬼。"

哦。他的确说的是"够斯特",我以为他又发错音了。

"鬼。就是鬼。"

我笑笑,他已经把我弄糊涂了。我只好打个哈哈上了楼。一个发音不好,一个听力欠佳,交流起来简直是煎熬。

第二天晚上,我从城堡出来,老约翰牵着小布什堵在入口处,见到我就问:"你真不知道?"

"什么?"

"鬼啊。城堡里闹鬼!"

我哪里知道。问题是,鬼在哪里呢?我都转悠几百圈了,除了自己的影子和几只松鼠,偶尔还有一两只野兔,谁也没看见。我不信鬼。我跟老约翰开玩笑,鬼听说我来了,吓跑了。

"好吧,"他撇撇嘴耸耸肩,"反正我不进去。晚上没人愿意进去。"

一路无话回到家里。上面的这几句对话用汉语读起来很简单，一眼就能溜过去，但在当时，我们俩抓耳挠腮纠缠了半天才相互明白。因为交流的不容易，所以都懒得说了。上楼时我们相互"拜拜"，这个发音对谁都没有问题。

3

有天晚上和一个华人教授喝酒。他从芝加哥大学来讲学，结束后一起去"中国味道"餐馆吃饭，然后到酒吧继续喝酒聊天，连着陪同的亚太研究中心的主任，三个人都喝多了。幸好主任太太赶来，把我送回老约翰家。一肚子啤酒闹得我半夜爬起来去洗手间，迷迷糊糊眼睛都没全睁开。出了洗手间发现我的房门关着，我记得没关的；不管了，拧开把手就进去，发现房间里是黑的，可我记得我是开了灯的；我在门边上摸到开关，灯一开，我的酒全醒了。灯发出血红的光，满屋子人影，那感觉就是见了鬼。我往外撤，才发现那不是我的房间。

二楼一共三个房间，我住正对楼梯的一间。斜对面是卫生间，卫生间隔壁是个储藏间，因为老约翰经常去拿东西，整天开着门。我隔壁是另外一个房间，从我看见它第一眼起就一直关着门。老约翰向我介绍房子情况时也略了过去，好像并不存在。既然关门上锁，我理解为是他的隐私，也从未多嘴，习惯了竟也当它不存在。没想到半夜里迷迷糊糊打开了，没想到它其实一直都没锁。

房间里有一张床，收拾得干净利落，如果是貌似邋遢的老约翰干的，那真要出乎我意料了。有桌子、椅子和电脑。我想要说的是那些人影，墙上的海报和人像。密密麻麻的篮球标志和球星，以及穿着暴露的性感女人。主人喜欢的应该是湖人队，科比的大招贴画就有三张，然后是湖人队员的合影。当然主人一定也喜欢乔丹和姚明，他们俩和科比一样占据了比别人更多的空间。在球星中间隔三岔五挤着一个穿三点式的大胸女人，有两个在电影里见过，叫不上来名字。正对床的天花板上贴着一张最大的招贴画，一个金发女郎赤裸上身，胳膊抱在一起，把乳房挤得像两只篮球。她的眼像传说中那样勾魂摄魄，时时刻刻都在对着曾经躺在那张床上的人笑，不管他睡着了还是醒着。我凑在电脑旁边看见一个小伙子的照片，年轻帅气，二十出头？看不出来长得是不是像老约翰。这时候我模模糊糊听见老约翰在楼下清了一下嗓子，赶紧闭灯关门，回到自己的房间。

第二天早上我出门，老约翰和往常一样打招呼，应该没发现我去过那个房间。他说如果我愿意，可以开他的破丰田车，今天他在家大扫除。我谢了，还是步行去大学，我想向替我租房子的工作人员多打听一点安格尔家的信息。茱迪说，她的消息未必准确，但据她所知，老约翰妻子亡故，只有一个儿子，是不是亲生的不知道，罗朗·安格尔，去年因为偷车被送了进去。还在网上搜到了抓他的那条新闻，照片上的罗朗和桌子上的小伙子一模一样。

照通常的看法，罗朗游手好闲。他在这所大学里念了两年书，第三年自动退学，大部分科目都挂了红灯。他偷车一度被这个小城传为热点话题。

罗朗坐在超市门口发呆。新闻里就这么写的，新闻出自他的审问口述。一个老太太停下车，直接进了超市，罗朗发现她没锁车门。三分钟之后，罗朗打开车门坐进去，发动车就开走了。虽然游手好闲，但他不是坏人，天地良心这是他有生以来第一次偷车，他也说不清为什么突然有了这个冲动。可以想象他的激动和恐惧。他把车一直往城外开，去哪里他也不知道，跑了五英里以后才想起几个月前有朋友告诉他，可以把二手车卖给一个修车店老板。这辆车七成新，应该会有个好价钱。然后他听见后座有声音，扭头一看，一个不到两岁的娃娃噙着个奶嘴瞪着大眼睛对他看。他对娃娃笑了一下才意识到麻烦来了，娃娃突然吐掉奶嘴开始哭，越哭声音越大，两只小胖手乱抓乱挠。他只好停下车去哄，一点都不管用，娃娃只是哭，可能接受不了祖母突然变成了年轻的小伙子。

要想处理车，首先得处理这孩子，但他实在没办法安抚声嘶力竭的哭声。罗朗说，他想过把娃娃扔在路边，但马上就否决了，这么冷的天还在野地里，冻不死也会冻坏。最后他决定给警察局打电话，把孩子交给他们。他的确是这样做的，把孩子放在警察局门口，然后开车就跑。如果不跑就没那么大的罪，但他的确跑了，在城外的公路上被警察追到。他向警察坦白，只是想偷车，没想过要偷孩子。然后他说，这孩子哭声真大，以后可以唱歌剧。

"这件事所有人都知道。"茱迪说，"当时大家还争论，他把孩子送回来，要不要严格按照法律来判。最后还是照法律来了。约翰没跟你说？"

"你也没跟我说啊。"

"我担心说了你就不愿住他家了。实在没房可租。不过你放心，约翰是个好人。"

4

大扫除清理了一堆没用的东西，堆在门前的草地上准备扔掉。邻居六岁的缅甸小男孩站在路边胆怯地向那些垃圾上看，顺着他的目光我看见了那个死神面具。和通常死神面具不同的是，该死神在眉心处多长了一只眼，像二郎神的第三只眼。面具很旧，但那只竖着生长的眼新鲜生动，有着肉的感觉，一下子如在了人间。我问他是不是想要，他点点头，说是。我问他还要不要好玩的东西，那一堆废铜烂铁里有几样在孩子眼里应该挺有意思。他摇摇头，说不。我把那面具拿给他，问他爸妈在不在家，他大部分都能听懂，但扑闪着眼睛不知道该怎么说，他的英语到"yes"和"no"为止。我正帮着他把面具戴上，老约翰推门出来，大喊："No！"

他蹲在缅甸男孩跟前，商量说："我用别的玩具换你这个面具，好不好？我不想把它丢掉了。"

缅甸男孩把面具递给他，转身就跑。快进家门的时候，我听见了他的哭声。也许是恐惧，也许是觉得伤了自尊。

老约翰讪讪地站起来，对我重复了两遍："我不是舍不得。"他站在那里摆弄着面具，在死神面具里这个绝对是大号的。过一会儿又说："该死！这是我儿子喜欢的。"

我做着样子问："你儿子？"

老约翰不能不说了："我儿子。他被关起来了。"

我表示难过，又招引着他："如果不方便，你可以不必说。"

"已经这样了。"他说，"你能先帮我去一趟缅甸邻居家吗？你们都是亚洲人。我不想让那男孩难过。"

我没听清楚，他又重复一遍。然后我们进门，他从冰箱里拿出一盒鸡蛋，又从墙上拿下另外一个鬼面具放到鸡蛋上，往我手里放。不需要语言。我到楼上拿了些水果，端着鸡蛋和面具一并去了缅甸人家。

男孩已经不哭了，腮帮子上的眼泪还没干透。他妈妈和八岁的姐姐也在家。我用英语跟他们说，我是中国人，我们是邻居，有什么需要帮忙的就告诉我。八岁的小姐姐英语和弟弟差不多，大概的意思能听懂，也不太会说。妈妈根本连听都听不懂，只是对我感激和腼腆地笑。第一次看房子时，茱迪就跟我介绍了他们的情况。这一家是半年前缅甸农村逃过来的难民，被教会收留下来，给他们租了房子，每个月定期给他们一点生活费。这费用很少，因为语言不通他们很难找到工作，所以生活相当艰难。两个孩子能听懂一点英语，是因为他们已经开始在本地的学校里念书。我把面具套到男孩头上，问他喜不喜欢，他点点头，在面具后面笑了。

一分钟都没耽误我就出来了。没法待下去，和上次看到的一样，家里极其零乱。地板上这里一只鞋子那里一双袜子，洗碗池靠近门，堆了至少十五个碗碟没洗，池子上滴着各种食物的残痕，尤其看不下去的是成串的蟑螂在池子内外赛跑。我说给老约翰听。老约翰一个字一个字慢慢地说：

"他们还不知道如何在美国生活。他们很孤独。"

接着他说起自己的儿子，二十一岁的罗朗·安格尔。

"跟你说了吧，早晚也会知道的。海伦走后，他就不愿意跟我说话。"老约翰说。为了能够顺利表达,他找来纸和铅笔,不管我听没听懂,凡关键词,说的同时就写下来。这是个好方法,借助纸笔,我们的交流前所未有的顺畅。

"他觉得他妈跟别人跑了是我造成的。那时候他才十五岁。罗朗十五岁时,海伦跟一个倒卖木材的私奔了。"

事情很简单,我只要如实笔录就可以了。长话短说,老约翰就是这么干的,有他在纸上写下的词和句子为证。早些年约翰是个哈雷摩托迷,抽空就往外面跑。他还不是我们所谓的"驴友",他不想到处看,只是想到处跑,准确地说是骑着哈雷摩托到处跑。不管春夏秋冬,一个车队浩浩荡荡向世界尽头进军,想想都觉得很爽。我见过好几个哈雷车队,不分少长,坐在摩托上一个个都像将军和斗士。不知道别人怎么看,反正我觉得哈雷摩托看上去十分性感,是阳刚那一路的性感,看到了你就会热血沸腾,也想找一辆骑着跟上去,天涯海角没完没了地跟着跑。一定是海伦认为约翰跑过头了,摩托比老婆重要,而且从他们俩认识时就这样,虽然海伦当初也是看见约翰骑在哈雷摩托上才喜欢他的。照理说女人变起来很缓慢,但是约翰就是没能在漫长的时间里关注到事情正在起变化,等他发现时，据目击者透露，她已经跟那个贩木材的走了。那家伙在这里做了两年生意，发了，临走还赚了个女人。

有人说他们去了加利福尼亚，也有人说去了洛杉矶，约翰都去找过，大海捞针到哪里去捞，只能回来遭儿子批。罗朗恨他，开始倒不是因为失了母爱，而是因为在学校里大家背后嘀咕他：他妈跟野男人跑了！他受不了，一度要从中学辍学。后来慢慢回过味儿来，人家说他妈跟人私奔其实不重要，重要的是从此他再也没妈了。成了一个没娘的孩子，这无论如何都是老约翰的错。他就不愿再搭理父亲。约翰理亏，痛定思痛，卖了哈雷。这些年欠了老婆，现在老婆跑了，算扯平了；过去欠儿子的，很少陪他，现在欠得更多了，连他妈都弄丢了，所以他想加倍赔给儿子。

可是那个年龄的男孩岂是你一点既当爹又当妈的温情能搞定的。罗朗在背对父亲的路上越走越远，孤僻、乖戾、无所事事和玩世不恭成了习惯，世界观和人生观在一个偏僻的方向上茁壮成长。先是成绩垫底，然后退学，偷车基本上可以看成是水到渠成。出事是早晚的。这也是老约翰觉得愧对儿子的地方。他想补又补不回来，儿子进去了。

"这面具是儿子十四岁那年的万圣节我给他买的，"

老约翰说，"整个30街这面具最好看。罗朗很开心。该死，我差点把它给扔了。谢谢你提醒我。谢谢。"

5

早上我出门跑步，缅甸女人蹲在房前的路边，对我拘谨地笑笑。四十分钟后我跑回来，她还蹲在那里，姿势都没变。开始我以为她在等人，后来发现几乎每天早上她都蹲在路边，特别像我老家的农民蹲在田头上。老约翰说她在想家。也许是，也许想什么她并不十分清楚。她只是觉得生活中缺了点什么，空了一块；她蹲在路边，没准能够把丢掉的重新找到；她实实在在地一蹲大半个小时，就可以把空下来的部分结结实实地填满。

孩子就好得多，没那么多过去，姐弟俩每天坐班车上下学，在学校里我敢肯定都是躲在一边玩。回到家好一些，但依然胆怯，我常常看见那男孩站在两栋房子之间向我们这边看，像只正在练习走路的小狗，对另外的人和生活充满好奇。他喜欢小布什，一听见金毛犬的叫声他就从房子里跑出来，踩得木楼梯咚咚响。他喜欢保持着五米的距离，在两栋房子中间盯着狗看。如果老约翰招呼他，他转身就跑。偶尔我牵小布什出来遛弯，招呼他，也不过来，但不会转身就跑。

老约翰说："你们都是亚洲人。"

我说："他是怕你的大胡子。"

老约翰就哈哈大笑。罗朗小时候最喜欢他的大胡子，没事就抓过来往手指头上缠。

缅甸男人很少在家，难得听见他的大嗓门。一家之主，他得想办法养家糊口。我和老约翰各吃各的，食物也各买各的，我和他一样，都顺便多买一点鸡蛋、牛肉和青菜，方便的时候给缅甸人送去。这可能是男孩不怕我的原因。在路上碰上，他也会幅度极小地向我挥手。

一个傍晚我去散步，缅甸男孩撅着屁股蹲在路边看蚂蚁搬家，我说："带你去城堡玩？"

他赶紧摆手说："不！"

"怕鬼？"

他点头差点儿点到了路面上。

"你见过鬼？"

他摇头。

奇了怪了。哪那么多鬼。我回房间拿了手电，然后去城堡。一个人没有。围着城堡转了二十圈，天彻底黑下来，我在靠近马房的那扇玻璃窗前停住，打开手电往里照。的确吓我一跳，灯光照在对面靠墙站着的一张巨大的女人脸上，很漂亮，但眼睛瞪得那么大还是挺吓人的。那个女人被镶在土黄色的木框里，只是个半身像，你得承认这幅油画的确是画得好。色彩旧了，如同一个年轻漂亮的女人站久了，落了灰尘。她的画像占了半个墙。手电筒再往其他地方移，我能看见的三面墙上都是她，毫无疑问，尽管她的尺寸、姿态和表情在不同画作里有所变化，脸是变不了的。五官和服装更像是很久以前的欧洲人，右嘴角偏下的地方有颗咖啡色的小痣。这个面容姣好的陈旧女人，无论如何不会让你想到鬼。

鬼究竟从哪里来？我退后，看太阳可能出现的方位，果然这扇窗户任何时候都只能在马房的阴影里，否则无法解释为什么其他窗户都被绛红色天鹅绒窗帘遮住，只有这里能看进去。那么好的油画不能总被阳光照射。我再次趴到窗前，突然房间内的灯亮了，仿佛白昼骤然降临，我不由自主地惊叫一声，灯瞬间又灭了。因为亮和灭转瞬即逝，我怀疑是否出现了幻觉。我退到石拱桥上，惊魂未定地等它再次亮起来，但半个小时过去，黑得一如既往。我拍拍心脏让它跳慢点，可能多疑了。

第二天我找到那个教授朋友。他说当初我就问你怕不怕，你说不怕；传说它闹鬼，我也没见过，就是灯一会儿亮一会儿灭。我说我想查一下关于城堡的资料，能不能帮我联系有关部门。教授朋友答应试试，但必须统一口径，是为了写作。他们大学愿意为我的写作提供一切可能的便利。

在市政厅的档案室里，我看到了城堡的相关资料和乔治·古斯特的捐赠书，上面附有他的亲笔签名。

与城堡前碑文上的记载相同，伊恩·古斯特把它从苏格兰带到这里。文件里详细地介绍了城堡最初在苏格兰的情况，以及在这里重建的过程。大部分摘自伊恩·古斯特的日记。既然摘自日记，我就希望能在文件里找到更多私人化的东西，难道单是喜欢就足以让他把古堡运到地球的另外一个地方重建？那二十幅同一个女人的画像是怎么回事？也许我希望能找到点花边新闻，但是没有。档案室也没有老古斯特的日记。非常遗憾。好在乔治·古斯特在捐赠书里写道，从伊恩·古斯特以降，祖上传下遗训，不得随便开启藏画那间的房门,除了一个月一次的例行卫生,不得更改任何一幅画和一件家具的位置。原因乔治也没说。但在捐赠书里乔治非常情绪化地透露了一点点信息:据他多年来听祖父辈的传闻,画中的女郎出身苏格兰贵族,是个哑巴,并非伊恩的妻子。这就颇让人费解。也只能费解了,一百多年前的事,到底真相如何谁也说不好。还有一个信息,乔治说得正大而又坦荡:伊恩无子无女,居住在城堡里的历代古斯特家族都是养子之后。

文字资料都在这里,让我更加糊涂和好奇。我又给警察局打电话,询问城堡的闹鬼传闻。警察局说,前两年有人报过几次案,也是说空房间里灯忽明忽灭,他们去查了几次,没有任何异常。他们也搞不清楚怎么回事,于是不了了之。

奇了怪了。

6

起了一阵风,天凉下来。老约翰买了一堆衣服和吃食,要去看儿子,嘱咐我照顾好小布什。养狗我在行。给它吃专门的狗粮，偶尔给块鸡肉干，饮水充足，每天遛一次。我们已经成了朋友，老约翰不在，我看书、写作，它就蹲在我脚边，实在无聊了就把我的鞋子从楼上叼到楼下，再从楼下叼回来。逮着空我就用汉语训练它，上楼下楼，停下，待在家里，坐下，躺下，小布什学得很快。五天后的上午我给家里打电话，它听见门口有车响，站在门里叫。我让它住嘴，我妈在电话那边问，它听得懂汉语？我说没问题，我对它进行双语教学。

我没像老约翰那样，每天跑半小时把它牵到纪念碑公园，而是就在城堡小公园里。小布什可以给我壮壮胆。什么都没发生，城堡里黑着，我把小布什的项圈解开随它跑，手里拎个马甲袋时刻准备捡狗屎。小布什才不管闹不闹鬼，疯跑差不多一小时才老实下来。城堡里安安静静，我们回家。

一周后老约翰才回来，整个人被霜打了一样。任他在那里磨了好几天，儿子就是咬死不见他。衣物只好托狱警转交。狱警告诉他，罗朗生病了，有点瘦，老约翰更担心。

"你是作家，"老约翰打着手势说，"你说怎样才能让他见我？最好是我能经常照顾他。"

不知道。美国的人情我不懂，法律更不懂。

老约翰叹了口气，抱着冲他摇尾巴的小布什说："还是这个儿子好，几天不见长胖了。"

此次拒见对老约翰打击很大，很多天都缓不过劲儿来，跟我在一起基本上只念叨这一件事，担心他儿子有啥问题。因为担心亲生儿子，就顾不上另一个儿子了，小布什那些天由我带到城堡遛。周末那天老约翰的情绪突然好起来，我问原因，他说因为要理发。莫名其妙，理个发搞得像云开日出。到了晚上，果然见他清清爽爽地回来了。头发、胡子都变短了，从一个老老头变成了一个小老头。他问我明天是否有空去买吃的，可以搭他便车，后天他想出趟远门。我说好。

我买了一大堆东西，半个月不出门也饿不死。傍晚散步前给缅甸人家送了一些。他们的房间里只亮着一盏灯，姐弟俩就在昏暗的光线里写作业。地上照例到处是鞋袜和简单的玩具。缅甸女人斜躺在长沙发上，看见我来要坐起来，被女儿按住了，我含混地看见她歉意对我咧了一下嘴。男孩接的食物，打开冰箱门时，我看见冷藏柜几乎空了，放过肉的地方留着一片干掉的血迹。因为不想看到蟑螂赛跑，我梗着脖子不往洗碗池里看。

第二天老约翰出发前跟我道了别，很为把小布什托付给我过意不去。一家人客气啥，有我吃的就有小布什吃的。我跟他说。

那天状态相当好，上下午加起来竟然写了三千字，我决定奖励一下自己，晚饭在中国餐馆叫了两个菜，喝了三罐捷克产的啤酒。给小布什煮了两个鸡蛋，然后带它去遛弯。

两个鸡蛋让小布什既兴奋又忠心，上蹿下跳地跟着我转圈子。没有月亮但星星很好，夜空比北京干净无数倍，真正呈现了幽深的穹隆样子。在我决定打道回府前的一个多小时里，城堡都是黑暗和沉默的，我们转最后一圈，快走到马房时，灯突然亮了，接着熄掉，然后又亮又熄，再亮。

闹鬼了！这次来真格的了。我揪着小布什的耳朵就往外拽，没时间给它戴项圈了。可是小布什一摇脑袋甩掉了我的手，耳朵竖得尖尖的，偶尔抖动一两下，它的腰弓起来，尾巴开始下降、下降，盯着透出灯光的玻璃窗在往后退，退到十五米开外的地方。怕了还装英雄，赶快跑吧。忽然它动起来，不是往外跑，而是对着窗户冲过去；它腾空而起，响起了玻璃破碎声，跟着防盗的安全警报就响起来，那声音在安静的夜晚听起来气急败坏。它进去了。

我大喊:"小布什,出来!小布什,快出来!"

它没听我的话。我只好站在原地,不敢靠近房间,也没法离开,警察肯定很快就到,我得在这里等着。大概三分钟后,小布什原路钻了出来,城堡里的灯还亮着。它跑到我跟前,得意地扬起脑袋,嘴里叼着一只肥硕的大老鼠。实话实说,我从来没见过这么大的老鼠,它在小布什嘴里叽叽地叫,四条腿乱蹬乱挠。小布什让我刮目相看,我以为胖成它这样,没丧失行动能力就算不错了,竟然还可以如此利落地管闲事。

7

警车的叫唤声比警报还神经质,两个警察冲进来,拿枪指着我和小布什。老鼠还在小布什嘴里,它不撒嘴。我把情况简要说了一遍,瘦一点的警察说要看看开着灯的房间。他从碎了玻璃的地方伸手进去,打开窗户跳了进去。过一会儿他喊他的同伴和我过去,遵照他的意思我们把脑袋伸进房间里,还是那些油画,画上的人也没变。瘦警察指着墙壁拐角处，那里有一张精美的古董桌；抽屉、桌腿以及任何可能的地方，都雕镂着圣母和天使的图案。

"这里！看这里！"他往墙上指。

在桌子上方五厘米处有个开关。他拨了一下，灯灭了，又拨一下，灯亮了。明白了，是老鼠！我顺嘴说出来。

瘦警察对我竖起右手大拇指，说："没错，就是老鼠在闹鬼！"

不得不说这事匪夷所思，开关摆那儿本来就不正常，还有老鼠闲情逸致地来搞怪。不过很好，小布什破了一桩神秘的闹鬼案。瘦警察没收了小布什嘴里的老鼠，放在一个塑料袋里准备做证物，让小布什很不高兴。

他们需要此事的详细记录，我得提供有效的身份证明。他们跟我回去拿护照，门口竟然也站了两个警察。今天什么日子，这么多人想着我？

看起来像头儿的大个子黑人警察对我亮了一下小牌子，问："是约翰·安格尔家吗？"

我说："是。"

"他在家吗？"

"不在。"

"你是谁？"

"房客。"

"我们需要搜查一下他的房子。"他又摸出一张纸给我看，我什么也没看清楚。我和警察从没打过交道，心理上就先怯了，想干啥干啥吧。"约翰·安格尔涉嫌抢劫18街的银行。"

这玩笑开大了，他那样的人顶多玩玩哈雷摩托，怎么可能抢银行。我开门让他们进屋。不由我不信，他们把银行的监视器上的录像片段截取下来洗成照片给我看。可怜的老约翰，要干这活儿你也换一身行头啊，不算那身天天穿的老三篇，那个三只眼的死神面具我也一眼认了出来。我看了看他平常挂面具的地方，只剩下一根钉子。

我到楼上拿护照，下来的时候他们已经断定是老约翰干的。黑人警察在客厅的日历上找到老约翰写下的备忘录。我头一回遇到这样的实诚人，他写：

"……周六，理发；周日，采购；下周一，抢银行。"

今天之后的事情他没法计划，所以备忘录到此为止。我只能告诉他们我所知道的，现在老约翰在哪里就得问他自己了。我正想，又是个莫名其妙的人，脑袋里灵光一闪，这老家伙不是为了要去陪他儿子才这么干的吧？一路撒芝麻。如果他真想抢银行，至于淳朴成这样吗？我决定告诉他们罗朗的事，希望他们抓到老约翰时能体贴理解他一点。说了半截子，缅甸男孩气喘吁吁地跑来，无视四个警察，拉着我就往外拽。

我问："出了什么事？"

他结结巴巴说："妈妈……妈妈……病。"

我跟警察说："稍等，马上就回。"

瘦警察和黑人警察跟着我一起往缅甸人家跑，可能担心我趁机溜掉。

进门就看到缅甸女人还躺在沙发上，盖着毯子，小姐姐端着一只碗给她喂水，边喂边哭。看见我，哭声一下子放大了，说："我妈妈，病了！"她的英语说得比弟弟好。我也想起来，这几天早上的确没看见她蹲在路边了。

黑人警察说："要不叫救护车吧？"

"叫什么救护车！"我说，"你们不是有两辆车嘛，先送到医院再说！"

2010 年 10 月 19 日，爱荷华

图书在版编目(CIP)数据

如果大雪封门 / 徐则臣著. — 北京：北京十月文艺出版社，2021.10（2025.7重印）
ISBN 978-7-5302-2181-5

Ⅰ. ①如… Ⅱ. ①徐… Ⅲ. ①短篇小说—小说集—中国—当代 Ⅳ. ①I247.7

中国版本图书馆CIP数据核字(2021)第159404号

如果大雪封门
RUGUO DAXUE FENGMEN
徐则臣 著

出　　版	北 京 出 版 集 团	
	北京十月文艺出版社	
地　　址	北京北三环中路6号	
邮　　编	100120	
网　　址	www.bph.com.cn	
发　　行	新经典发行有限公司	
	电话（010）68423599	
经　　销	新华书店	
印　　刷	北京盛通印刷股份有限公司	
版　　次	2021年10月第1版	
印　　次	2025年7月第2次印刷	
开　　本	787毫米×1092毫米 1/32	
印　　张	14	
字　　数	215千字	
书　　号	ISBN 978-7-5302-2181-5	
定　　价	55.00元	

质量监督电话　010-58572393
如有印装质量问题，由本社负责调换。

版权所有，未经书面许可，不得转载、复制、翻印，违者必究。